U0362506

朔梅散文选

汤朔梅——著

华东师范大学出版社

谨以此献给：

正在消逝的原乡，和这片土地上
最后的农民。

目录

第一辑
原乡记忆

原乡记忆

第一辑

秋收季节近了，郊原的田野里，处处俯仰着忙碌的收割者。

他们坚实的脚步，踩在田塍上，匆忙而有节奏；他们吆喝牛的声音，充满力度而自信；眉眼间洋溢着对生活的满足，对未来的憧憬。

一望无涯的田野，风推起重重厚实的稻浪，一层层朝你涌过来。你的肺叶里霎时会装满了让人踏实的稻香。

似乎一夜间，在清朗的月光下，打谷场上，田埂上，到处堆满了岗尖岗尖的稻垛，像一座座稳固的金字塔。

要不了几天，拥挤而喧腾的田野，被打理得干干净净。只剩得鸽哨回荡在蓝天白云间，令人遐想。

星斗寥落的霜晨，一拨拨拾穗者，伴着白露为霜的寒意出发了。她们几乎都是清一色妇女。头上罩着上海郊区妇女特有的花格土布头巾，腰里束着布袋，肩上随意地搭着另一个布袋。她们踩着薄薄的霜花，说笑着走向田野。不一会儿，晨曦微茫的田畴间，晃动起拾穗者的背影。

那时，粮食金贵，人们的口号是"颗粒归仓"。农民们年复一年地种地打粮，历史沉淀下来的饿肚子的经历，使他们对粮食更有着特殊的情感。辛苦一年的他们，除留下够一家老小吃的口粮外，其余的，都上交了公粮。一个家庭，如果小孩子多，口粮往往不够吃。这样，如果运气好，女人们一天辛苦下来，也能拾得三五斤的谷穗，聊作粮食缺口的补差。

我村的李家姆妈要数最积极的拾穗者了。她家比肩接踵有五个小孩儿，嗷嗷待哺；上有公婆长年卧病，常在床褥，日子的艰辛自不待言了。

每到这个季节的清晨，鹁鸪还在我的睡梦中鸣叫时，就听母亲一骨碌起身，念叨说："唷！睡过头了，李家姆妈就要来了。"

蒙眬中，木窗被轻轻地敲了几下，随后是李家姆妈压低的嗓音。随着老门臼矜持的"吱呀"，尔后是她们渐渐远去的说笑声。那笑声爽朗而乐观，感染成微红的晨曦。我们的梦，也因之而格外香甜。

李家的贫困是村里皆知的。要操持好这一家子，李家姆妈真不易。在我的记忆里，她背有点驼，头发有些枯黄，一脸的农村人的质朴慈祥。成年罩着一块头巾，那布花袋是从不离身的。走起路来，头一直低着，只要有用的东西，她都捡起来，放进袋里。她的背，也许就是这样累成的。

李家姆妈她年轻过吗？我有时曾这样想。

她们质朴的身影融入同样质朴的田野，我们的母亲们在为自己的家庭，捡拾温暖的生活。

她们的腰已习惯了弯着。她们羸弱的肩背为孩子们的童年，撑起一片灿烂的天空。

她们也会累的。有时累了就直起身子，捶捶后腰，眺望远处。似乎在问：生活是这样的吗？但她们也许永远也不会再挺直了。

这样的日子似乎不长，后来，拾穗也成了资本主义的尾巴，被阄割了。不难想象，李家姆妈的日子将是更为艰难。

但李家姆妈真有办法。当无奈的冬天来临时，她叫我母亲同去市郊的蔬菜田，在那里挖卷心菜的根。那卷心菜根削去厚厚的皮，露出翠翠的心。那是可以生吃的。自那时候起，我才知道卷心菜的根是甜的。

母亲说：那菜根之所以甜，是因为它经过了霜打。

为什么经过了霜打就甜呢？带着许多搞不明白的问号，我慢慢长大着。

又过了好些年，开了三中全会了，再后来，就分田到户了。

有一次，我回老家。李家姆妈驼着背在自己的场地上翻着谷子。她的头发白了，脸上洋溢着幸福与满足。她感慨地说：自打分田后，我家才算吃饱肚皮。

前些日子，我回老家。父母都老了，话自然也多，老提以前的事。因为正是收割季节，自然提起李家姆妈。

母亲说，李家姆妈背更驼了，儿女们都出道了，她也享受了镇保，说得上是衣食无忧。可她还是改不了老习惯，还常常去拾穗。现在，土地都征用搞开发了，稻田就更少了，到哪去拾？为此，她要走上好几里地呢！

我默然想，像她那样的老人，对土地与粮食的感情是融化在血液里的，恐怕今生今世是难以割舍得下的。这是一种怎样的感情呢？

现在，每当看到米勒的油画《拾穗者》，我会油然想到李家姆妈这一代农民；想起那艰难岁月里，支撑起每个普通家庭的平凡的拾穗者。

那其实是一种难以用言语表达的朴实而伟大的精神。

发表于 2009 年 2 月 16 日《文汇报》

谁曾见过会走动的树呢？

可爷爷曾指着屋后的老楝树说：这是棵会走动的树。

那时，我才半大的屁孩，见过乡场上奔跑的鸡鸭，磙子石上慢慢移动的蜗牛，绿原上缓过的白帆。也见过从树上掉下来的枯叶，被风推搡着小步疾走，抑或又忙兜兜地折回来，像一个赶着下地的乡下老太，回家取忘了的镰刀、头巾似的。可从未见过走动的树。如果看到有一棵树在走，其惊骇该怎样呢？

爷爷说，他小时候，那棵老楝树是站在塘坨靠田埂一侧的，而现在却到塘坨临河的一边了。这不是在走动又是什么呢？

爷爷小时候？那时我们在哪里？我将信将疑地抬头仰望楝树的树冠：棉朵似肥厚的白云，从树的一侧侃侃地移过来，被密匝匝的枝叶遮住，一会儿又恓惶着从树冠的另一端走出。那是树在走吗？可树，依然站在老地方。

既然爷爷这么说，一定有他的道理。就像夏夜里，看到一颗流星划过天宇，爷爷会叹惋说：又有一个人老死了。结果，第二天就传来隔壁队里阿德父亲的死讯。莫非那棵树是趁着夜色偷偷地走动呢！就像我小时候在家待得无聊，想出门玩儿，可大人却不许。于是就贴着墙壁慢慢向门口移动，趁大人稍不留神，一忽儿溜之大吉一般。

我一度曾特别留意楝树走动的事，每天早晨专门去树下撒尿，乃至那地方被太阳一烤，有一股臊味。可楝树还是蠢在老地方。

那是怎样的一棵老树呢？你想想，它是看着爷爷从一个撅着鸡鸡的顽童，变成一个冬天戴着毡帽，围着作裙的老头的。它的年龄该有多大？

那楝树真是树中的老头了，不但一点也不挺拔，而且还显得老态龙钟。像它这么高大的树，应该配一顶宽大而体面的华冠才是。可它的树冠只剩下偏向临水的一边，像个歪头胡似的梗着。树冠也就半个牛车棚那么大。它的枝条也不像柳树、女贞树那么婀娜，而是僵硬地戳着，直直地站在那里，活像一个剃了板刷头的倔老头。

那楝树自根部而上一人高处，有一道裂痕。爷爷说，那是当年东洋人的炸弹给扔的。那天，两架贴着膏药旗的飞机，大马蜂似的"嗡嗡"打转。东洋人估计华盖般的树冠下一定躲着人，便下了两个弹。一颗掉在河中央，炸起的水柱，将小鱼小虾抛撒到两岸；另一颗弹直冲树冠而下，在削去靠岸一侧的枝干后，贴着树干往下刨出一道很深的槽。可那弹没炸开，一直钻入地下。楝树下躲了许多村民，阿毛就此吓傻了，整日疯疯癫癫的，没活过二十岁。第二年，那楝树不长新叶，人们以为它会死了的。可后来，楝树的伤口处分泌出黏性的树胶。伤口渐渐地弥合了，只是从未平复，宛若一条飞天蜈蚣。季风来临时，胳膊般粗的枝条，冷不丁地被吹折下来，惊起在树下淘沙的鸡鸭。不知何年，枯瘦的枝条上又长出了稀疏的叶子，仲夏时开出暗红色的细花，结出豌豆似的楝实。但那楝实来不及长足就哑了，从树上掉下来，鸡鸭都不食。

那也是爷爷说的，我都信。只是未见楝树走路。我想，你就走一步让我看看吧，哪怕很小很小的一步。难道你真的老得不能走动了吗？

而当我到了会搓草绳，挽起绳圈，尺蠖般攀上树冠的年龄时，楝树早已结得楝实累累了。那楝实形似青橄榄而小，味苦涩。大人说，吃了楝实会成哑巴。隔壁队的王哑子就是小时候吃了楝实，而整天嗷嗷着乱叫傻笑。菜花蜡黄的季节，专门追赶穿花衣裳的大姑娘。我们自然不敢吃，只是摘它作子弹，用弹弓弹射麻雀、黄胆鸟什么的。楝树的枝条生脆，大人唯恐我们掉下来摔折手脚，就吓唬说树洞里有一条大青蛇，专吃小孩。上面倒是有一个洞的，但从未见过什么蛇。我们出于好奇，壮着胆，贴着洞口侧耳倾听。洞内传来幽邃的喟喟声。那是楝树胸腔里的郁闷呢，还是发自大地深处的喧响？

我们习惯了坐在树冠丛中，听高处喜鹊雏鸟的呱啦，看河道里悠悠来往的船只：农夫不紧不慢地将河泥罱入舱内；穿戴得大红大绿的船姑，将捕鱼的网船摇得飞快；拖着送公粮船队的机器船，吃力地"突突"着，溯流而上。那机器船驶过后的浪涌，舔舐得两滩的芦苇、茭柴惬意地沙沙作响，久久未尽。

有一年春夏，我沿着灭螺带钓青蛙，冷不丁被什么绊了个踉跄。一瞧，原来是楝树的一截根茎，像翘着的二郎腿。我抬头仰望，只见楝树的伤口像眯缝的老眼，枝条间发出暗哑的"咯咯"声。它活脱一个老顽童似的。我疑心它是故意绊的。

再仔细寻觅，发现楝树的几只脚趾已蘸着了水面，像在试水温。原本它离河滩还有两三拃，可现在大半的根茎居然已站在浅滩里了。

惝然间，我又想起爷爷说的楝树会走动的事。不过，它是何时走到水边的呢？它为什么要去水边呢？是纳凉吗？是口渴吗？

也许它还是一颗种子的时候就怀揣一个梦想，要在河岸的阳面生长开花，那里即使冬天也阳光充足。结果当一只善解人意的白头翁要成全它的心愿而抛下时，一阵风使生命的轨迹偏离了方向。从此，它在河岸的阴面落地生根。那是哪一年呢？它自己也说不清。只记得那条河正处在少女时代，她腰肢袅娜，眸子清纯，遍身散发着艾蒿、芦苇的体香。而眼下，那河床臃肿不堪，河水异常的浑浊。出现在它的视野里的，尽是些陌生而年轻的外来物种。它与那些年轻的物种缺乏共同语言，而与它年纪相仿的树种却寥寥无几。

也许它想会会对岸老迈却心仪已久的乌桕树，坐到一起说说地唠唠天，回忆回忆那时的河，那时的天空。可它与乌桕一直保持几乎永恒的距离。当年那颗哑弹砸中它时，它本该死去的。就是那个微不足道的心愿，才促使它活过来的吗？也许根本就不是这些。它只是想到河边照照自己的容颜。看看自己真的到老得没人愿意跟它说话的境地了吗？

它的身体也慢慢地向对岸倾斜着。水面上罩出一片稀松的影，像是一个耳背的老人，在专注着倾听另一个老人说话。

也许是怕不小心会掉到河里，更是因为我们已过了爬树、打弹弓的年龄。从此，再也不见谁尺蠖似的往树上爬了。只见到了蚕豆登场的初夏，蝉扒开封土出来，顺着树干攀援，唱一个炎热的季节。久而久之，楝树干上生出苔藓了。春来，爬山虎藤攀附上一层厚厚的鳞甲；秋去，一种叫"麻雀棺材"的藤蔓植物，在它的半腰结实吐絮。它真的越发显得龙钟邋遢了。

横亘在它面前的那条命运的河，也渐渐地淤塞了。没有农夫罱河泥，就再也不能承载过往的运粮船只，再也不能牵动一个个渔舟唱晚的黄昏了。

那时，我已相信：树，是会走动的。只是走动得极其缓慢，缓慢得像小时候等过年一样。到我想跟爷爷说，那棵楝树果真会走动时，爷爷已去世了好多年，骨灰也早已埋在河的对岸了。

在一个台风过后的早晨，村里人忽然发现，那棵楝树已悄然倒下。那粗大的根系，像非洲塞伦盖提草原上，早已绝迹的猛犸象的骨架。那主根系间，居然还夹着当年那颗锈蚀的哑弹。那些根系把弹体缠得死死的，扳也扳不开。但此时已几乎没有人能说出那颗哑弹的来历了。

那楝树倒下后，人们才发觉它的高大。高大得能够横架到河的另一边，成一座独木桥。借此，叫春的猫们踩着楝树的躯干，走捷径去幽会；黑鱼在楝树的阴影里消夏。

不管梅雨怎么煽情似的撩拨，楝树再也没有力气发芽了。

只是到夜晚，鸟儿在飞越这片天空时，会冷不丁地掉下来。老人说，那树没有死，它的魂还矗立在那里，鸟儿是撞上它了。而我想，那一定是本地的一些留鸟，习惯以为那树还站在那里，于是凭空落脚，不意踩空掉落下来。就像上课时老师喊起立，有调皮鬼抽去你屁股下的凳子，致使你坐空一般。

村里人都说，那是方圆几十里仅存的最后一棵老树，如今它真的死了。可我觉得，它并没有死。因为它拱起的脊背挣扎出一种想站起来的精神。躯干上面长出了许多苍耳，披着网状外衣的竹荪，五颜六色的蓁蘑与香蕈。那是它梦想撑起的一个童话世界。它还活着，生命对于它，只是转换了一种存在的形式而已。

那棵楝树，用漫长的一生，就走了这么一段距离。就像波澜壮阔的历史，浓缩到历史书上，也就短短的几行一样。

发表于 2013 年第 10 期《朔方》

五月的乡村，应该是蛙声一片的时候。在这个季节的夜晚，每每枯坐于窗前，晚风送来热闹的蛙鸣，时如管弦，时如更鼓。不禁使人联想起"黄梅时节家家雨，青草池塘处处蛙"的诗句。那蛙鸣，一阵阵一声声，带着对生活的憧憬，流淌在童话般的星光里，印在乡村少年的心坎上。

而近些年，虽依然生活在市郊，但难得听到蛙声，所多的是汽车轮子的轰鸣声，和远处都市的喧闹声；偶或听得几声蛙鸣，却是那样的寂寥，不成气候；河道港汊间，也少有一簇簇的小蝌蚪。

这倒使我记起小时候的情景了。

每当春雨初晴，我们背着箩筐，去河边割草，常常被漂浮于水面的银色带子所迷惑：那多像夏夜银河里的星星呵！又多像飘在蓝天的风筝呵！回家曾问过奶奶，说是青蛙妈妈产的卵，会孵蛙宝宝的。于是，放学后，我们三五结伴，扔了书包去僻静的小河边观察。发现那银色的带子是缠着水草或芦苇丛的，青蛙妈妈是很细心的，唯恐自己的儿女被水流冲走。再细看，那乳白色的带子上，有芝麻般的小黑点，排列得很均匀，像串串无尽的省略号。那是未出世的小青蛙的眼睛吗？不然，为什么像在注视我们呢？几天后，那省略号就变成无数的逗号，就像乐谱上跳荡的音符——那不正是生命的音符吗？我们正为那神奇的变化纳罕呢！曾几回回误了割青草，挨大人的责备。待我们再记起它们的时候，那银带再也不见了，取而代之的是满江满江的小蝌蚪。它们一会儿排成长龙，蠕动着，似乎玩着老鹰抓小鸡；一会儿簇成一团，挤兑着，似乎在玩过家家。它们在碧水青草间从流漂荡自由自在，无忧无虑。而我们却正为未见这梦幻般的蜕变而怅惘呢！

大约两个星期过去后，这些小蝌蚪长出了胳膊与腿，在戏耍中不知不觉地告别了童年的摇篮，在父母亲充满鼓舞的爱的歌声里，与童年的小伙伴挥别，去闯荡陌生的生活。春水像一个朴实的保姆，默默地把它们送得很远很远。生命的考验正等着它们。

在油菜花与紫云英烂漫的日子里，田垄间、机耕道上，到处都是它们幼小的身影。它们坚韧地跳跃着、爬着。拖拉机开过去了，牛踩过来了；鸡鸭们正寻找它们鼓腹。道路上从此留下许许多多它们夭折的生命。但它们依然那样义无反顾地爬着，朝着心中梦想，朝着广阔的田野爬去……

等到下一个春天来临的时候，它们就用嘹亮的歌喉，在小河边，在田垄间的绿荫里歌唱了。

啊！那令人遐思的蛙声，唱出一个璀璨的丰收年！

酽酽的阳光里，随风飘来一两声耕者悠长的吆喝声，和清脆的鞭声。那汗水顺着耕者的泥腿、耕牛的脊背流下来，流下来，流下来又一声不吭地跌进水田里。青蛙，你都看到了。于是你就像田边的乐队，奏上一曲，给辛劳的人们解乏鼓劲。

这时，那些耕者，会直了直累弯的腰，看看烈烈的太阳说：蛙在叫了，歇下来吸支烟吧！

每到萤火明灭的夏夜，辛苦了一天的农民都回家了。那正是蛙们显身手的时候，它们就像忠实的老农，在田间巡逻，吃昆虫护庄稼。同时组成一个庞大的乐队，在满天的星光里，演奏灿烂的交响曲。在这交响曲的旋律中，油菜在悄悄地鼓荚，麦子在欢畅地扬花。而农民的梦，就像新碾的面蒸的馒头，那样的甜，那样的香……

那是用生命唱响的旋律。青蛙是应该用自己的声音歌唱的，它们从一个个小小的音符，蜕变成一只只青蛙，这期间历尽了磨难，然而它们还是那样的乐观，歌声中没有一丝的忧伤与颓唐。这是怎样的一种生命呢？我想，只要你热爱生命，热爱生活，那你一定会热爱这歌声的。

前些日子，偶尔翻到一幅《小蝌蚪找妈妈》的漫画，看后心情沉重。小蝌蚪却是在人类的餐桌上，找到不再唱歌的妈妈的呀！

我想，假如没有蛙声，那夜该是多么的寂寞啊。还会有农民的梦吗？还会有孩子们的笑吗？还会有谁吟诵"稻花香里说丰年，听取蛙声一片"的诗句呢？

2009 年 4 月 26 日于竹喧居

塘鳢鱼,奉贤西乡俗称"花花鱼",东乡则称"豪鲋"。形似"笋壳鱼"而小,不满一拃,重仅一两许。体肤呈棕褐色。头大而稍扁,鳍似葵扇,腹部鳞有刺扎手,毛毛然。

塘鳢鱼肉质嫩肥,口感鲜美,为常人所喜爱。这也许与它的懒散,不善游有关。人们很少能看到一条游动的塘鳢鱼。虽游则两三庹,即伏于泥藻间,作观望状。

每年四五月,田野里油菜花蜡黄的日子,春江水暖。塘鳢鱼躲在瓦砾、石缝或人们洗菜淘米的水桥石间,吞袭小鱼小虾鼓腹。在这万物繁殖的季节,河道的蕰草间鲤鱼、鲫鱼打祭(交配)的声响,激起塘鳢鱼沉睡的欲望。不过塘鳢鱼要文雅、绅士得多,不作无谓的打斗。只有公鱼鼓起腮帮"咕咕"地唱情歌,吸引雌鱼与其结秦晋之好。

巫山云雨过后,雌塘鳢鱼将鱼卵产在水桥石的下面或侧畔,当然瓦砾堆里也有,只是不易发现。那鱼卵是粘附在砖瓦上面的,不会被水流冲走。一条雌塘鳢鱼,一次产出巴掌大一片卵。产完卵后的雌鱼,则万事大吉,它比雄鱼要潇洒得多,独个参加跳舞、喝茶等社交去了(如果鱼类也有舞厅、茶馆的话)。看管鱼卵则是雄塘鳢鱼的事了。这雄鱼一点没有大男子主义。不像人类和大多的哺乳动物,幼崽都由母亲照拂,雄的却优哉游哉,翘着腿得意地喝烧酒,闹不准还红杏出墙。而雄塘鳢鱼则不然,在余下的两周内,竭尽父亲的责任,寸步不离地看护着未出世的后代。若卵产在两块水桥石的缝隙间,你能看到它伏在卵上,一动不动,只有一对鳍在微微噏动着。好像在给未出世的儿女打葵扇。

雄塘鳢鱼也是护犊子脾性。此时,若有小鱼小虾不留神靠近,它就猛一摆尾,凶悍出击。但也只冲出尺许,旋即回来。人们摸准了它的脾气,于是撸起袖管,探入水桥石四周或下方捕捉。塘鳢鱼一见巴掌,庞然大物也。为了下一代的安全,它敢于亮剑。一口咬住探入的手指,紧紧不放。即使被拎出水面,也绝不松口。直到放入盛水的脸盆内才罢休,但为时晚矣!一个人如果摸三五个水桥石下来,少说也有一二十条塘鳢鱼。

如果塘鳢鱼在水下的瓦砾砖石堆里,伸手够不着,小孩子就用钓的方法。这也很方便,钓钩上根本不用鱼饵,就像钓龙虾,放下钩线,在那里乱抽一起。只觉得鱼竿一沉，就知道鱼上钩了。轻轻一提，一尾塘鳢鱼"泼剌"出水。

那些雄塘鳢鱼，在出水的刹那，也像人一样后悔吗？其实它们在这岁月漫长的基因传递中，早已输入了密码，代代相传。那就是：狭路相逢，即使知道不是对手，也要亮剑！否则，算不得堂堂的一条公鱼。

塘鳢鱼的卵，排列如蚕种，密密的。形色如人们喜欢的果汁粒粒橙，饱满而光滑。雄鱼被钓后，若过几天你再光顾那几个水桥，那些失去了父亲庇佑的未出世的生命，只剩下一层瘪瘪的皮囊。它们是在梦中，还不知道什么叫痛苦时，就成了鱼虾的腹中之物的。

塘鳢鱼是四腮鲈的近亲，这只要看它们的长相肤色便知。不过，四腮鲈是珍稀鱼类，据祖父辈说，只有松江的华阳桥下面才有。离开华阳桥不出一爿田，尽管那鱼外貌酷似，却是三腮的。这说得有些玄乎。那其实是后来环境的污染，也许是捕捞的不节制，才使松江华阳桥的四腮鲈绝迹的。近年听说又开始引进了品种。不过那一定不是一般的百姓所能够享用得到的。

苏轼《后赤壁赋》有："今者薄暮，举网得鱼，巨口细鳞，状如松江之鲈。顾安所得酒乎？"可见四腮鲈的名声了。辛幼安有"休说鲈鱼堪脍，正西风，季鹰归未"之句。说的是西晋与阮步兵齐名的张翰，因见秋风起，而思念吴中的莼菜羹、鲈鱼脍，发"人生贵得适意尔，何能羁宦数千里以要名爵"之感慨。此鲈鱼即四腮鲈。虽然张季鹰是以此为借口，以避司马氏重门阀的黑暗政治体制。然不恋故乡的他物，而独思莼菜鲈鱼，想见鲈鱼实在是美味了！

其实，四腮鲈不只松江华阳桥下有，只是张季鹰等文人墨客的雅赏，以及乾隆老儿"江南第一鱼"的御赐故。不过，同是宋人，但早于辛幼安的范仲淹却发这样的感慨："江上往来人，但爱鲈鱼美。君看一叶舟，出没风波里。"他虽没有说是四腮鲈，但我想大概也是指四腮鲈的。不过，他作为一个"先天下之忧而忧，后天下之乐而乐"的宰相，所见到的不仅是"鲈鱼美"的一面，而且有出没在风波里，捕捞生活的劳动者的艰辛的一面。

这似乎扯得有些远了。

还是回到塘鳢鱼上来吧！向来与四腮鲈近亲的塘鳢鱼，大概算得是寻常百姓餐桌上的美味了。而塘鳢鱼以荠菜花白、菜花黄的季节最为鲜美。

暮春，塘鳢鱼可谓时鲜。它可以与竹笋一起煮汤，其汤鲜美绝伦；塘鳢鱼炖蛋，不失为农家菜中的上品。还可以与雪里蕻一起红烧，或放些姜葱清蒸，也是一种上好的选择。

现在正当是塘鳢鱼肥美的季节,不妨到乡下去走走。那里不仅有塘鳢鱼可享,还有清新的空气,相对淳朴的人情。到那里可以过滤一下污浊的心肺,使胸腔开阔些,使心脏跳动得从容些。

发表于 2014 年第 6 期《浦江纵横》

何日见彩虹

夏日,为消溽暑,住到了乡村的老家。

太阳虽还挂在枝头,迟迟不肯下山,渐渐将农舍长长的阴影移到乡场上。母亲在灶前烧夜饭,父亲在屋前的河边赶鸭子。我到门前的百尺泾里搲一桶水,溮在水泥地上,以挹住风撩起的小尘。神奇的是,原本燥热的风,经过阴影的过滤,凉爽了大半。

随后,我放一把竹榻躺下,顺手再拖一只小杌子搁脚,享受起晚饭前的片刻宁静。

风,从青嫩的稻尖上吹过来,从长满荷花、紫茨、菱角的池塘上吹过来,裹挟着乡村特无可名状的清芬,夹杂着稀松的蛙声。你会觉得,那微风与蛙鸣是绿色的,触手可及。此刻,手头若有一本心仪的闲书,有意无意地翻几页,聊当休闲的佐料。这大概就是羲皇上人过的日子了。

"朝隮于西,崇朝其雨。"风的手,将《诗经》翻到《蝃蝀》篇。"蝃蝀"者,虹也!虹,我们乡下俗称"鲎"(hòu)。"朝隮于西,崇朝其雨",虽出自两千几百年前,但它表述的意思,却还保存在现在的谚语中,即"东鲎日头,西鲎雨"中的"西鲎雨"了。那谚语整句的意思是:傍晚时,东方见鲎,第二天一定是晴天早晨;西方见鲎,那这一天必定雨泽如注。

《蝃蝀》的开句是"蝃蝀在东,莫之敢指"。这意思,在奉贤乡下还保留着。小时候每当看到天上出现了虹霓,而我们又兴奋地用手指时,大人们会呵斥说,鲎是不能指的,指了,手指头会烂掉的。虽然,那时未曾见着谁的手指烂掉,但我们都心怀敬畏,不敢造次。

合上书想想,这些年确实也难得见彩虹了。就拿今年来说吧,时令已近处暑,可从未见到过一次彩虹。现在的小孩儿,长到读书的年龄了,尽管他们的彩笔下曾描画出彩虹,但那只是在画图册上搬过来的彩虹。即使想象再丰富,也去真正的彩虹甚远。

是什么原因使彩虹隐曜?是浮躁的烟尘吗?是日趋污浊的大气吗?

记得小时候,尽管冬天很冷,小河上结的冰层,能承载一个人的重量。但夏秋季节,却雨水丰沛,几乎每天的午后,总会有一场雷阵雨。午睡的蒙眬间,隐隐闻听到雷声渐近,乌黑的阵雨云翻卷着从天边推到头顶,随着霍闪的银鞭一鞭紧似一鞭的抽打,热辣辣的雨点在田野里、操场上炸开。于是,雨雾间夹杂着厚朴的尘土味了。

那多半是午休时分,我们一溜儿排在教室外低矮的檐下,看瓦当间的水滴,连贯成水线,再稠密成雨帘。用双手捧掬瓦当间如注的雨水,或者干脆引颈向外,让雨水冲走睡意。抑或还仰张着嘴,以承接来自高天的清甜。还嫌不过瘾的,就借相互推搡为由,索性在操场上绕个小圈。夏秋间我们都打赤脚,操场上于是多了几串浅浅的脚印。

上课的铃声响了,无奈间我们被老师赶进教室。这堂课的效果无疑是最差的。不管老师再用粉笔擦将讲台拍得乒乒响,教室里鸦雀无声的是我们的躯壳,而那一颗颗顽心早已飞到野外:看到汪成泽国的仓库场上,癞蛤蟆蹀躞到场中央,粘食恓惶的虫蚁,吃面条似的吞食蚯蚓;稻田里溢出的淙淙流水,正顺沟渠而下,吸引着攻水鲫鱼,那该是晚饭鲜美的菜肴……

半个来时辰后,雨过天晴。鲜润的太阳,在东南的天宇扯起一道拱形的彩虹。有时还不止一道,而是两三道。有的呈半圆的拱门状,似乎告诉我们,进入那扇门,里面定是个奇妙的世界;有的只是弯弯的一截,像春日里的芦芽,直插天庭,给我们留下了无尽的向往……

我们呼吸着富含臭氧离子的清新,卷起裤脚管,涉着泥泞,也涉着青涩的年华,跋涉在乡间小路上。老师温暖的目光,护送着我们的背影,融入袅袅的炊烟,走进农户人家瞩望的门框。

我们的脚脖子渐渐在泥泞里茁壮,我们的心灵像雨后的天空般晴朗。那是因为我们心里,已烙下了那道道岁月再也抹不去的彩虹。

即使现在,已到了读得进《诗经》的年龄,想到此,老成的心依然不免神往。

当年,时不时会扯起的道道彩虹,如今,则成了梦想。如果一个人,在童蒙的年龄段,不曾见到过彩虹,那对他的成长则是何等的缺憾呢!有一位父亲,为了给女儿看究竟什么是彩虹,就用一架喷洒农药的喷雾器灌上水后,面对着阳光喷洒,制造出一条具体而微的彩虹。虽然这也是彩虹,但与大自然浑然天成的彩虹相比较,实在是出于这位父亲的无奈。但我以为,那该是这位父亲送给女儿的童年最好的礼物了。

天边的云层里抽着闪电,但太遥远了,听不到丁点雷声。这夏天几乎没下过像样的雨。蝉的嗓子也干渴得冒烟,不然那鸣叫为什么那样喑哑呢!

随着木头锅盖的闷响,灶间里飘出夹杂着蒸茄子、炖蛋的饭香。它唤醒了童年熟悉的记忆,就像久违的乳香。

今年,看来还是见不着彩虹咯!

"朝隮于西,崇朝其雨",我又念了一遍。把书扔到小杌子上。清风,你去翻吧!

发表于 2012 年 2 月 10 日《新民晚报》

以这两个字组合在一起，表达一个意思，且作为文章的题目，大概是有些突兀的。这怪不得您，那是奉贤西乡的土话。指的是一种捕鱼的方法。那方法应该是很原始的，就像纪实频道播放的非洲土著人用标枪狩猎一般。所以，我怀疑，这就像我们虽然有了拖拉机、收割机，却依然离不开锄头、镰刀一般；尽管现在有了更功利的渔具，但原始的戳鱼的鱼叉，还是与镰刀、锄头一起留传了下来。

戳鱼的工具是鱼叉。鱼叉有两种，一种是"扁叉"，形似《水浒传》中两头蛇解珍、双尾蝎解宝使的钢叉，不过不是三根刺，而是齐刷刷的五根刺。还有一种叫"团叉"，形似圆柱状，有五到七根刺。那鱼叉，不管是"扁叉"还是"团叉"，原本都是由铁匠铺打制的。后来也有以建筑用的线材焊制的，这只是取其制作方便，其刚性及锋利远不如铁匠打制的，但每根刺上也有倒钩。一般的鱼叉都在筷子般长，倘若要叉大鱼，如黑鱼、鲤鱼，就得用尺把长，带刺的鱼叉。鱼叉的另一端有一根铁条，插在竹竿的细端，再用铁丝或麻绳捆绑牢固。那竹竿有五六米长，尾端还系一条与竹竿等长的麻绳。

之所以叫作"戳鱼"，因为就是用这样简单的工具去刺中鱼，故得名。戳鱼，除了冬季及早春，其他的季节，都可以为之。那时乡下港汊纵横，有的是鱼。男人们在劳作之余，看看家里没吃饭下酒的菜，就操起鱼叉到河滩边走一遭。要不了个把小时，就拎着一串鱼进门了。那戳到的鱼，都是用青韧的茭柴茎穿着的，虽冒着血，却很鲜活。一刮掉鳞片，放上些毛豆或青椒红烧，鲜美绝伦。

因此，戳鱼成了作为农村男人的技能。男孩子从十来岁起，就扛着鱼叉，游走在浜滩边，不出两三年，便成了一位戳鱼好手了。若遇到哪家嫁囡，而男方家境不富裕，媒婆往往说，那团团头乖巧，家里的荤腥，都靠他戳的鱼营生。这一年下来得省多少钞票呢？女家想想也是。这门亲事就答应了下来。由此看来，这会戳鱼，也成了农家小伙子相亲的筹码。有的人因为自己喜欢吃鱼，所以添作菜肴；而有的人，自己不喜欢吃鱼，只是出于一种癖好，几天不摸鱼叉，就技痒。

我父亲就是一个戳鱼能手，每次出门，从不空手而归。可他不吃鱼，理由是：鱼太腥了。有时戳得多了，就分发给左邻右舍。后宅的新奎伯伯更是戳鱼高手,其技艺远在我父亲之上。

戳鱼虽是小技,但也自有其门道。而以你未见鱼,却先被鱼发觉为大忌。所以隐身显得尤为重要。新奎伯伯戳鱼时,会在不同的季节穿不同颜色的衣服。这大概与他参加过志愿军,打过两个战役,会找有利地形隐蔽有关。

若是在春天戳鱼,新奎伯伯穿毛蓝头土布的衣裤,头上戴一个放青的柳条缩的帽子。夏秋,则穿洗得发白且打满补丁的旧军装,再戴一顶破凉帽,若站着不动,宛似一个吓唬鸟雀的稻草人。这样,就与这个季节四周的环境保持同一色调。

戳鱼时走路也有讲究。除了脚步要轻,以免引起细微的震动外,而且不能改变走路的速度与脚步的频率,更不能见有渔情就居足。否则,鱼一定溜之大吉。因为,鱼也鬼得很,它其实早就注意着你了。即便是这样做了,还有一条得千万注意,不能正视着朝河面看,鱼见有人在观察,对不起,尾巴一摆,"轰"的一声,跟你拜拜了。

新奎伯伯观察渔情时,也善于伪装,不是背一捆青草,就是掮一把锄头,像一个出工的农夫。眼睛却不时地朝河里斜着瞥一眼。他发现有鱼,也不居足,笔直往前走。说笔直走,也不是一往无前地快走。他的小腿肚子粗壮,开步也显得特别沉,似进非进,像一匹谨慎的树腊蜥。其实,他的鱼叉就放在附近的垄沟里。绕一个圈子,拖着鱼叉,从沟渠里径直过来。当鱼还在高谈阔论,嘲笑这个农夫时,"扑哧"一声,鱼叉已插入它们的背脊。

这当然是指戳鲫鱼之类,若戳黑鱼,则没那么容易。戳黑鱼一般都在初夏以后的日子。黑鱼有灵性,所以鬼得很。一般不现身,除非是今天心情好,出来晒晒太阳;或者是驱赶着小黑鱼游玩。虽然如此,它的行动依然很诡秘。一般是,人还未见它,只听"咕隆"一声,早已遁得无踪无影了。会戳鱼的人一听早知道是黑鱼,于是就守在那里,有时要守好几天。那也一定得赶在黑鱼到达之前进入阵地。

戳鱼一般都瞄准鱼头前面一点,这不仅是鱼的要害,还是因为鱼在逃避时总往前,所以得有提前量。当然,还得看天气,阴天与艳阳天不同,如果是艳阳高照,太阳直射水面,则会引起折射,所以在瞄准时发生偏差,那要根据光照的角度来判定。这些,新奎伯伯最有经验。

新奎伯伯先把鱼叉放在最顺手的地方,然后蹲在沟垄间。这时,天多半有些热。他用一张芋艿叶或香瓜叶罩在头顶,既遮阴又伪装。即使黑鱼发现,也误以为那个农夫在拉屎。黑鱼到来时先有征兆,若是听到一阵急促细小的泼水声,准是落单的黑鱼来了。那是在觅食的小鱼虾躲避黑鱼时的声响。若听到鱼换气的嗟喋声,那肯定是一条母黑鱼牧着小黑鱼过来了。而此刻,母黑鱼一定在小黑鱼后两三米远的地方。只要你耐心等着就是。如果此时怀疑自己已被黑鱼发现,则将早已折好的狗尾草或芦叶,遮住面部,且轻轻晃动。那是对黑鱼的催眠术。晃动得黑鱼有些眼离,慢慢地摆动起尾巴迷糊起来。

看着黑鱼游进自己的射程之内,新奎伯伯动作比猫还轻巧十倍,慢慢地挪动鱼叉,轻舒猿臂,鱼叉早已似离弦之箭,脱手而去。只听得"咕咚"一声,随即是鱼叉竹竿剧烈的抖动。黑鱼还以为在做梦,新奎伯伯早已笃悠悠地收起麻绳,一条老黑鱼亮出水面。嚯!足有五六斤重。当将黑鱼甩到垄沟里时,那黑鱼终于明白上了老家伙的当,情犹未甘地作最后的挣扎。但悔之晚矣!新奎伯伯释然地点上一支"勇士牌"香烟。

新奎伯伯的家里,一年四季有鱼。鲜鱼吃不完,就腌咸鱼。场角上一根竹竿祭得高高的,上面尽是各色各样的鱼干。来客人了,便摘下几条或割几片。可他自己也不喜欢吃鱼。

戳鱼最好的季节是在四五月,那是鱼的繁殖季节。河岸边的芦苇、茭柴、菖蒲刚放青。滩涂畔的东洋草刚从秧包衣里挣脱出嫩叶,便成了鲤鱼与鲫鱼打祭(交配)的温床。这时的鱼多,而且好对付。即便是阿囝哥(这是个很有故事的人物,我已在好几篇散文中提到他,可惜他比我祖父还大些,也早已作古了。之所以一直写到他,因为他有趣。)这样,虽常戳鱼,但是个从不见长进的主,也不会空手而归。

阿囝哥不像我父亲与新奎伯伯,他最喜欢吃鱼。嗅到鱼腥就掉口水。照理,他该是个戳鱼高手,可造物主偏与他作对似的,他的渔技太烂。除了这鱼打祭的时节,其余,难见其有所斩获。

他,清瘦的个儿,背驼得厉害。我怀疑他晚上睡觉一定不能平躺。走起路来一弓一弓的。脖子细长,接食管粗大。喜欢说笑话,说到开心处,只见其接食管上下抽动。三五爿田能听到他爽朗的笑声。做过生产队长,种地是好把式,可就是戳鱼不见长进。

阿囝哥只要一提鱼叉,神情就严肃,也不再说笑话,最多是干咳几声,以释放自己的紧张情绪。他在河边逡巡时,虽动作谨慎,但总显得有些滑稽。他未曾见鱼,而鱼早就"咕咚"一声滑脚了。鱼倒不吓着,可他吓得"噢呀"一声,脑门沁出细汗,心头"怦怦"乱跳。即使难得发现渔情,早就紧张得喉结发干,走路的姿势像痉挛。看看离鱼近了,不是鱼叉兜住庄稼,就是不小心被土块、草茎绊个跟跄。其结果就可想而知了。

所以,偶然见阿囝哥戳到一条半大的鱼招摇过市,人们就议论说:今天真是太阳从西边出,大概那条倒霉的鱼在撒污,来不及系裤带,被阿囝哥撞个正着。

我想，阿囝哥的戳不到鱼，也许是因为他太功利了。因为他喜欢吃鱼，在戳鱼的时候，老想着鱼味的鲜美，以至于喉结抽动，手脚痉挛。看来，你想做成一件事，应该从容不迫，以平常心对待，才能成功。

不过，在鱼打祭的时候，则另当别论。人们说，恋爱阶段的人，智商是最低的。在这个季节，鱼也不例外。或者不是智商低，而是利益驱使。孔子说：食色，性也。人的利益是想吃鱼——像阿囝哥，而阿囝哥太功利，却戳不到鱼。而鱼的利益是遗传自己的基因，延续后代。这些个鱼，鳊鲅鱼也好，鲫鱼也好，鲤鱼也好，三五条，甚至更多的雄鱼追逐一条雌鱼，打斗着，翻滚着，根本忘却了一条条鱼叉正等着伺候。

鱼打祭的声音此起彼伏。阿囝哥急得像蚂蚁，哪里起水花，就奔向哪里，待他奔到跟前，鱼又在另一处打祭了。不过打祭的鱼实在太多了，像逆松花江水而上产卵的大马哈鱼，棕熊总能逮得到。所以，这也是阿囝哥的渔季。戳鱼虽是小技，但我们从阿囝哥与鱼打祭上也能悟出一些道理。

戳鱼作为一种捕鱼技能，是符合不涸泽而渔的古训的。它专挑成鱼，而放过小鱼，从而使鱼的繁衍生生不息。现在，戳鱼的技能，近乎失传，这不仅是因为农村的后生少了，更是由于人们的疯狂，嫌戳鱼所获有限。于是电触鱼、笼头网的伺候，所过之处，小鱼小虾一网打尽。现在的港汊间，许多鱼类已经绝迹了。

环境的问题，虽已引起人们的关注，但何时再能恢复到近乎原生态的乡村呢？

2011 年 12 月 6 日于竹喧居

"盼望着假期，盼望着明天，盼望长大的童年。"听着罗大佑的歌曲《童年》的旋律，我的思绪就梦游般地飘过岁月的万壑千山，推开记忆的道道重门，踉跄着迈向童年的门槛。那道关闭了这么多年的门，门框上也缀着些无奈的蛛网吗？风过处，微尘也带着岁月的陈腐，百无聊赖地飘落下来吗？然而，当稍稍推开那道门，透过门缝向内张望：那一串串天真无邪的笑声，那一张张稚拙顽皮的脸，就像夏日的阳光，蓦然间，灿烂在你眼前，荡漾在你的耳畔。

噢！那是向往的假期，那是难忘的夏天。

夏天去哪儿？乡下的田野虽然辽阔，但太阳更肆无忌惮。最好的去处，是宅后的小竹园。我们那儿的农家，大多因循着"宅前种桃，屋后栽竹"的旧习，差不多家家栽有竹子，只是占地的大小罢了。竹子的品类不算多，一般都是篾竹、孵鸡竹、黄芦竹；当然还有慈孝竹，但它是丛生的，长出的笋又细，对农家来说，实用性不大，也无法入其内乘凉，所以也少有栽种，而所多的是篾竹与孵鸡竹。篾竹虽不如孵鸡竹苗壮，但它的笋最青绿鲜嫩；孵鸡竹的笋又粗又黑，但煮食时有股苦味；黄芦竹一般都栽在墓地上，秆是黄的，叶片也枯瘦些，其笋也食之乏味。白居易的"住近溢江地低湿，黄芦苦竹绕宅生"，大概指的就是它了。

放暑假的时候，竹园里当年的春笋，业已长成新竹，一眼望去，虽一样的婆娑，但不见得老成——青青的枝干，油油的叶脉。但也不妨我们纳凉、玩耍。

放假后的第一件事，就是在竹园里放上桌子椅子，把上学期的作业本搬出来，再一页页撕下来，折叠成三角片、方正的豆腐干片。然后在竹园里扫出一片泥地，在上画一个圈，摆开架势翻三角片或豆腐干片赌输赢。若是输光了，就撕旧课本，直撕至最后一页。这样的倒霉事，只有"白饭"常常遇到。"白饭"是我的一个玩伴。农村人有个习惯，相逢时总要问"吃了吗"或"吃的什么"之类的，每问到"白饭"，他总是打着饱嗝说：白饭。于是，那就成了他的绰号。譬如，早晨我在拉屎。母亲在外面催我说："还不快点，上学要来不及了，白饭都等你好久了。"于是我提着裤衩出来，但见"白饭"倚在门框上，边打着饱嗝边往嘴里送烘山芋呢！

"白饭"长得肥肥的、白白的,不像我又黑又瘦,脚踝细得像麻秆似的。也许人肥胖了以后,血液循环慢的缘故,"白饭"的脑子不怎么好使,总比别人慢半拍,如发挥到极致,也比别人慢四分之三拍。所以,翻三角片什么的,他输得精光也不足为怪了。输光后的他,就在边上转悠,专注地看别人玩。我真搞不懂,那老兄有时竟认真得连口涎挂下来都不知道,好几次滴在别人的手背上,招人白眼。这样的游戏,往往玩到有人赖皮,相互争执不下而散伙。

竹园里有的是鸟窝,那当然是在高处枝叶茂密的地方。七月初,正是小鸟儿嗷嗷待哺之时,无需劳神,只要循声找去就成。但要逮住它们,却也是件不容易的事。因为上面的竹竿细瘦,承载不了一个人的重量。像"白饭"这样的胖子,简直想都不敢想。这在我倒是个优势——因为我瘦得能跟猴哥称兄道弟,正适合攀援。"白饭"喜欢鸟,每每这时他就央求我劳驾走一遭。我故意卖关子,说这是很缺德的事,就像掘人家祖坟似的,那些鸟父鸟母会骂我诅咒我。他说好兄弟,看在我帮你打架的分上,你就高抬贵脚吧!

"白饭"不打架,也不会打架,再说我们那时的打架,就像阿Q跟小D龙虎斗似的,一个进三步,一个退三步;也像如今的人们跳三步舞;又像两头公河马之间为争夺情侣打大粪战,不会伤着谁。每逢有人惹我,"白饭"就在中间一站说:哥们看我的面子,算了。如果那人不识时务,"白饭"就用他栳栳似的屁股一掀,那人就撅一边去了。

想到他的好处,再说也摆足了架子,就在手掌间吐点唾沫,两手一搓,像尺蠖虫似的,一曲一弓攀上竹梢。鸟父母先是叽喳着骂,然后,飞翔着用翅膀轮番进攻我,鸟粪"唰唰"地倾泻下来。再往下看"白饭",他的脸上中了三五颗粪弹,但"白饭"像个英雄似的替我扶着竹竿,一动不动,嘴里一个劲地说没事没事。就像当年的尼克松,为了竞选总统,不顾反对者扔过来的臭鸡蛋。我倒被"白饭"的勇敢感动了。

所憾的是,那窝鸟太小了,还未长羽毛,个个肉嘟嘟的伸长着细细的脖颈,朝我张大着嘴巴,以为我的到来,是它们的父母似的。我把上面的情况告诉"白饭","白饭"说那就算了,小鸟也怪可怜的,再说逮下来也养不活。但脸上写满了落寞。当然,有时鸟窝里只是鸟蛋,鹁鸪的蛋是棕红色的,白头翁的蛋是灰褐色的;也有青白色的蛋,那是黄脰鸟产下的。"黄脰"是我们那儿的俗称,学名应该唤作"鹪鹩",庄子的《逍遥游》里记载的就是它了。那些鸟蛋,据说也很鲜美,可我们都不敢吃,因为上面有雀斑,大人们说,如果吃了脸上也会生出雀斑,就像隔壁刚嫁过来的新嫂似的。新嫂是个大美人,人们都夸她,不过末了总带上一句:可惜脸上有雀斑。

小鸟没逮成,可吸引我们的趣事何止于此呢!

那些未到上学年龄的男孩,三五成堆在竹子的浓荫里,把被太阳烘烤得粉粉的泥沙,用蚌壳刮得堆起来,再浇上水,捏泥人、垒城堡。然后逮蚂蚁放在城堡里。往往水不够的时候居多,那也好办,大家轮流着尿尿。据我们的经验,这样捏出的泥人,既光滑又不会开裂。但太阳一晒,有股子骚味,这是再自然不过的了。更重要的是我们从中也积累了游戏的经验,也许人类的从旧石器时代到新石器时代,再进化到青铜器时代,其中的游戏与制陶是起了不可替代的作用的。就天性而言,凡是小孩几乎都喜欢玩泥沙,这也许是我们祖先的制陶基因遗传所致,其中正蕴含着无限的创造力呢!

我们那时已不屑于玩尿尿捏泥人,最多的只是站在木桥的中央,比试着看谁尿得更远,那也是在极无聊的时候。而粘蝉或蜻蜓、蝴蝶倒是很有趣的事。

在竹园里挑一枝细长的竹竿,刨去枝叶,在竹竿细端拗一个雷达天线似的圆环,差不多有乒乓球拍大,状如电影里鬼子进村的扫雷器。然后,到猪舍或少有人往来的屋内,那儿有许多蛛网。那些土蛛如小蟛蜞般壮,吐的丝韧而粗,结的网密而大。我们用"扫雷器"在墙角边一一扫过去,不一会儿,"扫雷器"俨然成了一张黏稠的网。

有时会遇到长脚蜘蛛,它学名应该叫"蟏子",也就是那句"蟏蛸在户"中的"蟏蛸"了。它的躯体最多只有米粒大,可腿脚特别长,大概有二寸。人类把得一种病的人称作"蜘蛛人",就取类于它。那蟏子往往在吃饭时的桌子前挂下来,荡在半空中,老人说那是祖宗显灵,所以朝它打躬作揖,口中念念有词,唯恐带来祟祸。如果在野外逮到,那可无妨,把它的长脚折下来,据说能占卦算命。它的肢体生命力很强,折下来后还能轻易跳动五六十下,每一下代表一岁,直到它不动为止。这一般是孩子所为,大人们是不敢以此占卦的,唯恐占了个不吉利。

乡村的四五月,麦收时节,多的是白色的粉蝶;而到了七八月,那些粉蝶不见了,多半是黑色的或彩色的蝴蝶。还有一种蝴蝶很特别,翅膀像早期的双翼飞机,黑黑的翅膀,红红的脑袋,介乎蝴蝶与蜻蜓之间。我们那儿称它们作"梁山伯祝英台"。它们总是成双成对地飞翔,几乎不离开竹园,飞累了就憩息在益母草或兰草的花卉上,翅膀一开一合。那时我们不知道有小提琴协奏曲《梁山伯与祝英台》,但从老人处听过这民间故事,所以,我们是不会去粘它们的,让它们在花间自由飞翔。

粘得最多的是种红蜻蜓,其形状如"容克"战斗机,暴眼。它们喜欢停留在竹竿尖上,一罩一个准。然后用它们喂小鸟。

女孩子们要文静得多,最多也是玩跳橡皮筋或踢毽子。其余的时间,就趴在桌子上写作业,所以成绩远好于我们。

我家竹园后面是一条小河,隆冬季节结厚厚的冰,小孩子能涉冰过河。而到夏天,河岸也长得宽亮了,两岸长满芦苇。我们都在这条河里偷偷学会了游泳。每当长大后,面对大江大河时,会油然想起那条河。就像在父母身边学会了生活一般,以后走南闯北,无论遇到什么,都有正视的勇气。

学会游泳还有一个好处,那就是到"阿囝哥"的瓜地里偷瓜。其实,我们每家都种瓜,但我们专偷"阿囝哥"家的,觉得很有趣。我们要看他被偷后的那股急劲,就像麻雀打翻蛋似的。他曾打埋伏,那次我们还未得手,结果"白饭"给逮到了。我们都担心他会告状,"白饭"也将遭皮肉之苦。可"阿囝哥"倒好,把我们叫到瓜棚里款待一顿。我和"白饭"他们相互做鬼脸,觉得怪不好意思的。自那以后,我们再也不偷"阿囝哥"的瓜了。

我们曾枕着夏天的竹园做过许多梦,梦的纸船涉过童年少年的河。我曾多次到老家寻访残存的竹园,但再也找不到那翻飞的蝴蝶。益母草高过人头,竹子也在开花了。原先"阿囝哥"的瓜田,成了"白饭"的责任田,"白饭"正歇在田埂上吸烟。

"伙计,过来呀,就像当年!""白饭"调侃着隔浜招呼我。面对窄窄的小河,我已没有了当年的勇气,就像游子出门后再也回不去一样。

2009 年夏于枕曲斋

我们那时的蒙童小孩，几乎都穿开裆裤。爬着玩着，屁股上露出一个胎记。那胎记靛青色一片，像半张老熟的荷叶，不规则地盖去半个屁股；又像两头乌的小猪崽和花迷小狗；更像秋野翻转在农田里的肥沃青泥……

那长在屁股上的胎记，不同于长在其他地方紫黑的记，那记在我们那里称作"痣"，是永不褪色的。若长在显眼的所在——特别是脸上，有碍观瞻。甚者，殃及相亲找对象。而胎记则不然。乡下的孩子草根般的贱，更好伺养。每到春夏，父母们田里农活都忙不过来，再说那时孩子多，谁有空闲来看护呢？那本该带弟弟妹妹的大孩子们，早到乡场上野去了。留下那将要学步的娃，被关在客堂门槛里，寂寞地玩，哇哇地哭；裂着屁股在席簟上爬，在泥地上滚。说来也怪，那曾经青青的胎记，爬着玩着就不见了。

一个长了胎记的婴儿，自呱呱坠地起，这样滚打着，胎记渐渐地淡出，此时家里的老人说，快了，娃要开步了。果不然，要不了几个月，那娃真的趔趄着开步了。那姿势宛若刚出蛋壳的鸡鸭，蹒蹒的，怯怯的。

若是头胎，母亲没有经验，会为这青青的胎记担忧。此时老人们会说，不碍事，那孩子定是不肯投胎下凡，被王母娘娘一脚踢下来时踹青的，只要一沾泥土自然会消失。

也怪，真的一沾泥地，一年半载就消褪得无影无踪。

我已念初中时，祖母还常念叨，我小时候就长有一片很深的胎记。也许冥冥中的我预料到三年困难时期将临，所以不肯下凡。那胎记更是王母娘娘踢重之故了。不怕你老笑话，当我懵懂间蹲在场角边拉屎，透过两裆，观察屁股的尊容时，虽见不着自己的胎记，却见到倒过来的人们一张张饥馑的脸，和晃得眼睑迷离的太阳。鸡鸭们与几只饿得肋骨像搓衣板似的狗，正虎视眈眈地逡巡在周围，巴不得我快点离开。

那经历是很有趣的，以至于小时候的我，在无聊的时候，常一个人原地旋转，旋转得晕乎乎的，在快要倒地的当儿，将双手撑在地上，从两裆间看奇妙的世界在旋转，看倒过来的人们怪异的脸。那是童话世界吗？那是漫画天地吗？

童年，也许就在这懵懵懂懂的旋转中，被甩过了破旧的门框。

我虽然未能见自己的胎记,但我见过弟弟们的胎记,祖母说,他们的都比我的要淡。后来,我女儿凌韵出生了,她是出生在乡下小镇上的,那胎记不仅淡而且小,淡得像一抹烟缕,小得像几个青团。去年,我外孙女出世了,她生在大都市的妇幼保健医院。出于好奇,我观察一番,居然没有一片胎记。

　　联想到自己儿时的胎记,我有些纳闷:从农村到城镇再到大都市,我们渐渐地远离土地,怎么那胎记也慢慢地褪去,以至于无呢?

　　查字典知道,那胎记的学名唤作"母斑",顾名思义,那是生命降临时母亲给你打上的印记,就像时下通行的防伪条形密码似的。那我们童年留存的胎记,就是母亲大地给我们盖签的证件了。证明你属于这片土地,那片土地也属于你。即便随岁月流逝,表面上虽已褪尽青色,但其实没有离开你,而是融化在血液中,渗透在骨髓里。它使你腰板挺直,能抵御疾病明里暗里的侵蚀,饥寒的煎熬,世俗的诱惑。

　　我老家隔壁的童年伙伴,他也添了个孙子,也怪,虽然出生在农村,居然也没有胎记。我那伙伴告诉我,原本分到手的土地,现在全被征用了。而那分田到户,土地重新回到农民手里的喜悦,仿佛就在昨天,现在一晃又没有了。就像原来充满希望的潜力股,一夜间忽然又蒸发了似的。生活虽然过得不错,不过作为一个农民没了土地,心里不踏实。以后,原本在这片土地上摔打的人们,以及他们的后代,如果在外面找不到工作咋办?他说,近年来会无端地心慌,以至于心律不齐,我怀疑是不是与渐渐远离土地有关。

　　他边哄着哇哇哭闹的孙子,边说:等你能下地干活时,土地已没有了。又朝向我自语说:这土地确实折磨人,可一旦失去了,心里却不是滋味。

　　我那已做了爷爷的伙伴,小时候不但屁股上有胎记,脸上还有一颗红痣,与生俱来,永不褪色,而且上面长出了几茎腼腆的黄毛。他也纳罕,现在的小孩怎么都没有胎记了呢?

　　我想把自己的想法告诉他——那是我们失去土地的缘故。但我终于没敢戳破它,这也许是冥冥之中的谶语——天机不可泄露。

2010 年 8 月于枕曲斋

回乡的路,忽远又忽近;故乡的剪影,在夕阳的逆光里忽明又忽暗。

据说一头老象,如果它不是遭遇捕猎者虐杀,当它预感到自己行将告别"象世"时,不管路途多么遥远,也要跋涉千山万水,回到自己曾经出生的地方;一只狐狸,为生存奔波,身处异乡,但它临终时,头一定是朝着它出生的那个土丘,所以才有"狐死首丘"这个成语。难道老象与狐狸或者其他的生灵也有怀乡的情怀吗?那是基因的遗传还是后天的记忆呢?

几十年来,每当踏上回归故乡的路,我一直在咀嚼:故乡究竟是什么?当你离开些时日后,一直会梦魂萦绕地想起它。而当你站它面前时,又像面对沉默的父亲,一切又无从说起呢!而当知道一旦要失去它时,会觉得心里空荡荡的发虚呢!

在人生的长河中,也许曾经的忧伤,已幻作黄昏的青橄榄;曾经的顽皮已凝结成榆木疙瘩;以至于定格出河面上打出去的水漂,放学路上向往的口哨……而故乡就像一个琐碎的老太婆,将生活的点点滴滴,一一收在她吝啬的背囊中,再码成年轮发黄的银币。只要思乡的秋风一撩拨,那些银币就会激起绵长的怀想。

更深人静,每当我翻阅美国作家托马斯·沃尔夫厚重的小说,那絮絮叨叨的叙述、描绘,汇成回肠九曲的旋律,抒发出作者"你不能再回家"的咏叹。在它穿透了我的胸膛,哽咽在我的喉咙口的当儿,不禁使我油然想起他的一段名言:"我已经发现,认识自己故乡的办法是离开它,寻找到故乡的办法,是到自己心里……到一个异乡去找它。"

没错,"故乡遥,何日去,家住吴门,久作长安旅",那是身为羁旅的周邦彦"等是有家归不得,杜鹃休向耳边啼"般的无奈;"即从巴峡穿巫峡,便下襄阳向洛阳",体现了饱经安史之乱的杜甫,当闻听"剑外忽闻收蓟北"时,返回故乡的急切心情。我们处在交通便捷、衣食无忧的升平景象里,然而,故乡的情怀依然萦绕在你我的心头,或淡或浓。

近日回老家,宅上的乡邻都传说,这片土地要开发了。村民们将搬迁到三五公里外,一个还不算太陌生的地方。这其实是迟早的事,村里的土地前几年已被征用,村民们都吃上了镇保。远处,化工区衍生出来的高楼的阴影,不时蹭着夕阳,投射到渐趋荒芜的田野。村野里,难得见孩童顽皮的身影；人口的老龄化，使得村里只剩下老头老太。谈吐间，他们既露出吃镇保、住新房的喜悦，也有远离故土的牵挂，以及种地后继无人的殷忧。我沉默无言，只觉得，不久的将来，就再也见不着那陪伴我长大的田塍、小河、野草、树木了。

那长在故乡土地上的不起眼的树啊草，尽管我叫不全你们的大名，但我能呼出你们的小名，就像儿时呼唤小伙伴的绰号似的。如果某一天只能在书本上翻到你们的大名时，我反而觉得陌生了。就像你们只记得我的乳名一样。还有更多的、散发着野性与质朴的花草树木，不要说大名，就连你们的小名绰号我都不知道，而你们却把我当一个老熟人。我是何等的惭愧呢！

场角边的那棵榉树，从不见你挺拔过。小时候就见它这么高，到如今也不见得高出多少，但我却习惯了对你仰望——尽管你身上有牛羊蹭破的伤痕，有麻疹般的疙瘩。那岁岁枯荣于瓦砾间的灌木，我虽然不是出于高慢而不知怎么称呼你们，而你们却能叫出我祖父乃至曾祖父的乳名。晚秋，每逢我为营生而匆匆走过，你们会从不同的视角，指指戳戳，好似说，这是某某的曾孙；你的爷爷小时候还尿了我一身呢！那时你小赤佬还不知道在哪里托身投胎呢！

有时，村口的一株拉拉藤牵动我的衣襟，想对我倾诉什么，可我从不耐烦地听你絮絮叨叨。总以为自己在干什么鸟毛正经事，无情地扯断你的牵挂。此刻，你的心里不知生出多少忧伤呢！现在我理解了，其实，你也说不上有什么要紧事，只是想磕唠几句，取取暖而已。现在想来，你的絮语，抵得上无数场兑水的狗屁报告，敌得过空头哲学家的伪命题。

当夏日里踏上不知走过多少辈乡人的泥路，当无数臭花娘子、野麦的种子粘上衣襟，我总是想耸身将你们抖落下来。其实，你们也没有过多的奢望，只是想搭载一阵，到另一个地方去走走，看看这座城市。在乡村日渐萎缩的趋势下，想在城市荒芜的角落里找个地方生根，再开一些野花给城里人看看乡下人的精神。而我却全然不察。

春天里，如果客居在孤独的异乡，遇到一只似曾相识的紫燕，正不停地呢喃，我会无端地想：它一定是在说，我们的祖先曾经在你家的梁上做过窝，我生命的胎衣就留在你家客堂的桌子上呢！那情景，传递给你的是一颗感恩的心。此刻你心窝里会涌起一股暖暖的温馨。当然，如果一只麻雀掠过你的头顶，甩给你一抔鸟粪，那一定是你曾经干了缺德事——掏过人家的窝，毁了人家的蛋。它告诉你，要善待一切生命，做一个平庸的好人。

野草树木别处有的是，但那不是属于我的。它们能说出我祖先的乳名吗？它们会牵着我的衣襟絮叨个没完没了吗？

那长着狗尾草、羊耳朵草的故乡的土地；那春风里摇曳着细碎的荠菜花马兰花的浑朴的原野；初夏时，抽青孕穗的起伏着的麦浪，从今后，也许背上钢筋混凝土铸就的十字架，在长夜里呻吟，在阴雨天哭泣……在那块土地上，从此再也不会有乡村了。无奈的游子，失去了精神的家园，只能在心底筑起神圣的祭坛，在时空间孤独地流浪……

现在，每当我回故乡，总是贪婪地用照相机把故乡的风土人情摄入眼底，烙在还不算麻木的心坎上。那些在田野里劳作的蹒跚的步履，苍老的背影，我疑心那就是我早已作古的爷爷奶奶；那望无际涯的油菜花和起伏着的稻浪，正是祖先们的瞩望与生生不息的呼吸。

如果到某一天，当我老迈得再也不能跨出门槛时，我会翻出那些发黄的照片，坐在冬天温暖的阳光下，告诉我的晚辈们：那曾经是我们的故乡，祖祖辈辈的家园。

而这种对故土的情感，为什么一旦到失去时才变得如此强烈呢？这正像有人形容的亲情一样，平日里也许你感觉不到它的存在，一旦到失去，且永远不能挽回时，才感到揪心地疼痛。一个承载着无限眷恋的故乡，就好比亲情一样，失去了就再也找不到。

2009 年 3 月于枕曲斋

序属三秋,天气转凉了。暑热挣扎了一个初秋,连同疙疙瘩瘩的蝉鸣,终于败下阵来。

鸟鸣春,雷鸣夏,虫鸣秋。向晚,夜色显得很干净,各种虫鸣清晰地勾勒出"虫声新透绿窗纱"的意境。有纺织娘、油葫芦、蟋蟀、金铃子……,有纱锭声、机杼声,有琴声、哨声、圆号声……,听那交响乐的旋律,肯定还有其他的演奏者,不然,那秋的乐曲不会那么浑厚、深沉。只是我唤不出它们的名姓罢了。

那纺织娘的叫声,自夏徂秋,也许是听惯了的缘故,不显得特别,倒是那蟋蟀与金铃子以及油葫芦的鸣叫,令人神往。其实,它们应该算是一类的,就像西洋乐器提琴家族里的大提琴、中提琴与小提琴。那油葫芦就像大提琴,蟋蟀是中提琴,而金铃子自然是小提琴了。

那交响曲中,最牵动心弦的要数金铃子了,那声音是那样的纤细,时而嘹亮,时而婉转;时而绵延不绝,时而像游丝,似乎要断了,但细细听来,却是连着的,若隐若现,时高时低,演奏进你的心坎,宛如小提琴协奏曲《梁祝》的旋律。这使我想起《失去的金铃子》,那是聂华苓的长篇小说,尽管是三十年前在大学的校园里看的,但在今夜——金铃子歌唱的夜晚,会油然地想起它,佩服聂华苓对金铃子的叫声的描摹,那实在是绝了。只要一想起她那段对金铃子的描写,眼前就浮现那空濛的秋夜,耳畔就响起那梦魂萦绕的鸣叫。如果她没有切身的感受,是万万写不出来的。

金铃子是咋样的?

每年入秋,喧嚣的街市上推过一辆辆小贩的自行车,上面的竹架上缀满竹篾编织的六角形的笼子,那笼子里存放的就是金铃子。它们每笼一只,上百只的金铃子隔笼相望,"嚯嚯"地一路叫来,给裹挟在秋闷里的城市人捎来秋凉。它们全然不知,主人是拿它们去赚钱,还以为是带它们去逛街呢!这只要听它们的歌声就知道,没有一丝忧伤,没有半点焦虑,酣畅地把田野的清新带进城市,暂时忘却了辽阔的田野,野草馥郁的芬芳,自己的家园。

也有闲适的城市白相人,买一只敛在盒内,藏在胸口,不时地掏出来在同伴间炫耀。待秋去冬来，那金铃子已失去美妙的歌喉，干瘦地死在温暖的怀里。它们也许不知道是怎么死的，直到生命的最后时刻，那叫声没有一丝颓废。

其实，金铃子长得怎样并不重要，它太貌不惊人了。瘦小而纤细的身段，脚像初吐的麦芒，一对触须蠕动着，像小提琴的高音弦，一双眼睛大大的，充满好奇，看着那给了它们舞台的秋天。

秋天的来临，使瓜蔓儿枯瘦了，大豆叶焦黄了；草尖上缀着露珠，犁铧翻转的泥土，泛出成熟的乳香。那大乐队开始在田野里演奏秋的奏鸣曲，如果是人类，一定得有一个头发长长的指挥，我不知道它有没有。但那乐曲却演奏得那样的和谐，有主旋律，有和弦，有齐奏也有独奏；使人联想到柴可夫斯基的《如歌的行板》、德彪西的《大海》、贝多芬的《月光奏鸣曲》。如果它们没有指挥的话，那么冥冥之中一定有一双手在操控着——那就是奇妙的大自然。

被土地折腾了一个盛夏的农民们，躺在渐凉的席簟上，那音乐舒展着他们的劳累的筋骨。丰收的梦，和着优美的旋律翩翩起舞。

那乐曲是那样的纯净，年复一年的陶冶，农民的心灵被洗得单纯质朴。安详于日出而作、日落而息的平淡；从容于风吹雨打的煎熬；满足于生儿育女、繁衍后代、自食其力的宿命。那关于秋天的乐曲，只有农民理解得最透彻，感受得最深切。只是他们不善于表达罢了。

没有不散的筵席。过了两个节候，入夜的田野上，不再有那雄浑的奏鸣，只剩得几只蟋蟀在弹着独弦琴；就像电影中泰坦尼克号沉没前，仍在倾斜的甲板上，从容坚持的小提琴演奏者。

白露为霜，天气凉了。老人们凭着经验说。

此时的蟋蟀、金铃子、油葫芦们，都转入废弃的草棚内，或房屋的檐下，它们的歌声不再像田野里时的嘹亮了。虽然它们也诧异于美好时光的短暂，但它们仍然歌唱着，因为那是它们的天性，依然无忧无虑，彼此以歌声相呼应。

纺织娘哪儿去了？那倾泻下来的月色，是它们织成的锦缎吗？

最近，国学成了一种时髦。电视里的大师们，像说书先生似的说得吐沫横飞，书店里，到处是被人嚼过的国学的渣滓——那是国粹吗？那潮也许已漫进了小学。隔壁的退休老教师，在教他的孙子背古诗。

"七月在野，八月在宇，九月在户，十月蟋蟀入我床下"，那童音有些生涩，像十月间蟋蟀的鸣叫。

忽然间,听到如丝的"喔喔"声,怯怯的。哦,那是蟋蟀,它何时钻入我的床下的呢?天气真的凉了吗?

2009 年 8 月 31 日于枕曲斋

我们家乡有句俗语：西风响，蟹脚痒。言下之意是待西风一吹，蟹开始行动了，捕蟹的季节也就到了。如今，每到秋风渐起的日子，我就怀念港汊纵横的故乡，思念曾经的"望蟹"经历。

"望蟹"是奉贤西乡的方言，是对一种捕蟹方法的俗称。你也许纳闷：这螃蟹怎么能"望"？岂非守株待兔吗？其实这正与"扳罾守簖"中的"守簖"同理。指的是用一条与河道宽度相等的蟹网，横截于河底，等螃蟹爬过时触网，然后收取。因为这需要人不离网罳地看守着，故名之曰：望蟹。

每年入秋，早有打算的男人们，到店铺里买二斤蜡线，削好竹捻，觅一块宽度略小于螃蟹的捻板，起好头线，挂在门框上，忙里偷闲结上几板。那时庄稼称"三熟制"，一茬麦，两茬水稻，亦称"双季稻"。那时晚稻还未登场，麦子、油菜等越冬作物自然不能栽种，是一段难得的农闲时光。乡人们先割去芦苇、蒲苇等，将滩涂剃得光光的；再用给牛铡草料的铡刀框，或用磨盘，系上绳索，由两个男人站在两滩，来回地拉。目的是使河底平整，以免螃蟹经过时有隙可趁而逃逸。完了在塘坨边平整出两庹见方的空地，用干树枝建起一个三角的骨架，再附以芦苇、稻草、苇帘，临水搭建起一个望蟹的棚。最后，在望棚的正对岸，支起一根装有滑轮的木桩，穿上一条麻绳。当然，如果不用这方法，那得用几根竹竿连接起来，目的只有一个，那就是在每次收网后，再将网送到对岸。不过用竹竿要麻烦得多，所以一般都用滑轮，取其便捷。

这些事办停当后，一个愉快的望蟹之夜就开始了。

那时，望蟹的人家真多，隔三四爿田就有一个望棚。入夜，两滩氤氲着灯火。那灯，用的不是马灯就是一面罩着玻璃的煤油灯，但以煤油灯居多，马灯虽亮但费油。那灯火透过夜色，在稍带寒意的秋风里辉映出暖融。使人联想到古诗文中渔歌互答的意境。

望蟹实在是件极富意趣的事。

太阳还在树梢间徘徊的时候，大人们挎着蟹网，夹起旧棉袄破棉絮，捎着竹竿悠悠地走在前头；小孩们则提着灯具，背着蟹篓屁颠屁颠地跟在身后，抑或还嚼着一截秋芦粟；少不了还有一只花狗，窜前窜后地撒欢着，朝自家的望棚走去。我多半是跟祖母一起去的。

天还大亮,螃蟹一般是不会上网的。如果你一直盯着纲绳上的棉花球看(为看起来醒目,纲绳间夹些许棉球),会导致眼离,似乎觉得纲绳在冉冉蠕动,其实那是幻觉,因为你太专注了。那就分散些注意力,远眺田野的风景。

河滩两侧的芦荻,早已扬起银白的芦花。再远一点,红红的高粱或芦粟弯起臃肿的穗子,招来了几只白头翁落在上面,使桔梗柔韧地一摆一摆的。

农家煮饭的炊烟化作淡淡的饭香,谁家的母亲正呼着孩子的乳名,此时才感觉到肚子有些饿了。猛一看纲绳,那棉花球正蠕动着:那螃蟹很狡猾,发现自己"触雷"了,想轻手轻脚地溜走呢!一提纲绳,吓!两三只螃蟹正张牙舞爪的。真是喜出望外,肚子再也不饿了。

入夜望蟹,别有一番情趣。小花狗蜷缩在稻草上,似睡非睡地注视着摇曳的灯火;蟋蟀时断时续的弹奏,像飘忽不定的游丝,虽琢磨不透,但又确确实实地伴在你左右。夜显得更深了。但你也不要担心会打瞌睡,在灯火的召唤下,会有好些生命朝你靠拢。鳑鲏鱼悠然地过来了,一对红红的眼睛狡黠地看着你,不紧不慢地产着卵;一对水蚊子撑起长腿,跳着芭蕾滑行过来,在灯火里潇洒地亮相。

望蟹棚外面的风,吹得芦荻与茭白的枯叶瑟瑟响。祖母自言自语说:西风劲了,螃蟹的螯里撑满了肉。那声音显得渐渐的遥远,我撑不住,进入了梦乡。

一觉醒来,发现自己已躺在床上。蒙眬中听得大人们"啧啧"的惊喜声,以及螃蟹"啾啾"吐沫声。

俗话说:九月九,蟹溜球。意思是螃蟹多得成串。第二天一大早,掀开蟹篓一瞧,呵!不下二三十只。祖父用草绳,将蟹三五成串地扎起来。那时我也就八九岁,还不懂秤,祖父就在每一串上系一根布条,上面标了价,我们照着卖就是了。那时螃蟹也就三四角一斤,现在看来实在是便宜。但那时一般的人家都舍不得吃,除非家里来了客人,或者卖不掉,拿回来恐养不活,才煮几只。不过我们那儿吃蟹不是用水放在锅里煮的,而是趁煮饭时放在饭榀上蒸。手续也简便,只要用新鲜的稻草将螃蟹的螯与脚缚住即可,也不放姜片之类,往榀上一放便是。

等到饭煮熟了,螃蟹的香味早已飘得满灶间全是。现在阳澄湖的蟹颇有名,其实那味道远不如那时乡下河道里的螃蟹。那阳澄湖的螃蟹已没了作为螃蟹的纯正诱人的腥味,只剩清汤寡水腥臊。

后来读了书,知道螃蟹这东西,不仅是上品佳肴,而且入得诗,上得画,往往为文人雅士所钟爱。那《红楼梦》中的菊花诗、螃蟹咏不亦洋洋洒洒乎?但那似乎太隔了,不如徐青藤刻画得逼真,"稻熟江南蟹正肥,双螯如戟挺青泥",似乎看到几只硕壮的老蟹跃然纸上,横行而来。

时下正是江南稻熟菊花飘香时节,什么时候再回到故乡的草棚里,就着昏昏的灯火"望蟹"呢?

2010 年 1 月 13 日于枕曲斋

"文革"开始后,全国大专院校的学生都动了起来,相互串联,据说是传播"革命的火种",因其规模之大,所以名之曰"大串联"。那几乎都在大城市间传递,我那时还小,再说是在闭塞的农村,自然是不能目睹。大概在七十年代初,市区的一些国有厂矿企业、学校,组织工人、学生像部队行军似的长途奔袭(当然,只是"奔"没有"袭"),那时有个专有名词,叫作"拉练"。

我所处的农村,在沪杭公路边,那时,一拨拨拉练的队伍,举着"某某厂工宣队"、"某某学校红卫兵战斗队"的大旗,远远地开过来。那鲜红的大旗,在田野绿色的背景里,显得特别的鲜艳,风一展,呼啦啦地作响。工人们、学生们唱着那时的流行歌曲,意气昂扬地大步走来。然后,在拉练接待站的同志(那时,全国几乎就这一中性的带政治色彩的称呼)的带领下,一缕缕踏上弯弯的乡路,集中宿营在"吴家仓库"——那是当年屯军粮的地方,之前称"吴宅",能住二百来号人。再不够,就三五一组,分拨到农民家居住。

这给原本宁静而单调的农村,带来活泼与生机。每当那杆红旗在田野间慢慢蠕动的时候,孩子们雀跃着奔出去,好奇地站在道路两旁,或相互推搡着跟在拉练队伍的后面。

孩子们之所以这么来劲,因为,那队伍会带给孩子们的,除热闹以外,还有别的好处。就像动物世界里的海豚,待它们把鱼群赶到浅滩边时,滩涂边早已聚集着长嘴鸥、斑头雁一般,过后,滩涂上会有零星的鱼虾。

这吴家仓库,自初解放时部队出走后,就一直空着。那原本是大户人家的宅院,青堂瓦舍,雕梁画栋。大门两侧有石狮护院,门槛也是青石的,挺高。一般的小孩是迈不过去的。我的记忆里,大概刚读小学,放学路过时,跟大孩子玩捉迷藏,跨门槛时还会兜裆。

那二十多间房子一字儿排开,相应的后院也是同样长的房子;中间是大小不等的天井厢房。那天井与厢房里的窗,是青绿的琉璃色,偶或有三五眼井供偌大的吴氏家属共用。好几处,只剩下井栏,拴着牛羊。天井的砖缝间,成年绿着苔藓,或蕨类植物;地底阴湿,打滑摔倒是经常的事。墙角长着些竹子什么的,我们玩耍的时候常逮到乌龟或刺猬。

乌龟行动缓慢,且有一股臭味,你一动,它就将脑袋与四肢缩进甲壳内,左等右等它就是不睬你,你也奈何它不得;刺猬跑起来挺快的,但也有被我们逮住的时候,此时,它就抱成一团,让满身的刺对着你,使你心里发怵。而当你稍不留神的时候,这两个家伙会悄悄地逃得无影无踪。

梅雨时节,瓦缝间长出许多麻秆似的瓦花,那花色是黄黄的,叶瓣厚厚的,一直到冬天来临时枯萎成细细的茎,在雨雪飘摇的寒风里摇曳。

这本是一个大家族,解放后,就日见其衰败,人丁也不怎么兴旺,读书的早已出去,远嫁的则远嫁。再加上许多房子不是被没收就是被征用,所以更显其破败与萧条相。

在那大家族里,给我印象最深的,要算年近九秩的老人。他虽年事已高,但身板硬朗,半尺来长的胡须全银白色,长年戴一个瓜皮帽,没有一颗牙齿的嘴整日笑哈哈的,格外慈祥。他比我祖父还高一辈,看到他,我们这些孩子都参差着叫他声"太太"。在我们那儿,称这辈分的老人不论男女都叫"太太"。他每次看到我与伙伴们玩,几乎只说一句话,"火泉弟福气好来"(火泉是我祖父的大名),而且要重复好几遍。我有一次问祖母,才知道,原来他孙子与我父亲年龄相仿,但由于那时阶级成分的缘故,一直未娶上亲。作为他这个年龄的老人,还有什么比看到曾孙辈更重要的呢?

他是这个家族的长者,远近的人们都称他叫"五老爷"。

那五老爷家的房子,也许是被没收或征用最多的一家。那空出来的许多房子,除了大队或公社有大型的活动,多半是空荡荡的,成了鸟雀的乐园。每当春天来临,画梁上多的是燕子窝。失却瓦当的屋檐间,则成了麻雀的天堂。这倒使那宅院更显得落寞了。

而今,来了拉练的队伍,那儿却变得热闹起来。赶了一天路程的男女们,在这里摆开阵势,刷锅、搬柴、汲水煮饭。若是夏天,他们还跳到长着水草,但水质清澈的河里游泳洗澡。男女们嬉戏着,释放着疲累。

晚上,不知疲倦的男男女女,在大厅里吊起二百瓦的电灯,跳起那个年代特有的舞,唱着那个年代特有的歌。那时供人们娱乐享受的东西少,这便成了一道风景。大厅内外里三层外三层,大家看演出,后生们则把目光聚焦在漂亮的表演者身上。这是极好的机会,几个胆子大的后生,趁此悄悄溜出去,与相好幽会。

孩子们不会花花肠子,只会凑热闹,他们有着自己的快乐天地。大人们疏于管教的当儿,却是他们撒野的好时光。玩起了老鹰抓小鸡、捉迷藏、跳橡皮筋。野得连尿湿裤裆都不知道。玩累了,就到"阿囝哥"家后面的瓜田里偷菜瓜解渴。第二天,"阿囝哥"的女人"柴鸟"(她走路脚步碎,且伸着脖子,故得此雅号),就到几个出名的捣蛋鬼家告状,我们自然免不了一顿皮肉之苦。反正这样的事常有,肌肉也产生了抗体,打上去有弹性,也不觉得疼。

第二天清早,先是一阵起床号声,然后是站队报数声,随后,拉练的队伍又开拔了。吴家仓库又恢复往日的寂静。

如果是在假期里,我们都忘了皮肉之苦,都忙不迭地赶到那儿,替接待站的人整理草垫子,打扫房间。那样的事被住在一个队的吴国帆老师(他是五老爷侄孙辈)知道后,就表扬我们,说是在学雷锋,做好人好事。其实我们全没这样想,倒是因为,那一拨人走,他们会留下一些橡皮筋、香烟盒、竹竿的圆珠笔什么的,那对我们倒是有用的东西。如果运气不错,还能翻到几枚镍币(那时的镍币只有五分、二分与一分的)。这在现在看来实在微不足道,但那时,盐水棒冰四分钱一支,最便宜的雪饼五分钱能买两个,这就不难理解我们这份喜悦了。那橡皮筋可以做弹弓,香烟盒可以叠成三角片。一点都不浪费。但吴老师以为学雷锋,所以要我们常一起干坏事的班长在"六一节"时上台发言,介绍经验。班长无奈,只好上台念,但念得很轻、很浮——心里虚着呢!这证明我们那时还没有被世故污染。要是今天,一个贪官在上面作廉政报告,明明是贪官,却振振有词,镇定自若。可谁能保得住呢? 如今的贪官在当年也许跟我们那时一样的单纯。

有一回,我们中一个绰号叫"夜壶"的(因为他的嘴长得特大,后脑勺有点歪扁。再说我们相互间几乎都有绰号。我们都用它来相互称呼,大名是留给老师点名时用的),在整理草垫子时翻出一包避孕套,我们都不知道那玩意儿是派什么用场的。还是"夜壶"聪明,别小看他脑袋长得不规则,可来得好使,就像歪把子机枪似的——"嘟嘟,嘟嘟嘟"。他说那一定是打针用的针管套,因为他在那长辫子队医给一位干部模样的人挑脚上的水泡时,在药箱里见过。她怕"夜壶"会偷走,所以还瞪了他一眼。我们在仔细端详后,多觉得"夜壶"说得对。你看,那粗的一段是套在针筒上的,那细的一段,状如一粒膨胀后的爆米花,分明是套针尖的,就像戴手套时的大拇指套一般。

孩子的想象和创造力是难以估量的。"夜壶"将它放在大嘴上憋足气一吹,那玩意儿渐渐胀成了一个硕大的洋泡泡,我们高兴极了。"夜壶"吹了一枚又一枚,一字儿排开,人手一个。然后系上线,揽在篱笆上,在风里晃荡。可惜不是彩色的——不知谁说了一句。

更有趣的是,"面包"说,他家的五斗柜抽屉里也有。有一天他将它全偷出来,讨好地分发给我们。"面包"是个软蛋,冬天一脸的皴斑,两手背全是冻疮,"夜壶"他们常拿他开涮。大伙是满意了,认为"面包"这回够朋友。可此事被他父亲发觉,把他打得杀猪似的嚎叫。我们感叹做人也难,一边满意了,一边却得罪了。也因为这个,在劳动吸烟的间歇,他的父亲成了大伙儿劳累时取笑解困的对象。其实,长大后知道,"面包"的父亲正代表着一种新潮流,不像其他人家,譬如"夜壶"家,孩子五六个,个个长得像猴似的,他母亲叫他们起床嫌烦,就在"夜壶"还在梦里尿床的当儿,一个个敲脑勺,怪不得"夜壶"的脑袋是扁的。"面包"则不一样,就姐弟俩,饲料充足,所以"面包"吃得像肥猪似的,上课时经常放屁。有一回,新来一位外地老师上课,他还不习惯听本地话。当上珠算课时,他面对着黑板,正拨弄挂着的杆子上带毛的算盘时,"面包"放了个屁,教室里很静,大家都捂着嘴,怕笑出声来。偏巧那老师转过身来,推推眼镜翻了翻白眼问:"谁在嘀咕?请用普通话。"静默了极短的片刻,大家再也忍不住了,哄堂大笑。以后这老师进教室,大家都要捂着嘴窃笑。这样,持续了将近一个学期,以后也就不新鲜了,如果再笑也太没有才了。再说,又有更让我们笑的资本了。不过与"面包"无关,也就不说了。

但"面包"也有苦恼,那主要倒不是上课放屁,而是太肥,跑不快。我们一起干了坏事,逃跑时他总落在后面,逮着的也总是他。唉!难,太难了。肥也不好,瘦也不好——成长的烦恼。

扯开了,那当然都是后来的事了。

在文章的开头,我说那拉练,只有"奔"没有"袭",其实也是不确的。因为那是在"文革"中期,工宣队员们、学生们斗志正旺着呢!他们斗惯了城市里的"走资派"、封建余孽,还不曾见斗乡下的当权派、地主老财。于是要求地方的造反派配合,拉几个出来玩玩。"那还不容易?"地方上的造反派说。"那些人如圈养的鸡鸭似的,不逮出来就是?"再说被斗的对象也已习惯那套程式,一接到通知,就像取农具似的到墙壁上摘下屡用不爽的牌子,熟练地挂在脖颈上,作虔诚状。那上台后的词都是练熟了的,倒背如流。如果要求背标点符号,也绝对没问题。可哪知道这回不同,斗与被斗者都是陌生人,反正完事走人,以后谁也见不着谁。这使被斗者遭了许多皮肉之苦,这是他们始料未及的事。就此,他们对"工人阶级硬骨头"这句话有了更深刻的记忆。

还好,那一直见我就说"火泉弟福气好来"的五老爷不在其列,他连这样的牌子也没有。这主要不在他年事已高,而在方圆十里八里,在人们的心目中,他是一个和蔼的乡绅,从不得罪人,且对贫困的相邻都有接济。但他的儿子却不免每次挂着"四类分子"的牌子陪斗,其实他也是个好人。那期间,每逢有陌生人问路什么的,他先自报家门"四类分子某某",像一个归队的战士,见了首长似的。直到社会鼎革后,他再也不需要挂牌子时,每次听到出工的哨声,总要在慌乱中找那块牌子,他怕忘记后再遭批斗之苦。好像那是护身符似的。直到他儿子说:"爸,如今不用戴了,你还找什么呢?"此时,他才摸摸剃光的脑门自言自语:"哟! 老糊涂了。"

五老爷在看到他曾孙辈出世后不久就去世了,那时无钱买棺材,就挖一个坑,铺上草席,上面罩一块门板,草草埋了。我那时还小,去看出殡,见他脸色安详,如睡着一般。就是不会见了我说"火泉弟福气好来"了。

五老爷去世了,但拉练的队伍照样一拨子过去了,一拨子又来了。大家也不再觉得新鲜,农民还得靠种庄稼过日子,那时种田人的口号是:粮食过双千斤(当然那是指两季稻夹一季麦)。俗话说:庄稼一枝花,全靠肥当家。农民们除了罱泥、割草、养猪积肥外,还满足不了增产的要求,于是就发动孩子们拾鸡粪。我们十来岁的小孩,也不例外。拾粪的工具简单极了,一个系绳子的竹篮,一柄拾粪的勺子,形状如当今的阔人打高尔夫球的球杆。

每逢放学或放假后,我们就一溜烟地奔回家,把原来玩耍的时间,换作拾粪争工分。我与另外叫一个幸福的伙伴年龄小,总是完成不了指标,落在后面。我们也曾为此事不知苦恼了多久。

这又得想起拉练的队伍了,真得该感谢他们,给我们俩带来机遇。

有一天夕阳将下山的时分,正当我们俩看着空空的竹篮发呆的时候,远处开拨过来一支拉练队伍,也许是疲惫的缘故,歌声也不怎么嘹亮。当他们看到不远处有干枯墩遮掩的塘坨地时,都雀跃着奔向那儿,其喜悦不亚于当年哥伦布发现新大陆——原来他们是憋急了,想急于解手。怪不得那歌声都有气无力的。

等他们办完事,释然地背起行李归队后,我与幸福松松爽爽地迈向他们蹲过的地方。这不要脑筋急转弯,我不说你也明白,我俩满载而归。我们也曾为自己发现新大陆而高兴呢! 一个星期下来,我们远远超出队长定的指标。队长也表扬我们,说我们是人小志气高、反帝反修立功劳(你别笑话,那时表扬人,就是用那些不着边际的屁话)。我们在心里窃喜,心里美滋滋地想:明年,妈妈肯定为我买个新书包了。

自此,那些比我们大一截的孩子,以前烦我们是跟屁虫,现在却也来跟我们套近乎了。想让我们说出秘密,但我们也鬼着呢,不上他们的鸟当。

可他们更鬼,有一天居然盯上我们的梢。我们赖在水渠的闸边,他们也跟着,我们去玩打玻璃球、撒尿,他们也跟着。最后看看西沉的太阳,无奈的我们回到那块福地。

照例的队伍开过来,只是换了拨人,照例地奔向那里方便。这次可没有就我与幸福两人时从容了。六七个野孩子,晃悠在水渠边,有的还得意地吹着口哨,甩着帽子。那些憋急了的拉练战士,到此显出痛苦状,也顾不得我们的存在。何况我们又是孩子,坏不到哪里去。

于是,鱼贯着奔向那里。等先完成任务者,刚提了裤子站起来,我们这里的阵脚开始大乱,大家都急着想拔头筹。于是,提着竹篮的,倒拖着粪勺的,呐喊着奔向目标,有如打扫战场一般。

这可急坏了刚蹲下去的诸公。特别是女的,她们也许从未经历过这样的场面,不知该如何处置。情急之中,有的掏出手绢,有的挥着腰带,高举着摇晃。那情景宛若战场上的缴械者,挥动着投降的白旗,一副狼狈相。毋庸置疑,肯定有不少尿湿裤裆的。

我们也顾不得这些,等他们落花流水下来,就三下五除二地打扫完战场。当然,人多了,就如"薄宦梗犹泛"一般,虽然比以前少了许多,但均贫富,权当解决温饱。

后来,据说是"抓革命促生产"了,学校也"复课闹革命"了,拉练的队伍来得稀少了。但那时,我们小孩是不知道的,只知道那块福地,已没有丰厚的回报了。可当时我们还相互怨艾呢,以为后来者的莽撞,使拉练者改了道,以至于砸了大家的饭碗。

读到此,也许你看了好笑。现在回忆起来,我们自己也觉得忍俊不禁。唉!那拉练队伍;唉!那拾粪的伙伴。

吴家仓库又恢复了宁静。以后运动也没有了,那气派的家族宅院也折腾得奄奄一息,只剩下空荡荡的躯壳。那合抱的圆木,雕刻精细的画栋,真的拆去建仓库、猪舍了。那原来的方位,都已成了农田,种水稻、种小麦,摇曳着季节的变换。那燕子们的后代,也业已飞入了寻常人家。只是当老人们走亲访友时经过那儿,会对牵着的小孩说:那是"吴宅"或"吴家仓库"。孩子们则一片茫然,问:何谓"吴宅"? 何谓"吴家仓库"?

那片塘坨也已平整成了开发区了,那拉练队伍经过的官路也荒芜或改道了。

2009 年 7 月 5 日于枕曲斋

在"望极春愁，黯黯生天际"的日子，面对物是人非的故乡田畴，我在心里问自己：乡愁究竟是什么？

乡愁。对于张季鹰是秋风起处的莼菜脍鲈鱼；对于席慕蓉是一棵没有年轮的树，永不老去；对于宋之问则是"近乡情更怯，不敢问来人"的惶遽。

打从自己由农民蜕变成了现在的我，常年托体在城市里，但那颗心却像有一根无形的藤蔓，暗暗地牵系着乡村。有时曾无端地想，也许在我降生时，母亲怕我离开她，就将我的心分成了两瓣，另一半被掖在了乡村的某个角落。所以才有那份牵挂。我每个星期都回老家，仅是因为那儿有年迈的父母吗？还是为那些想拉住我的衣襟诉说，却又卑微的草树呢？

而对我来说，最惹乡愁的却是年年燕归来的日子。

燕子来时新社。每年农历的二三月份，乡野怅阔的天空热闹了起来。喜鹊、乌鹊来了，在高枝上营造浅浅的巢窝了；小精灵般的云雀，在云端吟唱起向往的歌谣了；更令人激动的是，南天里，一拨拨燕子携家带口闹嚷着来了。它们像走亲访友似的，轻车熟路地散入千家万户。大人们都下田劳作去了，乡场上只有老人小孩。原本空寂的乡村，因为燕子的来临，变得灵动起来，平添了几分意趣。

它们停留在主人家门前的电线杆上，或者篱笆上。翦翦羽翼，在外吱喳上大半天。听爷爷奶奶嗑唠年去年来跋涉的艰辛，以及与主人家攀亲的历史渊源。随后，先由两三只燕子从门窗飞入，凭空翻飞，进出三五回。观察旧巢和屋内情形。接着，所有的燕子都鱼贯着飞进来，回环往复，呢喃声绕梁不绝。像是在举行入场式。

那时，乡村虽然是贫瘠的，都住平房，所多的是草房。但每家梁上几乎都有三五个燕子窝。燕子是益鸟，象征着喜庆吉祥。如果哪家梁上没有燕子窝，传说是会招祝融的，于是主人犯愁，变着法儿招徕燕子。乡下人给女孩子起名，也喜欢带"燕"字，什么"春燕"、"秋燕"、"燕来"。我女儿的一个同学叫"燕春"，多好多灵气的名字——有燕子的春天。试想，如果一个春天没有燕子，那还成其为春天吗？

我家梁上曾有三四个燕窝。儿时，每年燕来，我躺在门口的搁板上观察。几年下来，我居然能认出它们是四世同堂。那颈项暗黄的是曾祖父辈，那唠叨个不停的一定是祖父母，那忙里忙外的是父母，而那毛色亮丽，呢喃清亮的是新婚燕尔。它们清理旧巢，再衔来草泥，修葺整理。凭借着钉子，边上一对新燕在垒新居。长辈们则商略着指导。不出十天，梁上旧居新巢宛然，再过半月，梁上就落下乳燕揪心的"喁喁"声了。

那交融着爱与感恩的韵律，伴随着麦香，荡漾在菜花烂漫的季节。滋润着我们童年的梦境，燃起朦胧的向往。

燕子真是有灵性的鸟类。它们有着作为燕子的尊严。小燕子拉了屎，即使父母再忙，也要将屎叼到野外。那是怕给主人家添麻烦呢。其实，即便小燕子不慎，将屎拉在厅堂内，主人家也很宽容的——谁会跟小屁孩计较呢？

燕子是懂得感恩的。每到乳燕离巢后，其父母会把几枚蛋壳，乘人不注意时放到桌上。好似说：打扰你们这么久了，无以回报，留个念想吧！每逢这时，我祖母嘴里千恩万谢地念叨着，将蛋壳慎重地敛入荷包袋里，抱拳朝燕子们打躬作揖。那可是治小儿百日咳的好药呢！

如今，乡村都盖起了漂亮的高楼大厦，为了安全，门窗紧锁。燕子们不要说恋旧巢，即便是新巢也没处搭建了。前几年，为留住一对苦苦寻觅的燕子，母亲把窗户一直打开到夏至。那对燕子在栖栖惶惶里哺育了下一代，不知什么缘故，第二年就没再出现。从此，那巢窝像一张空荡荡的嘴，留给我的则是"空梁落燕泥"的怅惘。

"休说旧时王与谢，寻常百姓亦无家。"面对长天里一年少似一年的来燕，我忽然想起这句诗。王、谢业为陈迹，百姓早已不再为无家忧愁，而我们人类的伙伴燕子的家却在哪儿呢？

蓝天下，有一群燕子越过头顶往南飞。那是祖祖辈辈在我家梁上做窝燕子的后人吗？

"孩子们，人们不再需要我们，这里已没有栖身的地方了。咱们走吧！"那苍老的声音撩起我无限的乡愁。

那曾经治愈了我百日咳的蛋壳，那滋润了我童年心灵的声声呢喃，都随着燕子南飞的背影，破裂成乡愁的碎片，牵动着我的心尖。我知道那被母亲藏着的心的另一半，永远留在故乡的炊烟里了。即使一辈子也捡拾不完。

2009 年 6 月于枕曲斋

又是正月十五了,忽想起"迎紫姑"的旧俗。说"紫姑",你也许会问:何谓"紫姑"? 而说"壁角姑娘"、"三姑娘"、"坑姑娘"、"灰姑娘",你也许会晓得。但如果你是"文革"开始后出生的,那多半不会知道。

"紫姑"在奉贤,西乡称"壁角姑娘",东乡称"三姑娘"、"坑姑娘"。每年正月半始,民间有扛"三姑娘"、"壁角姑娘"之习俗。此俗在古代文献、野史中,称为"迎紫姑"、"赛紫姑"。唐朝李义山有"身闲不睹中兴盛,羞逐乡人赛紫姑"之句。由此可见,在唐朝,此俗已大行。

古称"迎紫姑",吾乡人之扛"三姑娘",其实是一种称为"扶乩"的活动。民间以此卜休咎。迎紫姑据苏轼《子姑神记》记载,有"衣草木,为妇人,而置箸手中,二小童子扶焉。以箸画字"云。流传至现代,已不再"衣草木,为妇人",而仅存"小童子扶焉,以箸画字"了。

而以正月十五为日,史载杂芜,而最早见南朝刘宋年间刘敬叔志怪小说《异苑》。云:"世有紫姑,古来相传云是人家妾,为大妇所嫉,每以秽事相次役,正月十五日感激而死。故世人以其日作其形,夜于厕间或猪栏边迎之。"民间之迎送,概哀矜此妾之不幸。随着时间推移,而演化成卜农桑,问祸福了。

此俗,大概始于魏晋南北朝,自唐以降为盛。朱国桢的《涌幢小品》,蒲留仙的《聊斋志异》,褚人获的《坚瓠集》多所记载。但其中的扶乩,大多是赋诗作对,或卜问前程。虽不乏雅趣,然离迎紫姑之本意已远。纪晓岚《滦阳消夏录》有扶乩得诗"琵琶还似当年否? 为问浔阳估客妻"句,劝狂生改邪归正。这在扶乩之记载中少有。所以纪昀说:余所见扶乩者,惟此仙不谈休咎,而好规人过。殆鬼神之耿介者也!

《古今笔记精华录》有《上元日箕帚诸卜》篇载:"江南《嘉定县志》云:俗谓正月百草具灵,故于灯时备诸祠卜。箕姑以稍箕插箸,蒙以巾帕请之,至则能写字,能击人。帚姑以敝帚系裙以卜,至则能起卧,竹姑以小竹剖为二,人各一箸,对抬两端,相向如舁舆状……"这里的"上元日",就是指正月十五。所记地为嘉定,离我乡不远,习俗几近。

吾生也晚。但犹记童蒙时祖母与母亲正月半扛壁角姑娘事。

那都在天黑后行事。她们俩用一簸箕,里面盛一层糯米粉,匀平。再用一绷筛,筛边绑一根竹筷。在壁角落里燃起香烛,供上祭菜瓜果。

然后各用一根手指托起筛子。随后口中念念有词云："三姑娘在吗？快下来吧！"如未见动静就说："香烛点好了，饭菜要凉了。这里没男人，不要怕羞。边上那是小孩呢！"又说："来了就点点头。"于是见那抬着的筛子轻轻动几下，真像是点头。似有点害羞。又问："三姑娘几岁了？"那筛子上的竹筷"笃、笃"敲击着簸箕，一下代表一岁。

然后，请"她"在糯米粉上画剪刀，画畚箕。问至年成的丰穰，"她"会画一长长的麦穗、谷穗。毕似。最神的"她"还会写简单的字，譬如：麦、田、水、天之类。我疑心那是祖母与母亲合力为之，可我母亲不识字，祖母会一些。但她坚持说不是自己写的，而冥冥中有一股力量驱使着自己。

正月半的夜晚，乡下还有"燃腊子"的习俗。也就是烧田野里的枯黄的艾蒿、茅草。老人说，那是古代流传下来的反清复明的暗号，"长毛"时期（太平天国）起义的联络信号。有经验的老农民则说，那是为了使来年庄稼长得更好，烧死蛰伏的虫蚁。那时，一见田野里火势燃起，祖母则鼓捣着半大的小脚，匆匆将放线的棉花条藏起来，说否则会引蛇出洞的。

在妇女稚童"迎紫姑"的当儿，男人和半大的孩子到田野里都忙着"燃腊子"，对"迎紫姑"少有干扰，所以往往如愿。

记得我得了乙型肝炎后，久治不愈。母亲与姑妈曾试着扛壁脚姑娘。那是"文革"后期，我十三四岁。作为迷信活动，那个年代是断然不敢声张的。夜深后，在昏黄的蜡烛火光里，我站在边上，看她们卜问吉凶。祷告许久，筛子毫无动静。母亲怪我在而三姑娘怕羞，不肯下凡。而姑妈的理解是，现在破除迷信了，天界玉皇大帝把神祇关起来了。

卜问无果，母亲因我的病而愁容满面。

而今，母亲老了，尽管常常烧香敬佛，但从未见她再扛"壁脚姑娘"。我自以为是无神论者，有时想，母亲及以前的一辈辈先人，真的信扛"壁脚姑娘"之类的神道吗？其实，那是出于对传说中的可怜的三姑娘的同情，更是缘自对生老病死无常的迷惘，也寄托了农民对能吃饱穿暖的最起码的生存的期盼！

那"迎紫姑"的习俗并不美丽，倒有些酸楚。今夜，是甲午正月半，皓月朗照。忽然想起那些旧俗。没什么意义，聊作闲谈忆旧。

2014 年 4 月 29 日于枕曲斋

蚯蚓在歌唱

农家自有农家的乐趣。

每到春夏季节,闲下来的农民,趁着将暗未暗的时分,望着孕穗的麦浪,金灿灿的油菜花,红湿的红花草,聆听蚯蚓朴实的歌吟,咀嚼着作为农民的酸甜苦辣。这恐怕是城市里的人不能体会得到的享受。

蚯蚓,在我们那儿唤作"曲蟮"。一般的城里人,只知道它可以作为钓鱼的诱饵,其实,它的功效及用处大矣!作为昆虫,一年四季,除了冬天蛰伏于地下,其余三季,均能见着它的踪影。

每年春气动。夜晚,惊蛰的鼓点,敲出一两场阵雨。农家晓来开门,"呵!"场地上蠕动着蚯蚓三三两两的身影。一曲一伸,不忧不急地爬行着,它们去哪里呢?蚯蚓是沉默的物种,它们不会表达自己的想法。它们是憋了一个冬天,想出来透透新鲜的空气吗?它们想向春天报到,表明自己的存在吗?那只是你的猜想了。

不过这时,农家的鸡舍鸭棚打开了,一阵骚动,一阵争抢,场地被收拾得干干净净,蚯蚓成了鸡鸭们鼓腹的早餐。于是,公鸡亢奋地梗着脖子打鸣,鸭们惬意地扑扇着翅膀作奋飞状,奔向河滩。

农民们说,惊蛰那天,蚯蚓出现得早,今年定有个好收成。

蚯蚓的种类其实很多,城里人用来钓鱼的只是一种小红曲,不是它们未成年,才个小,而是种类使然,就像人种里的小矮人一般。它们都生活在场地或墙脚边,在腐草及成年堆积的稻草麦秆下。你若需要,用树枝或竹竿一拨,下面满是。其细若针芒而稍大。对于人们,除有作鱼饵之功用外,一般不会想到它们。

大多的蚯蚓,是生活在田野间的。每到春耕时节,红花田、收割了麦子与油菜的农田里,水渠一开闸,蚯蚓洞穴灌水后,那草垛田埂上爬得到处都是。那多半是几种大的蚯蚓,如玉簪,如筷子,有些长过一尺。其色大致有青、红两种。那是鸭子的美味。在那个年代,生产队有专司放鸭的少年,前一天,他早就打逛好了将要放水的农田,第二天一清早,那少年撑起桨船,将成千只鸭子赶往田里。那是要趁早的,为的是占得先机。

赶鸭的人称为"鸭司令",我有一位要好弟兄阿木,曾是放鸭好手,他下辖有千余"人马",如果按时下论军衔,他也许够格旅长团长什么的。他太爱好放鸭了,以至于小学都没毕业。不过他人聪明,也有绝活。上千号的鸭子,傍晚鸣金,早晨点卯,他只要用竹竿一码,就发现少了谁。

他之所以不读书了,其中一个原因是,除挣工分外,放鸭兼有吃不完的鸭蛋。白天,鸭们吃饱了蚯蚓,晚上就可劲着下蛋。那可乐坏了阿木。那时粮食定量,往往不够吃。可阿木何愁?用鸭蛋来弥补就是。高蛋白,正是阿木青春期所需要的。那蛋炒着吃,煮着吃;荷包蛋,韭菜煎蛋,白焐蛋,不亦乐乎?队里也不会知道,吃在肚里,蛋壳往湖里一扔,鬼才晓得。只看见阿木吃得白白胖胖的像个弥勒佛似的。粗粗的喉结,早早发出变声期的雄浑。

但放鸭是闲活,将鸭赶到田里一放完事,由它们吃蚯蚓去,阿木自己则将竹竿往田头一插,躺在草丛间迷糊。青草凉凉的,看天上白云青云,听耕者吆喝着老牛,再想想刚才回娘家路过的漂亮小媳妇。

那蛋里面蚯蚓的因子多了,自然有腥味,不过阿木才不管那些,只是他原来敏捷的身手变得有些迟钝,走起路来腰也显得柔软多了。这难道也是蚯蚓的缘故吗?鬼才知道!

只是到了冬天,罱泥者在鸭棚下面罱泥,罱起一兜兜的蛋壳,才知道那是阿木的杰作:"嗬!阿木这小赤佬,花头真透。"

那时的鸭蛋,市场的价格低于鸡蛋,也是因为鸭子吃了蚯蚓,有股子腥味,才低廉。如今市场上,鸭蛋价高于鸡蛋,而一般的城里人,也以传统论之,以为鸡蛋好,大谬!而今的鸭们不再食蚯蚓,一般的农家,都将鸭放在河里,鸭们吃的是活泛的鱼虾、螺蛳,其蛋的质量自然在鸡蛋之上,可城里人不懂。

蚯蚓,除去能喂鸭外,还是上好的中药。在中药里,它有一个响亮的名字叫"地龙"。那年头农村时兴合作医疗,每个大队都有赤脚医生,为解决资金的不足,农民们自己设法弥补。而剖晒"蛐蟮干"则是一种重要的弥补方法。

每到春夏,家家屋里都晾满了"蛐蟮干"。那是一种很繁琐的活计。先是将捉来的蚯蚓一条条剖开,剔除泥沙,然后洗净,再一条条晾在竹竿上。农民白天得下地干活,所以,干那事,多半在晚上或下雨天。晚上一般都得干过午夜,剖蚯蚓都剖得手指糜烂。其辛苦可想而知。雨季更麻烦,有时个把星期不见太阳,那"蛐蟮干"就干不了,家家屋里散发出霉臭味。那是会坏掉的!农民们懊恼不尽,伤透脑筋。

那"蛐蟮干"除供合作医疗用,其余的可以卖到药店里,一元五角钱一斤。它能治小儿惊风、小便不畅、半身不遂等。那蚯蚓其貌不扬,然其功可鉴矣!难怪在医药上以"地龙"名之。

蚯蚓在民间有许多谚语和传说。譬如"蝼蛄唱得口角酸,蚯蚓得了好名声",说的是每到春夏夜晚的雨后,若听到蚯蚓在唱歌了,有经验的农民会说:"蚯蚓在唱歌了,明天一定是个好天气。"

其实,那是蝼蛄在唱,而人们习惯都把它算在蚯蚓头上。而蚯蚓是不知道的,莫名地顶了个贪天功为己有的罪名,冤枉哉!

大凡说到某人脾气好,与世无争,而为某事偶然发趟火,人们会说:"即使蚯蚓,你踩着了,也会两头翘一翘,更何况是人呢!"蚯蚓成了逆来顺受的典范。

蚯蚓"上食埃土,下饮黄泉",大概算是处在食物链最下端了。若遇险,除了往土里一钻了之,别无良策。它们常有水淹的逼迫,干旱则有烈日曝晒的煎熬。在水田里,它被水困得奄奄一息,可蚂蝗(水蛭)却叮上了它。于是它无助地拖着同样是软体动物的天敌蚂蝗,痛苦地爬行,直到血被吸干。好像有首外国民歌《哎呀妈妈》,用水蛭起兴,歌唱爱情,我有些不能理解,世间万物,为何偏偏借用这可恶的水蛭呢?我倒深深地同情起蚯蚓来了。

蚯蚓的生命力可谓强矣!它是软体类动物,不过它算不算动物,我不是动植物分类学家,不得而知。在我看来,凡动物,总得有些跋扈与张狂,或虽柔顺,却体格健硕,如水牯牛。可蚯蚓对此毫不沾边。也许它正是弱者,才进化出顽强的生命力。它可以前行,也可以后退,遇直而进,遇弯而曲,遇险则缩成一团。更奇的是,一条蚯蚓,你将它截成两段,它居然还能成活,要不了几天且裂变成了两条蚯蚓。它以自己特有的方式,默默地松土,悄悄地在地球上生活了几亿年。

前些天与阿木一起喝酒,不免又说起当年放鸭的趣事,大家都很神往。我说阿木,有一本小说叫《麦田里的守望者》,说的是一个外国少年,不愿意读书,最后,宁可去守望在孩子们玩耍的麦田边。而你却是中国版的"麦田里的守望者",宁可不读书,却去放鸭。如果有一天,我要写你的话,题目就叫《红花田里的放鸭者》。有人插嘴说,外国还有一部叫《牧鹅少年马季》的电影,你如果要写他,题目还不如叫作《放鸭少年阿木》吧!大家插科打诨间阿木说:现在农田近乎没有了,红花田更不见了。种地都用化肥,土地板结,蚯蚓也少见了。哪里去寻放鸭的少年呢?

是的,现在又到了春夏之交。烟雨迷蒙的傍晚,该是蚯蚓唱歌的时候了。那"嘿——,嘿——"的朴素的歌,有人说是蝼蛄唱的,但我宁可相信那是蚯蚓的歌。

发表于 2013 年第 3 期《上海文学》

当一个婴孩呱呱坠地，在他吃第一口奶之前，先要给他喂黄连苦水——那是以前我老家农村的习俗。我出生后，肯定也吃过，只是我当时还没有记忆。但我见过，那是发生在比我小五岁、七岁的两个弟弟身上的。

那时生孩子，还未兴上医院，母亲们往往待在家里，请助婆上门接生。助婆是我们那里对接生婆的俗称。生孩子多半在夜晚，在母亲阵痛的那个夜晚，也是二弟出生的那个夜晚——农历二月初三，知道我将有一个弟弟或妹妹，我兴奋得不肯去睡觉，在母亲的床前跑来跑去。再说，还有吸引我的糖炒胡桃肉与蜜枣驱赶着睡意。当然，更吸引我的自然是即将见面的弟弟或妹妹。

"要做哥哥了，还不识货！快睡去！"祖母在我前额用手指轻轻戳一下说。我知道，那是祖母疼爱我的一种方式。

前来接生的姑祖母见我还赖着不愿离开，便哄骗我说：在小孩临盆前，红漆脚桶周围、窗台上、壁旮旯里，到处挤满了投胎的鬼魂，那是人看不见的，像蜜蜂似的小人，还有翅膀。若一不小心，惹恼了它们，那鬼魂会附到你身上，人就变成傻子。后宅的阿初就是这样傻的。

后宅的阿初，大我十多岁。小学读了六年，依旧是一年级。每到油菜花开时，或遇到刺激，就会发傻。所以半夜三更，常听到巫祝收仙招魂的喊声。那喊声伴随着猫头鹰凄厉的夜鸣，着实恐惧。

母亲的床前是放着一只红漆脚桶的，里面有半桶温水。那时的农村还没有电灯，只有煤油灯趴在桌上，那晚特别所以点了燎泡灯，那灯燎出昏黄的光，把人和物件的影子，放大后投射在墙上，黑魖魖的，人影幢幢，或晃动或静止。虽不见所说的蜜蜂似的小人，但因为看不见，心里反而有些虚，头发根有些发紧。我那时六虚岁，似懂非懂，但已从大人们那里听过许多关于鬼神的故事。如桥上的汰脚鬼，滩涂边的落水鬼，梁上的吊死鬼，游荡在野地里的夜游神，拿着钢叉、绳索的夜叉、催命鬼。再觑觑黑咕隆咚的壁角落，也就将信将疑地回到祖父的床上。在透着祖父气息的被窝里，听着他亲切的咳嗽声，心里涌起温暖与安全感。一面在想，既然人是鬼投胎的，那我该是什么鬼投胎的呢？对号入座，我想自己应该是夜游神投生过来的。因为我老是不想待在家里，整天到田野里乡场上疯野。不是在红花地里打滚，就是在麦垄里捉迷藏，衣服上沾满了青草渍，新衣服穿上后要不了两天，总钩出破洞。可见前世的本性难改。

迷糊间灵魂出窍了，真的飘飘然游荡起来：在乡间的田野里疯跑，到阿囝哥家的柿树上偷柿子，站在村口的小木桥上，朝过往的蓬船上撒尿……

梦里传来婴儿的啼哭。我一骨碌爬起来，跑到母亲的床前。褓褓中的二弟闭着眼，红红的脸像核桃，丑丑的，憨憨的。握着小拳头蛮哭，那小嘴生动地蠕动着——他饿了吗？我想。

此时祖母端着一个青瓷盖碗，见我看着她，就从灶膛里捧出砂锅，吹去粘在上面的稻草灰，再用围裙在壶嘴上抹几下，将里面的水倒入盖碗。那是刚蒸出来的黄水。见我咽着口水好奇的样子，祖母先舀一点送到我嘴边——啊！苦啊。看我直摇头，祖母边送到弟弟的小嘴边，边念叨说：先给小囝品尝黄连，长大后就不怕吃苦了。孩子是要吃得起苦的，特别是男孩。奶奶一汤匙一汤匙地喂着。

苦吗？怪了，本来啼哭的弟弟倒不哭了。我不明白人为什么先要吃苦，既然人长大后要吃苦，为什么还有那么多鬼魂争着投胎呢？也许作鬼还要苦吧——那时听老人说，鬼魂投不了胎也会死，死了以后就成为"覃"。可见覃比鬼更下之，难怪它们争着投胎。

长大后才明白，人出生后之所以要吃黄连，那是给婴儿清火解毒，免得来日脸上长痘，头上生疖。至于先让他吃苦，以期先苦后甜，那是作父母的对孩子的期待罢了。

随着三弟的出生，且他从四个月开始得乙型脑膜炎，加上祖父卧病床褥，一家三个劳动力，却难养活七张嘴。那是在三年困难时期，记忆里曾吃过老鼠肉、卷心菜根、糠饼、麦麸……那糠饼、麦麸难以下咽且不说，到排便时蹲半天拉不出来，苦不堪言。到后来长大成人，这年代的一批孩子，得肠梗阻的居多，曾经死了好几位。医家说，那多是当年落下的病根。

祖父得的是肺结核，由于缺乏营养，饿得瘦骨嶙峋。无多的食粮，除了保证勉强维持我们兄弟鼓腹，还要保证父母与祖母吃了能下地干活。他在家养病兼带孩子、做饭，半饥半饱，往往而是。但祖父很有办法，为了康复他的肺结核，在夏秋期间，他经常在黄连树稀疏的轻荫里，袒露着背脊晒太阳，晒得皮肤酱黑。他说这样可以吸取阳光中的营养。

太阳光是有无穷能量的，譬如，当今用太阳能发电等，大家都知道。但在当时，利用太阳能康复、充饥，恐怕是祖父的发明了。

为了充饥,掰玉米,偷吃生蚕豆与毛桃,则是我们孩子的拿手好戏。有一个成语叫"脑满肠肥",意思是形容衣食无忧后,人的思维变得迟钝。那时有一句话叫:穷则思变。现在想想实在有道理。我们在辘辘饥肠的鼓动声里,思维却异常的发达。能找到的东西,都往"吃"字上面联想。桑葚、茅针自不必说,有芡实、莲蓬也算上品。还有生的茭白,以及一种初夏开花的酸草的茎,秋天的灯笼草的果实⋯⋯

有一年,油菜花、红花草烧得正旺的季节,仓库场上来了两个养蜂人。一个个蜂箱沿田埂排成几列。早晨,露水一干,蜜蜂们就匆匆飞向田野,像赶着下田的农民。若走在乡村的路上,耳畔都是蜜蜂的嗡嗡嘤嘤和馥郁的菜花香。每到太阳掉进树丛的时候,蜜蜂们驮着花粉归巢。于是,养蜂人将纱布做的帽子罩住头脸,然后打开蜂箱不紧不慢地割起蜜来。

怕被蜂蜇,每次,我们远远地站定。看乳黄色的蜜从蜂窝间倾倒出,涓涓着发出沉闷的重响流入木桶内。我们在空气中捕捉到蜜糖的咸腥味。我们之所以不离不弃,除了好奇心外,更要紧的是,等割蜜的人割完蜜后,他会将搅拌蜜糖的擀面杖似的木棍让我们一一轮着舔。

啊!多甜哪!带着原蜜特有的芬芳。我们以为那是世界上最好吃的东西了。也正是那诱惑,有一回,我们觑准养蜂人去镇上拷烧酒的间隙,就去偷吃他刚摇下来的生蜜。打开木桶,见到菜油似的稠密的蜂蜜时,我们三五个顽童高兴得手舞足蹈,都蠢动起来。多的,喝了一汤盏,少的,也有半碗。那吃过黄连水长大的孩子们,在唱着生活像蜜糖般甜的当儿,随即就感到喉咙发鹇,发烫的心口剧烈地绞痛,甚至蜷缩在红花地里打滚,急得父母们不知所措,差点送我们去医院。

在搞清真相后,有经验的老人就给我们灌黄连水清火,并边告诫说,蜜糖是不能多吃的,特别是生蜜,多吃了轻者会心绞痛,重则甚至出人命的。看来幸福的甜蜜生活也不能过头,喝蜜糖得的病还需苦的黄连来解呢!

那时,每到"三夏"伏暑的收割季节,我们常常往田头送大麦茶。父辈们从田里上来,脸上的汗水结晶成盐花,在皱褶里闪光。在喝下自己的孩子送来的大麦茶后,往往舒心地长出一口气,感叹说:唉!钱是在黄连树下挣来的!

我们往往不懂其含义,再联系到有时睡懒觉,母亲就说:起来得这么晚,即使天上掉钱下来,也被人捡完了。就此误以为黄连树上真会掉钱呢!

我家竹园边上有一棵兼作篱笆桩的黄连树,我与伙伴曾天真地在下面找过,那肯定是徒然。

后来长大些,才渐渐悟出,那是说要想过上幸福的生活,就得付出艰辛的劳动。就像歌里唱的"幸福的生活哪里来?要靠劳动来创造"一样。那时还有一句农谚,叫作"一粒米,七石水"。意思是,稻秧从浸种育苗开始,一直到成为饭碗里的米饭,平均一粒米,需要耗去七石水。一粒米就要七石水,一个稻穗上有上百粒谷子,那一块地里得有多少谷穗呢?那该需要多少水来浇灌呢?那是我们那个年龄算不清的天文数字。

其实,那岂止是浇灌稻秧的河水,更是父母们艰辛劳作的汗水。

不过真正懂得"钱是在黄连树下挣来的"那句话,还是在十二岁以后烈日酷暑下的稻田里。那年,我开始下地劳动,挣工分。每天天蒙蒙亮起身,直到晚上有线广播停播时的八九点钟收工。艰辛的劳作,始信此言不虚。

后来知道,黄连跟黄连树其实不是一回事,我们小时候大人给喂的,是黄连,那是草本植物;而黄连树却是木本植物,二者风马牛不相及,黄连树并不具备黄连的功能。那其实已并不重要了,要紧的是我们的父母使自己的孩子懂得了一个道理:人,从小就要吃得起苦。因为人的一生不可能一帆风顺。能经得起人生风浪,吃得了万般苦的,方能算真正男儿。

我家场角边的那棵黄连树早就没了,乡下再也难得见黄连树的踪影了。而现在的孩子出生后,再也不需喂黄连苦水。这应该是一种幸福。

不过,我倒以为,现在得到百般呵护的独生子女,在小时候喝点黄连苦水肯定不是件坏事。

2010 年 5 月 31 日于枕曲斋

清明,去踏青祭扫的途中,偶遇农民自发设摊的田头集市。摆摊的大多是六七十岁的老人,卖的有鸡蛋,鸭蛋,草莓,枸杞头,螺蛳,咸菜……这都不稀奇。而使我纳罕的却是一个兼卖蝌蚪的农妇。

也许是好奇心使然,我居足站定。那农妇边上围着一堆踏青者,几乎都是城市里人。他们新奇地欣赏着蝌蚪。蝌蚪居然也能卖钱? 我不免感喟商品经济下人们的生财有道了。联想到一周岁多可爱的外孙女,我也好奇地挤了进去。

农妇跟前放着一个红色的塑料桶。大半桶的水中,漾着几茎青青的蕴草。黑色的蝌蚪或聚成球状,或绕着水草追逐着。还不时轮番着将头探出水面以吸氧,再汇入它们过家家的游戏中。那红色半透明的桶,青嫩的水草,鲜活的黑色小生命,构成一幅动态的图画,煞是可爱。

"三块钱十条。不贵。城里哪见得着。"农妇招揽着。有人经不住诱惑,掏出了钱。于是,农妇用笊篱捞起蝌蚪,灌入预先备下的雪碧瓶内,再灌一些水。

不多时,本来密密匝匝的蝌蚪,所剩无几。"给我来一份。别找零了,就五元。"想起可爱的外孙女,我怕卖完了。

"你这人爽快。多给一点。"那农妇边说边捞,足有三十来条。

回家的车上,我怕蝌蚪闷死,不敢将盖子拧住。又恐水泼出来,就叫妻子将瓶端在手中。

车,在菜花烂漫的原野间行进,而我的心情倒被小蝌蚪搅得不能平静了。

自己曾经写过一篇散文《生命的交响曲》,那是歌颂那小蝌蚪经历了无数的磨难,再成长为青蛙的生命蜕变;更是歌颂它们乐观而向上的蛙声的。也曾联想到《小蝌蚪找妈妈》的漫画,小蝌蚪是在人们的餐桌上,找到了不再唱歌的妈妈的。更使它们想不到的是,时隔不久,自己正怀着童年的梦想,梦想着和伙伴们一起,在灿烂的年华,组成一个大乐队,歌唱生活,歌唱未来的时候,竟然告别梦想,成了人类的商品,各奔东西。

可不是吗? 从前,每到清明季节,小河的两滩,到处是一簇簇黑色的蝌蚪。那是生命的音符! 几阵闷雷,几场春雨后,小蝌蚪脱却尾巴,蠢蠢地爬上堤岸，一波一波的，密密层层的，爬向菜花烂漫的五月天。它们，或被车轮碾死，被牛羊踩死；或填了鸡鸭的饥肠。但它们义无反顾，一往无前地爬呀爬，爬向心中的田野。那九死一生的幸运者，终于站到了"蛙生"的舞台上。它们或在荷叶的华盖下，或在紫芡铺就的绿毯上，亮相，唱歌！把歌声唱进孩子的梦里，把歌声融入农民的瞩望里。

而如今，即使在春天，即使在乡下的江河边走，也很难见到那令人遐想的丛丛蝌蚪了。那都缘自青蛙、蛤蟆上了餐桌，更是殄灭人性的电捕鱼。那强大的电流，使蝌蚪在摇篮里夭折了。

现在，近郊的陆地上，树木多了，植被丰富了。许多久违的动物、鸟类重新又找到了家园。黄鼠狼，猪獾，刺猬；喜鹊，白鹇，苍鹭……

而水中呢？江豚哪里去了？水獭哪里去了？一道道细密的笼头网，即使再小的鱼虾，也难逃厄运。自古有"数罟不入洿池，斧斤以时入山林！"的典训，而如今却到处是涸泽而渔。

长此以往，留下的将是寂寞江河！

回家后，我将那买来的蝌蚪，给牙牙学语的小外孙女看，说不定待她长大后，再也看不到蝌蚪了。欣赏过后，我抱着小外孙女，将小蝌蚪放生到小区边的人工河里。虽然近几年，这里已见不到蛙的踪影。但我相信，到来年，这里肯定会蛙声一片！

2014 年 4 月 29 日于枕曲斋

清明近了，祭祖的氛围渐浓。媒体里传播着踏青祭扫的消息。这使我想起农村曾经家家有的"家堂"。

"家堂"是什么？对现在的年轻人来说一定陌生，抑或根本就没听到过。家堂书面语称作"神龛"。那是每家每户供奉先人牌位的所在。我生也晚，但还依稀记得。因为"文革"来临时，那东西还在。那时虽不更事，但总觉得那地方很神秘，甚至带着敬畏，所以印象也就特别的深。

那称作"家堂"的东西约莫有一米见方，高大概也在一米许，是木板构建的，像一个玲珑的小房子，也像个道士帽。一般都附着在客堂东北角的第二根桁条处。古人说：媚于奥，莫若媚于灶。可见古时候是把西南角作为尊位的，而我的家乡却以东北角为尊。那东北角的家堂里面，放置的是一个个叫作"神主牌"的先人牌位——那东西样子像时下的一个个微型墓碑。尺把高，朝笏般宽，油漆成暗红色。上面写着"先祖某某之灵位"。

家堂里往往还有烛台、香炉等祭器，抑或还有家谱。当然，家谱不是每家都有的。农户人家，大字不识几个，再加上兵燹、自然灾害，人丁也不见得兴旺，所以五服之外，几乎都成了孤魂野鬼。不像望族或大户人家，还有个祠堂或家谱。死则有停厝的地方，供族人瞻仰，亲人守孝；葬则有家谱留名，供晚辈寻根。农户人家，一般都呼不上曾祖的大名，更无论高祖了。我也只知道曾祖父叫"汤土生"，曾祖母叫什么就不得而知了，听祖父说，她是柘林外海边冯家堂的，那大概姓冯了。家堂里也一定有她老人家的席位，但我却没有一点印象。

国人崇尚"慎终追远"，看重香火传承的农民更不例外。所以，那家堂，则成了祭祀祖宗、继祠香火好的载体。

我家客堂的东北角就有一个家堂的，每到清明或年节，父母亲就将家堂里的牌位一一请下来。那一定得用"请"字的，带着敬畏。不能说成"拿下来"或"取下来"，这不庄重。所以把整个祭祀的过程叫作"请祖宗"。联想到"文革"期间，到新华书店买领袖的像，不能说"买"，一定要用"请"。窃以为，大概就源自于此了。

那神主牌请下来后，一字儿排开，供奉在祭桌上。再供上祭菜，燃起香烛。每个牌位前放上一副酒盅与筷子。酒是白酒，但都兑了一些水。这时的桌子是不能碰的，如果你嘴馋，想捞桌上的祭品，那是一定会遭大人呵斥的。

牌位上是写着先人的名姓的，父亲指给我们兄弟看，那是某某，某某。可我们还小，想象不出那牌位与称呼跟我们有什么关系，再说我们的注意力不在这上面。只记得挂在墙壁上的曾祖父的遗像。"曾祖父"这称呼是书面语，我们那里称作"太太"。记得父亲说那是他的祖父，我们的太太。太太在我祖父十一岁时就过世了，那时还没有我父亲，而对我与弟弟们，其隔膜是自然的。

再边上的照片是祖母的，那是我的亲祖母。她去世时刚三十出头，还很年轻，我父亲才十三岁。是初解放时被国民党舟山过来的飞机炸死的。我虽然没见过我的亲祖母，但对她的印象是深的。那是因为在我家的祖坟上，有她的草包棺材。由于其他的祖先都已入土，荒凉的坟地上，只有她的一口棺材，显得很突兀。冬天的时候，西北风吹去包在上面的茅草，露出淡红的棺胎。我每次放学回家路过此地，都恐惧地加快脚步，目不斜视。而到清明节前，父亲就用稻草重新将棺材包一遍。父亲是祖母唯一的儿子，他那仔细、小心的程度，胜过盖自己住的草房。而且不管我的惧怕，每次一定得拖着我去。而我那时是不懂得父亲的用心的。

至于我在其他文章中提到的祖母，那其实是我的外婆。她是在我外公去世后，带着母亲（母亲那时也十多岁）续弦到我家的，所以也成了我的祖母。其实她对我来说，是有着双重的身份。小时候我犯了错，祖母打我时，我会无端地想，假如我的亲祖母在，她会打我吗？那其实是我的无理。她对我疼爱有加，说我就像她的小儿子，因为我叔祖的妻子，也就是她的妯娌，年龄与她相仿。她生了十个孩子，而最小的竟比我还小三岁。祖母对我亲得有时连我母亲都眼红——她真的把我当她的小儿子了。她是有个小儿子的，是我母亲的弟弟，不过很小就得病夭折了。她还说我像外公，其实我也未曾见过外公，母亲四岁时外公就死了。在那个社会，我外公也算是颇有些资产的，曾经在法华镇、胡桥镇开了三四爿店的，且兼有田产，结果吸上了鸦片，从此倾家荡产，死时家徒四壁。

我曾无端地想，如果我的亲祖母、外公不死的话，如果即便他们死了，我外婆不嫁到我家成为我的祖母的话，再者，我的父母不成亲的话，那这世界上会有我这个人吗？会有我们兄弟间的亲情吗？这是否冥冥中有一双手在主宰着我们成为祖孙，成为父子母子，成为兄弟？那几率实在是低于七石缸里捞芝麻的。

我曾憎恨国民党的飞机，它使我失去了亲祖母。但随着时间的流逝，那憎恨淡得近乎无。其实再想想，那都是国共两党兄弟阋于墙的事情，而伤及的却是无辜。即便是双方的士兵，他们其实也是贫家子弟，只是想图口饭吃才出来当兵，结果多半殒命疆场的呀！

再回到我家的家堂上来。那家堂边的是曾祖的照片。他虽然是我的曾祖，可我总不能跟他的形象亲近少许。我们在与同伴玩耍的时候，把穿着邋遢且拖鼻涕者，唤作"阿土生"。每逢这时，一定会遭到祖父的呵斥乃至追打。后来知道，我的曾祖父叫汤土生，我们自然得避他的名讳，更何况我们是在戏谑取笑。而且知道了曾祖的兄弟还叫作木生、水生的。其实，这些名字，在神主牌上都有，只是我还不认字。

有时在茶余饭后，祖父就说起他的父亲我的曾祖的事。

曾祖除种地外，还兼做生意，譬如做鸡蛋糕，譬如卖酒酿。为了做鸡蛋糕，他买了一条簇新的有船篷的船——大概像鲁迅笔下的乌篷船一类——雇几个人摇船或叫卖。船上装满了白糖、面粉，在胡桥、新寺、法华、柘林等码头轮流着靠埠。他好客，朋友自然多，每天喝得醉醺醺的，从不视事。结果一年下来，帮工的吃得白白胖胖，他却落下一屁股债。不过他人缘好，大度，大家叫他"土生哥"，每逢他喝酒，开始是他一个人，到后来成了一桌。那些熟人，都被他拉入伙了。他做生意么，最后自然他付酒账。这样，一年下来总是两手空空。酒醒回家后心境自然不好，就拿孩子出气。所以祖父说，在他小时候，正玩得开心的当儿，一听说阿爸回来了，就像老鼠遇见猫，唯恐躲不及。

记得我女儿小时候我们回老家，见我女儿凌韵总缠着我撒娇时，祖父会忘情地感叹，现在的孩子真开心，自己小时候哪敢对父亲这样。不打已经是蛮好了。我听了不免唏嘘。

最有趣的是，祖父说有一年夏天，曾祖父卖完酒酿后——他已改行卖酒酿了，在胡桥镇喝酒。因为是晚上，天气又闷热，所以酒桌是摆在街面上的。他与酒徒们一面喝酒一面拍打着蚊子谈山海经，看到远远的东北方向火光冲天，他还带着醉意说：那家人家遭了祝融了，火势那么大，肯定烧个精光了。

他做生意不行，可预言倒准确。不过那烧得精光的，不是人家却是他自己的家。第二天上午，消息传到他那里，他已酒醒。但是已不再健谈，连酒酿担子也挑不动了，雇一个人挑着，自己耷拉着脑袋跟在后面回家。那家里的瓦房与横屋都成了废墟。他也再无力气打我爷爷兄弟了。从此，他在原来的地方建起了五间茅草房——也就是我后来所见到的，放着他和其他祖宗牌位的家堂的屋子。不久，他就死了，死了后就变成一块木牌，也归入这家堂里了。只是在清明或过年时下来一两次。

祖父说的这些往事，曾祖与祖母的形象就活在我心里了。那墙上的照片也真奇怪，无论我从哪个角度看，总觉得他们在注视着我，无可遁逃。

　　入夜，那放着神主牌的家堂黑魆魆的。我有时跟祖父睡的，而祖父的床就在客堂的西北角，正对着家堂。乡村有线广播八点半结束后，客堂内出奇的静，偶或有祖父的咳嗽声。此时，家堂内传出"咮——咮，咮——咮"的声响，那声响短促而脆，诡异得好像在黑夜里游荡的精灵。祖父说，那是老鼠"剔筻子"。也就是在老鼠发现蛇的当儿，用前肢与牙齿碰击发出的声音，以示警并示威。有时会延续大半夜，有时则传来"吱——"的一声老鼠惨烈的叫声——蛇得手了。夜于是恢复了寂静，只有它的精灵在游荡，张扬着恐惧。我无端地将这些神秘的声音与那神主牌联系起来，总觉得那是神灵们附着在蛇与老鼠身上的搏杀。此刻，不禁背上凉丝丝的。紧闭眼睛，不敢张望。祖父好像知道我害怕似的，会翻一个身，或者干咳几下。

　　有时在大白天，一家人好端端地吃着饭。蓦地从家堂上荡下一只蟢子，不高不低，就在饭桌上空的眼前停住，再也不往下滑。于是母亲说，你看，某某的忌日到了，那蟢子托信来了。于是口中念念有词，朝那蟢子打躬作揖。说也怪，一不留神，这蟢子就不见了。

　　家堂边的梁柱由于支撑点多，成了燕子做窝的好地方。每到暮春，许多燕子在门口飞进飞出，在客堂的梁上绕来绕去，考察着，争夺着理想的地盘。最后，会有三五对燕子选择在家堂边建窝。不久，小燕子出壳了，客堂内漾着"喁喁"的稚嫩声。那新生命生动的活力，陪伴着冥冥之中相对寂寞的亡灵。我也因之而少了许多恐惧、寂寞。

　　那大概是家堂与神主牌，在历史的长河中的常态了——我想。而它的变迁以至于消亡，是经历了那场"文革"以后。在"破四旧"的口号声里，家堂无疑是"四旧"。在"文革"的漩涡中，家家用领袖的像或标语口号，将家堂糊住，算是革过命了。记得我家的家堂没有完全糊住，只是在两旁贴上"听毛主席话，跟共产党走"的条幅，横批是："将革命进行到底"。

　　原本在清明、年节必需的祭祀也罢了。那些神祇再也不能享用晚辈的纸钱与香火了。虽然如此，这神灵的栖息地终究保不住。随着"文革"的深入，家堂都被自觉或不自觉地拆了下来，神主牌都装进麻袋，集中到生产队的仓库场上，浇上了煤油。在那木炭爆裂的呻吟中，灵魂经历了煎熬，连同纸船明烛一起，照天烧了。

　　那些墙上曾祖与祖母的照片，由于没有了家堂，就像丢了魂似的，盯着我的目光也渐渐黯淡了，以至于氤氲模糊。也许觉得那也是"四旧"，父亲把它们也摘了下来，轻轻抹去上面的烟尘，背过身靠在旮旯里。从此墙上空荡荡的，露出岁月侵蚀的斑驳，与历史的空白。更也没有祖先一直盯着我的目光了。

古人说：慎终追远，民德归厚。现在倒好，落得个白茫茫一片大地真干净！

现在，到处在搞民俗收藏，或农耕博物馆之类，这里面不知有没有家堂与神主牌。如果没有，那是否可以补上。因为，它们与土地一样，承载着农民的根系、血脉。

2011 年 3 月 24 日于枕曲斋

最后的农妇

随着乡村城市化进程的步履,乡村的范围日见其小。原本不值钱的土地,在渗透了重金属后,含金量也越来越高了。就像非洲塞伦盖堤草原,旱季来临时,渐渐萎缩的水塘。之前自由自在,在雨季的河流里从流游荡的鲇鱼们,被挤在逼仄的泥潭里,作最后的挣扎。

祖祖辈辈折腾这片土地,信奉"我以我手奉我口"的农民,渐次失去折腾土地的权利,多数人家离开原来的宅基地,被集中到相应的区域。年富力强的人们,就像非洲草原上的野牛群,早在旱季来临前,逃离得无影无踪,所剩的是些年迈体弱者。而这一群体中,所多的是农妇。

那些农妇的年龄不等,从五十来岁至八九十岁。那相应的男人哪里去了?如果你是乡下人,就会知道,农村的男人普遍短寿,不是生老病死,就是过早地被土地熬干了油,在寂寞中死去,所以剩下的是他们的寡妻。

在集体所有制时,虽说吃大锅饭,但什么事都由集体扛着,没有股忧,活得舒坦、充实;分田到户后,种的是自己的地,虽辛苦,但挣的是自己的钱,踏实而自信。整年整月折腾土地,土地同样折磨得她们耗尽青春。有时她们也难免怨艾,而当看到高高的谷堆,看到雪样的棉花时,那付出的辛勤与年华又算得了什么呢?

每逢农闲的日子,农妇们闲不住,浆纱经布纳鞋底,磕唠着家长里短,窃窃地笑着交流私房话,借以舒展常年紧绷的筋骨,修复损伤的关节。这其实比什么药都好呢!

而如今,那折磨惯了的对象没了,筋骨生锈得咯咯作响。也许有政府给的镇保钱,也许还不到享受镇保的年龄。她们整天整月地待着,心里无端地生出恓惶与不踏实。她们有时很纳闷:当年拥有土地时,常常盼休息天,怪罪季节的莫测变换,诧异杂草的潜滋暗长。而今,整日待在家里休息,心里老是着慌,着慌得高血压、心动过速。那倒像在从前常常盼过年过节,如今,每天的生活都像过年,过年倒显得很平常了一般。

种田人,真是贱骨头!那是农妇在闲暇时经常冒出来的一句话。

如果是冬天,太阳还暖和,她们就聚到背风处的墙根。年纪轻的,不是搓麻将就是斗地主;年长的,抑或还习惯性地在裆下夹一个脚炉,手里有一针没一针地纳着鞋底,或亲手缝制自己的老衣(寿衣),边扨着锡箔,嘴里不停地唠已离她而去的男人。

农妇的一生,大多勤劳而波澜不惊。特别是那些七八十岁的,大字不识,但加减法与乘法倒也无师自通,碰到除法,就算不过来。不过除法用得少,到市场里卖自家产的蔬果鸡鸭,也不用除法,只要把老公挣来的钱能码起来就成。

老公的钱一定要收紧的,不然,男人有了钱就会去找野女人。时下流行的一句话:"男人有钱就学坏,女人学坏就有钱。"其实,那时的她们在出嫁前就懂得,那是老娘教的。这是乡下的女人收住男人心的一个法宝。还有一个法宝就是晚上不让上床,这一招有点损,就像家法,一般是不动用的。这两件法宝也是老娘教的,老娘也是由她的老娘教的,一代代传下来,屡试不爽。

农妇一般都是家里的掌门,钱都由她管着,所以不需要留私房钱,只有男人才掖私房钱。男人挣的钱,除了留些够他抽烟外,所剩的全部上缴老婆。老婆之所以抠得那么紧,除了怕男人花心,还有就是怕男人倒贴公婆或叔姑。男人被女人管得紧,又要挣面子,只好少抽烟,或者抽更差的烟,或者趁卖鱼虾蔬菜时落几个小钱,那是老婆不知道的。那积攒下来的就偷偷地塞给父母或弟妹,好让他们买些好吃的或添些簿本铅笔,权当尽孝悌。

男人的这一招,女人一般都知道,但她们也开一只眼闭一只眼,反正捏住命脉,翻不起大浪。再说她们都懂得,就像放鹞子,线拉得太紧了,那鹞子会脱线而去的。这样的家庭,内外和睦,男人在外也体面,日子也过得滋润,村里人会夸奖说某某家的媳妇真来得,一个家打理得八脉调和。

自然也有例外,有的农妇过于精明,待男人也挺好,烟酒都亲自买好,上镇买卖里外一把手,这样男人的手头没一点活钱。那家男人若是个窝囊废,也就作缩头乌龟。劳作的闲暇,总一个人躲在墙根或稻草堆边吸闷烟,不合群,也没有好伙伴,回家后不是闷声就是闷睡。这样的情况,往往女家是坐嫁囡,招赘的男人往往腰板不硬。若是遇到一个男人还有些血性,就会不依。这样三天两头吵闹,乃至红杏出墙或离婚。到那时,女人或不悟或后悔。女人后悔了就哭,那哭是嚎啕的哭,农家女特有的拉开嗓子在家门口哭,边哭边诉。说:那还不是为了这个家,我生不带来死不带去。你这个乌龟(乌龟是我们那里女人骂男人的话)作孽啊!那一般都是在晚上,反正夜长着有空,细细数落,嚎得左邻右舍不得安宁。第二天,一家人黑着脸扒完饭,女人红肿着眼照常出工去了。

于是村里就议论,阿陆家的女人不声不响,把男人治得服服帖帖,真是会捉老鼠猫不叫。阿四家的女人太抠太拉喳,口无遮拦,闹得家里鸡飞狗叫——居然还不让阿四上床,这怎么受得了。

其实,那些农妇,在其为未出阁的农家女时,全然不是这样的。她们虽然读书少,但都懂事达理。出挑得健壮的体格,头发乌黑,红扑扑的银盘似的脸上写满笑意与憧憬。一条粗黑的大辫子,槛内槛外跳荡着青春,自小就学会浆纱织布纳鞋等女红,其中做鞋子是最见功力的。

那做鞋,先是绞鞋样,绞鞋样要有点灵气,不是每个农妇都能绞的。有的终其一生,因为绞不好,一直得向人讨要,而且就此成为别人议论的话柄。然后是纳鞋底,鞔鞋面。鞋底纳得不好,像酱饼,鞋的样子就难看。一双鞋完工后,既要看它的样子,还要穿着跟脚。如果具备这两个要素,那是一双好鞋。

所以,那时农家的小伙子找对象,往往先有媒人讨个对象绞的鞋样,或看女的纳的鞋,然后再要生辰八字。这自然也有作假冒充的,有句农谚叫作"瞎子看申报,缺嘴(兔唇)嗅木犀",指的就是在相亲上为掩盖缺陷而作假。待洞房花烛夜一看不对劲,那已生米煮成熟饭,晚矣!将就着过吧。

农家女未嫁时,除了下地干活,还得帮父母带弟妹。得空则忙里偷闲,纺纱织布纳鞋,准备嫁妆。等她的嫁妆准备就绪时,她家的门槛几乎被媒婆踏瘫了。那时她大概十七八岁。说来也怪,那些曾经在父母身边撒娇的女孩,在伙伴们中间撒野的村姑,一下子变得娴静起来。连走路的姿势也不再风风火火了。见着生人或与人说话,无端地会脸红。那时段的村姑,有如上蔟前的春蚕,用自己青春的全部热情,准备着爬上蚕蔟,吐丝而作茧自缚,等待生命的蜕变——这也是村姑的宿命吗?

等出嫁后,再回娘家,人们发觉,那粗大的辫子不见了,开过的脸上不是泛着幸福的红晕,就是显得有些忧郁苍白。人们由此推断她的婚姻是否美满。要不了一年半载,孩子出生了,那女人就算是完成了由女人到妇人的蜕变。

此时,原本作为女人的羞怯与爱美荡然无存。敞开衣襟奶孩子,即便有公公小叔子或野男人也视若无睹。大着嗓门使唤得男人团团转是她们的幸福与满足。这大多是因为生了儿子底气足之故。俗话说:母以子为贵。这不仅在帝胄富贵人家如此,平民百姓亦然。人类好些习性,尽管已进化成高级动物,但低级动物的本能还保留着,而动物界似乎没有重雄而轻雌的,人类却进化出重男轻女。那时每户人家有五六个小孩则不稀奇,如果那女人倒霉,一直生女孩,她在家里就没地位,且一直生下去,直到她油枯灯尽而丧失生育能力。那时的女人早已蓬头垢面,精神的折磨与生活的压迫,使得她脸色焦黄,头发稀松。

更倒霉的是这类女人,她们嫁过去后肚皮不见其鼓起来。那时的男人是不会找自身原因的,播种就有收获的农民意识把女人视为土地,男人是土地的主人,他们不会去想想播下去的种可能是瘪谷。那样的女人就惨了。头一年不见肚皮的动静,男人倒没什么为难,因为他还没有失去对土地的新鲜感。而婆婆则耐不住了,又不好明说,往往指桑骂槐。趁给鸡喂食的当儿,会嚷声:这小母鸡尽吃食,脸色红红,毛色光鲜,怎么不抱窝呢?那媳妇也懂,听到了知趣地走开,暗地里去找医生,偷着去拜观音菩萨。

这样的女人在婆家最没地位,总是低眉顺眼的,公公一般是不涉嘴的,但考虑到子嗣香火,常常虎着脸。若男人脾气温良,则没什么怨言,只是唉声叹气,觉得在外面抬不起头。若遇到脾气坏的,则对女人三天两头施暴,女人则是鼻青眼肿以泪洗面。回娘家吗?一则,嫂子弟媳脸色难看,二则,怕父母伤心。实在熬不住回趟娘家,当娘家人问起脸上的青紫,她会掩饰说是不小心磕碰的。但母亲心知肚明,只是暗暗叹息。俗话说:嫁出去的女,泼出去的水。曾经出生了自己的家已经回不去了,就像出了娘胎再不能转世一般。那时还不怎么兴离婚,哪家女孩被婆家休了,那是件坍台的事。唯一的路,还是抹干泪再回到婆家,在痛苦的煎熬中寻找微茫的希望。

那样的女人,看别人家孩子的神态都特别,眼神直直的,既羡慕又忧伤。心里一定在想:何时即使能生出个女孩也好。求医生也不灵了,她们不会有其他的念想,只是在求神拜佛中老去。即便知道今生无望,她们却更信菩萨,相信自己冥冥中的罪孽,为来世祈祷。

一个女人,一生育有男男女女才算完美。如果只生男孩,婆家满意,但她心里却有缺憾,企盼生个女儿。那不仅仅女儿是母亲心头的肉,更重要的是在她离别这个世界时,女儿会在她的灵床前哭。虽然媳妇也会哭,但那多半是做给外人看的,眼泪都没有,只是干嚎。虽然有儿子,但儿子往往是讨了媳妇忘了娘。只有女儿是哭亲娘的,最揪心。还联想到在寂寞的坟场,女儿会时不时来看自己,拉些家常,烧些纸锭。所以,作为女人,一定得有个女儿。

农妇们,在无尽的企盼、无尽的折磨中,不知不觉成了老太婆——不管是儿女成群的还是未曾生育的。随着年岁的增长,就越发思念自己的出生地——娘家,娘家的兄弟不是垂垂老矣,就是也已作古,侄孙辈虽然客气,但没怎么贴肉了。于是隐隐觉得,亲戚也有越走越远的无奈。落寞间便拄着拐杖去看看父母的坟,哭上几声,捡拔坟头上的茅草。而今,坟头都推平了,老宅也动迁了,作为女儿的最后寄托,只能退守在长夜梦回的记忆里。

　　所剩的时间也许不多了,那一代老年的农妇,本想葬在自己家的田埂边——即便是已化作了一抔骨灰。但远处推土机的轰鸣告诉她们,那是不可能的事。她们认命地叹了口气,也管不了许多了,不如趁阳光和暖,赶紧缝自己的老衣吧!

　　她们边纳鞋、缝老衣,边唱童谣。那也是从她们的祖母或外婆那里传下来的。她们曾将这些童谣或农事谚语,唱给自己的儿孙听,如今,儿孙都出道了。再也没有娃儿围在膝边听她们唱了。那就自己唱给自己听吧!

　　在某一个夜晚,或月朗星稀,或风雨如晦,她走时,也许儿女在床前,也许孤独地离去,这对她已不重要。儿媳们在打理遗物时,发现她荷包里积攒下来的许多零钱,那钱差不多够儿女打理丧事的费用。

　　儿女们回想起母亲把自己拉扯大的艰辛一生,于是嚎啕大哭。哭出"子欲孝而亲不在"的悔恨。她知道吗? 不得而知。也许她在去黄泉的路上听到了,所以一般寿终正寝的农妇都很安详,在由阳界跨入阴界的刹那,脸上会浮出笑容。

　　这是那片土地上最后一拨农妇,随着她们的一一谢世,也标志着上海郊区这片土地上一个农耕时代的结束。连同那些童谣和农谚。

2010 年 10 月 19 日于枕曲斋

每进工作餐，发现许多人就餐后，餐盘里还留存着不少饭菜，有的几乎没动几箸。由是相信每年中国浪费的粮食可养活 2 亿人不虚。见此情景，常会想起小时候祖母的叮咛：饭碗要吃干净，不然会遭天打的。

天打，是奉贤的本地话，就是雷劈，而且指被雷劈着。譬如柘林有座"天打桥"，据说就是因为雷劈死了桥洞里的两条大蛇而留名。有人被雷击后存活下来，人们背后就称他"天打人"。

所以，对于打雷，人们一直很敬畏。

其实在我们小时候，虽不怎么饿肚子，但口粮也不宽裕。逢丰穰年成，每人的口粮是 552 斤谷子。若年成不佳，则分 448 斤谷子。这是国家的定量。之所以叫"口粮"，因为是按人口分的。而大人们说，这与解放前饔飧不继比，已是天壤之别了。所以那时不像现在，一遇到饭菜不可口，就一推碗筷了之。即使说饭碗吃得不干净，也只是留下些饭穗罢了。"饭穗"也是本地话，书面语是"饭粒"。大字不识几个的农民，不知道"谁知盘中餐，粒粒皆辛苦"之类的诗文，却对养家活口种地的艰辛，有着切身感受。

见我们吃剩的饭穗，或饭篮里已被风干的饭粒，祖母会耐心地一粒粒剥下来，放在干瘪的嘴里品咂。三年困难时期，祖母把吃了麦粥的粗碗舔了又舔，一面念叨那是要遭天打之类的话。对天打，不光我们恐惧，即使大人也是惧怕的。生产队里的一个媳妇，与婆婆关系一直不好。一年夏天的晚上，一个落地雷就打在媳妇房间的顶上。火球过处，瓦片、椽子掀掉了大半。媳妇以为自己是遭天谴，马上跑到婆婆的屋里捣蒜似的叫"妈"。从此和好。

所以每逢打雷，我们不敢出门且不说，而且会蜷缩在大人堆里，不胜颤栗。祖母会趁机说：饭碗吃干净了吗？糟蹋粮食了吗？这时，我们除不住地点头外，回想着自己有没有这样的行为。心想，天那么高远，怎么会知道我们吃剩饭碗呢？

祖母好像知道我们的心思，会念叨说，天什么都瞒不过它，昧良心的事天都记着，总有一天要报应的。我说，良心在哪里？祖母指指我的胸口正中说，就在这里。那时还懵懂，不知道良心究竟是什么。不过那话连同天打的事却一直烙在了脑海里。

不过,烙在心里也没用,小孩子贪玩。正吃着饭时,听到外面伙伴的呼喊,会搁下饭碗往外跑。管他天打不天打的,今天是个大晴天。到外面野去。

在燥热的收割插秧季节,我们往田头给大人们送饭送水。大人们从田里起身,来到田埂上,直起腰杆要我们捶背。随后席坐在田埂上,就着阳光吃茶淘饭。在这吃饭兼作歇息的空当,会自言自语说:一粒米,七担水。看着大人们卷着裤脚管的泥腿,望着他们脸上汗水结晶出的盐花,我们还是懵懂。巴不得大人们吃得快些。我们还要去游水,还要去掏鸟窝。

直到十二岁下地干活后,才对"一粒米七担水"的农谚有了体会。那时,我们不再是没上鼻栓的牛犊,可以在父母的视野里撒欢。作为农民后代的生活的轭,正套向我们稚嫩的肩膀。一块白茫茫的水田正等着我们插秧,望不到尽头的麦浪正等着我们开镰。我们厌烦读那些无聊的书,可我们更惧怕放假。放假了,那轭又给套上了。于是又期盼开学。那时,大人教育我们说,不好好读书,将来就种地。不过,这句话效果奇好,好些逃学的主,就此乖乖就范。目的只有一个,就是以后不当农民。为了不当农民,高考考四五次也决不罢休。

"一粒米,七担水。"一根稻穗上有多少粒谷子?一块田里有多少稻穗?这无疑是个天文数字。我们是算不过来的。怪不得牛套在车辕上打车时要罩住眼睛,否则,望着茫茫的稻田,它也会失去信心的。

劳作的辛苦,体肤的困乏,使我们体会到,那七担水,何止是河水?更是农民们艰辛的汗水。土地之所以那么肥沃,禾苗那么苗壮,那更是祖祖辈辈的农民们,用汗水浸润浇灌出来的。

城市的人虽然也读过"谁知盘中餐,粒粒皆辛苦"的诗句,但他们毕竟只停留在书本上,对种粮食的艰辛是没有切身的体会的。而来自农村的,自懂事起,就与粮食结下不解之缘。即使自己没正儿八经地成为一个农民,但他看到过父母艰辛的劳作。

说到底,他们对粮食的敬畏,其实是对辛勤耕作的敬畏。

童年是一张簇新的磁卡,凡事一旦摄入,就再也无法抹去。我生逢其时,有记忆起就赶上人民公社,村里人都到大食堂吃饭。四五岁又赶上了三年困难时期。农民虽干的是种庄稼的体力活,但种出的粮食,自奉不足。除了农忙季节早晨都食粥,冬天几乎食两顿粥。粥里往往搅和着麦片、山芋、青菜,饭中掺和红花草、南瓜。尽管如此,口粮短缺的人家,往往而是。于是捡拾菜荚,挖卷心菜的根充饥。以至于那时的农民面泛菜色,容有忧戚。

农家娃虽然有大人的庇佑，但饥饿还是袭扰肠胃。春夏季节，我们可以拔茅针，采桑葚，摘雀雀梅、蛇卵子，还可以偷生产队的蚕豆、瓜果。秋天到了，就挖山芋，掰菰白，捞菱角。最大的期盼是等待新稻米上场，就可以吃到香糯的新米饭。那是用不着菜肴下饭的。吃得肚子鼓胀鼓胀的。

当时，是因为饥饿，现在回想起来倒觉得是一种乐趣与温馨。

饥饿给了我们向往与憧憬，而有向往与憧憬是幸福的。特别是在童年与少年期。

前些日子，我回村里参加一位老人的葬礼时，遇到鱼叔。他比我大十多岁，父母在他少年时亡故。在那个年代，留下鱼叔兄弟二人，虽有族人照顾，可那样的岁月，自顾都不暇，怎么能周济别人呢？他们兄弟俩不是睡在牧场就是钻稻草堆。在长身体的年龄，而常常有一顿没一顿。于是鱼叔就养成了偷窃的习惯。但他不偷别的，专偷队里的粮食。由于年纪小，队里只是教育为主。但有一次，他不懂，穿窬而入偷了队里的粮种。这还了得，于是被送去劳动教养。而送他去教养的正是他自己当队长的叔叔。

在那讲阶级斗争的岁月，这不能怪他叔叔，再说粮种是农家的命根。于是他去了白茅岭农场。这一去就是三十多年。在那里，他吃饱饭的最基本的愿望实现了。后来他成了拖拉机手，而且成了场里的种粮能手。

前些年他拖家带口回村落户。由于没了住房，就住在废弃的仓库里——他曾经告别故乡的地方。他是一个寡言的人。问起他的境遇，他平静地说，自从场里退休后，现在每月能领取3 000多元的养老金。两个儿子既出息又孝顺。他现在也老了，除干些轻活外则含饴弄孙。

村里人调侃说：老鱼亏得当年去了那里，还有这么多退休金。我们几个做过村主任的，现在还不是给人家做保安看门，拿1 000多元的镇保？

我对他的遭遇深深同情。如果当年他父母俱在，他何至于失去怙恃？如果不是因为饥饿，他何至于偷粮食？虽然鱼叔现在的境遇不错，但那段经历对他毕竟是个阴影。

每到稻麦登场后，鱼叔习惯了到田野里捡拾遗留的稻穗、麦穗。那是他少年时饥饿的经历使然吗？

忽然想起朱柏庐"一粥一饭，当思来处不易；半丝半缕，恒念物力维艰"的格言。

其实，祖母的饭碗不吃干净遭天打也好，鱼叔上了年纪还捡拾麦穗也好，还是朱柏庐的家训也罢。归根到底，那都是体现了与饥饿和粮食打过交道的人，对粮食的敬畏。

2013年8月于枕曲斋

农家茶香

喝茶是一种休闲,无疑也是一种文化。

以前,小镇上都有茶馆,茶客以中老年居多,茶馆集散着各种街谈巷议;如今,茶馆已颠覆了原来的内涵,茶馆成了商谈、会友休闲的场所。饮品也不是单一的茶水,兼有咖啡、瓜果等。

去这样的地方次数多了,就生腻。于是想起曾巩"麦粒收来品绝伦,葵花制出样争新。一杯永日醒双眼,草木英华信有神"的诗篇。曾巩所说的"麦粒收来品绝伦"大概是指麦茶了。

我家乡的奉贤农村,依然保持着喝传统茶的习惯。除麦茶外,还有夏枯草茶、姜茶、薄荷茶、橘皮茶、决明子茶等。当然,这些茶,对于长年累月在田野里劳作的农民,绝不是休闲,而是为了解渴消暑。

若以季节论,春夏,则以喝大麦茶、夏枯草茶、姜茶、薄荷茶为主;秋冬,则喝橘皮茶、决明子茶。当然,也因各人的喜好习惯而不同。而在这些乡茶中,我癖好麦茶与夏枯草茶。

先说麦茶吧!

麦茶准确地说,应该是大麦茶。每年夏收,大麦、圆麦、小麦次第成熟,而以大麦为先。于是生产队长派几个老年农妇,选一块早熟的麦田开镰。随后,脱粒,扬尽,晒干。在牧场的大铁镬里炒到七分熟,存放在篾篰里。

每逢大晴天出工的日子,兼任烧茶的饲养员,将井水挑入装着木圐圈的大铁镬,再将一大瓢炒熟的大麦倒入镬内。在风箱不紧不慢的呼哧声里,要不了半个小时,水就滚开了。于是再添一把柴火,焖上十来分钟。烧茶的人一揭开镬盖,水汽立马弥散开来。茅屋内尽是醇香的麦茶味。

夏收时节,赤日炎炎。田野里,劳作的农民不是挥镰收割,就是弯腰栽种。挥汗如雨,衣衫上尽是结成痂的汗盐。他们不时看看望不到头的田垄,再翘首看看炽热的太阳。

此时,正所谓"日高人渴漫思茶"了。看见送茶的人担着茶水出现在村口,劳作的人们拔出泥腿,扔下镰刀,争相奔上田埂,成鹄立状。没轮到的,或用袖管抹汗,或用草帽刮扇凉风,权作小憩;轮上的,拿起偌大的瓠瓢,咕咚咕咚牛饮。

据《本草纲目》记载："大麦味甘、性平，有去食疗胀、消积进食、平胃止渴、消暑除热、益气调中、宽胸大气之功。"而此刻的农民，顾不得那些劳什子，只是为了解渴。

其实，麦茶不仅能消暑解渴，而且口感特别。那炒熟的大麦，色呈深赭色，有股子夹杂着木头的焦香味。细细品咂兼有旱烟和咖啡的味道，即兼粮食的醇和味。

男人们往往咀嚼浸泡了的麦粒。那麦粒的精华都已溶解在茶水中，剩下的只有略带焦糊味的苦涩。那也会上瘾，但只有经历了辛勤的人们才能品咂。就像生活，只有经历过酸甜苦辣的人，才能悟出生活的真谛。

什么"一碗喉吻润，二碗破孤闷。三碗搜枯肠，惟有文字五千卷。四碗发轻汗，平生不平事，尽向毛孔散。五碗肌骨清，六碗通仙灵。七碗吃不得也，惟觉两腋习习清风生"，那都是文人的故弄玄虚罢了。

再说说夏枯草茶吧！

夏枯草是一种夏至即枯的草本植物。生也贱，长于荒郊、砖丛、野地。株呈盆状，花如穗状直立，色兼红紫。性寒，味甘、微苦，有清火、消肿、解毒之功效。

我老家屋后，有一片竹园，断砖残瓦间杂草丰茂。而以益母草与夏枯草居多。这两种植物喜荫，所以在竹园内长得特别茂盛，枝叶肥厚。益母草由于株秆修长而显鹤立。一种叫作"梁山伯"的蝴蝶常在上面停留。夏枯草刚开出红紫的花絮，祖母将其割下来晾在簸箕里，搁在屋檐上晒得爽干，即可泡茶。一般作药用，则株与穗分开。而农家泡茶，则株穗并用。

麦茶一般在劳作间饮用，而夏枯草茶多作家用。夏秋间，农家煮完早饭，镬底还有饭痂，于是倒入井水煮开，再将夏枯草放入，焖上十来分钟，而后舀到粗瓷缸内凉开。够家人饮用一天。或遇轻体力劳动，像锄草，间苗，生产队里不集中供茶，于是在茶壶内灌上夏枯草茶，放在田头。

夏枯草茶色如枫泾石库门酒，没有麦茶的焦香味，入口微苦涩，回味甘醇爽口，解渴醒神。那时，农家舍不得买茶叶，往往以此招待来客。

现在，作茶用的夏枯草、大麦，超市里有得卖。我曾买过超市里的大麦泡茶，但没有喝出当年的味道来。

农家的茶中，还有姜茶、橘皮茶、决明子茶，但我偏好麦茶、夏枯草茶。如今的茶类有包装奢侈的金骏眉、铁观音、高山茶、龙井茶，喝茶的道具也时髦且品类繁多。我也在被慢慢地同化，我喝茶的习惯虽故作斯文，但还是掩盖不了穷凶的牛饮。

我母亲还保持着采撷夏枯草的习惯。夏日里每次回家,我常到灶披间里喝母亲煮的夏枯草茶。那不是消消停停品用的而是站着喝的茶。它其实是劳动者的茶,宜于牛饮的茶。一茶缸下肚,四肢的脉络关节都打开,淳朴敦厚的乡情在血管里涌动。

发表于 2016 年 5 月 21 日《新民晚报》

荻花飞白的季节，在不经意间，寂寥的远天，会传来几声嘹唳的雁声。随即，晴明的长空，一群大雁正刮扇着柔韧的翅膀，不紧不慢地掠过头顶，又从容不迫地朝南天飞去。此刻，心底会油然冒出小时候读过的课文：秋天来了，天气凉了，一群大雁往南飞。一会儿排成个人字，一会儿排成个一字……此刻，你不由得会傻傻地伫立着，任那从容的身影消失在瞳仁深处，只留下空阔的长天。而幻觉又似乎在告诉你，那雁阵依然在地平线上低昂。

现在住在小城的我，已是好多年不见大雁南飞的情景了。眼下，又是深秋，那渐渐泛红的乌桕叶，金色的稻浪，勾起我对雁阵的怀念，想起雁阵又联想到那篇课文。我常常想，那篇《秋天来了》连同其他的课文，是在"文革"前念的，四十余年了，印象怎么会如此深刻呢？我小学充其量只读了三年半，三年级开始"文革"了，"文革"了也就没有这样的课文了。

也许在那个年龄，尽管冥顽不化，但因读书少的缘故，所以记忆特别深？就像小时候难得吃上一回的糖山楂，那时多么诱人，现在尝尝也不过如此罢了。记得罗庚秀老师教这篇课文的时候，大概也在秋天。秋天是收割的季节，我们那些乡下孩子，在罗老师的牧送下，去刚收割尽的田野里拾稻穗，在田埂上捡拾黄豆、赤豆，在犁铧刚耕过的新泥间翻捡山芋脚。

罗老师说：粮食是你们的爸爸妈妈辛辛苦苦种出来的，不能浪费，要颗粒归仓。谁捡拾得干净，捡拾得多，就有奖励。其实那奖励也有限得很，无非是一块橡皮，一支铅笔。但我们都很看重。我们一个班级，分成四个小组，在田野里排成一字的雁阵。我们边捡拾，罗老师边叫我们背课文：秋天来了，天气凉了，一群大雁往南飞……

念着念着，我们都觉得自己也变成了大雁。生出一对翅膀，向着远方飞呀飞，挥别亲人，告别生我养我的那片土地，飞向未来。那情景与课文的内容以及我们的梦想，都融合在一起了。就像父母亲遗传给我们的基因，再也不能剥离了。

其实，在当时的课本里，像这样的课文是很多的。我们会在顽皮、撒野的间隙，不时吟诵几句。心情特晴朗。

还有《小河流过我门前》，那也是一篇为我们所喜欢的课文。"小河流过我门前，我请小河玩一玩，小河摇头不答应，急急忙忙去浇田。小河流过我门前，我请小河玩一玩，小河摇头不答应，急急忙忙去发电。"它就像一首明快的儿歌，虽单纯却朗朗上口，从我们的口中唱出，也在有口无心念叨间，滋润了我们纯净的心田。

　　不知您是否看过林海音的小说或由小说改编的电影《城南旧事》，这中间有一段小英子朗读课文的情景："我们看海去！我们看海去！蓝色的大海上，扬着白色的帆。金红的太阳，从海上升起来，照到海面照到船头。我们看海去！我们看海去！"画面中的小英子在背诵完后，闭着眼睛说：那大海的情景好像就在眼前似的。那也应该是民国的老课文了，就这么简单的一些字组合在一起，就构成了大海上初升的太阳，船儿，白帆的景象。自然还有走入那风景的"我们"。那"我们"就像台湾校园歌曲里的"还有一位老船长"，面对的是：阳光，沙滩，海浪，仙人掌。小英子说那景象就在眼前。这是只有蕴含着耐人寻味的意境的文字，才能收到的效果。

　　为什么这样的文字，能深深地烙在心底呢？最终，我悟出，那样的课文，虽然浅显，但晓畅明白，关键它有一个"魂"在里面。是这个"魂"，牢牢抓住了你，使你会触景生情，时时怀想。

　　前些天，偶然翻动现在的小学课本，总觉得，像这样的文章，现在的低年级课本里虽也有，但是不多。例如三年级第二学期的《春的消息》就是一篇好的课文。

　　　　　　风，摇绿了树的枝条，
　　　　　　水，漂白了鸭的羽毛，
　　　　　　盼望了整整一个冬天，
　　　　　　你看，春天已经来到！

　　　　　　让我们换上春装，
　　　　　　像小鸟换上新的羽毛，
　　　　　　飞过树林，飞上山冈，
　　　　　　到处有春天的欢笑。

　　　　　　看到第一只蝴蝶飞，
　　　　　　它牵引着我的双脚；

我高兴地捕捉住它，

又爱怜地把它放掉。

…………

走累了，我就躺在田野上，

头顶有明丽的太阳照耀。

是谁搔痒了我的面颊？

啊，身边又钻出嫩绿的小草……

一看注释，原来是著名作家金波写的。怪不得那样灵动。

像二年级第二学期的《只有一个儿子》，也是一篇好课文，它教育小孩，作儿子的要有孝心。文字浅显，事情单一，却寓以深刻的道理，避免了简单的说教，符合这个年龄段的学生。这样的课文，还有像《迷人的秋色》、《初冬》等。

相反，像《请不要》，虽然有教育意义，但过于直白牵强。而且在文字上不流畅，缺乏韵律感。再如《小冰熊》，一看题目就觉得有些隔膜，再一看内容更感到索然寡味。当然，作为童话，是可以为之的。例如像安徒生的《海的女儿》、《丑小鸭》等的写法。但《请不要》没什么教益，又显得很直白。也就是没有"魂"。

我总觉得，小学，特别是低年级的课文，应多一些贴近自然、清新质朴的诗文，少一些拔高、牵强的说教。即使是教育，也应注重在人格的形成与品德的培养上面。以前有篇课文叫作《小猫钓鱼》，说明了做事要专心致志的道理，但写得很有趣。还有一篇叫作《狼来了》，教育小孩不能说谎，一旦说了谎，人们就不再会相信你了。这些课文，都是对孩子的人格形成起教育作用的。低年级的课文，应少些说教，除了教育祖国与人民的概念外，其他都可免却。政治是以后选择的事情，也是一个政党在施政治国过程中给公民留下的印象。你是一个好的政党，孩子长大后自然会选择。譬如说共产党好，这是不争的事实。人们会鉴别。

如果在启蒙教育阶段，不重视人文道德教育，学生就在作文里会说假话，在行为上学取媚投机。培养出来的，不是庸人就是骗子、野心家、政客。根本就不可能出伟人、政治家、大师。

由此可见启蒙教育的意义深远。从顾及其长远计，那启蒙的课文一定要选好，一定要选择有"魂"的诗文。

时下，正值高秋，空气大概很有些寒意了。而大雁们正排成整齐的人字，阵脚不乱,不紧不慢地向南天飞去。我感佩大雁的那种从容不迫的气度。

其实,一个人终其一生,无非就是写好一个"人"字。不一定也要写在蓝天,写在心里就坦然了——在家为孝子,于国是忠臣。其他都不那么重要了。

因为出于对《秋天来了》课文的偏爱,请允许我再回到开头,像小时候一般,大声朗读一遍:

> 秋天来了,
> 天气凉了,
> 一群大雁往南飞。
> 一会儿排成个人字,
> 一会儿排成个一字……

2010 年 12 月 6 日于枕曲斋

梅雨季很长，长得在庄稼人心里长出菌毛；梅雨季很短，短得如一只蜗牛从梅树根爬到梅子的距离。

一、雁　阵

夏收过却大半，芒种就接踵而至。当疲累的农夫想站在田塍边吸烟，直直劳损的腰椎时，雨，噼里啪啦地来了。

那声响，像打谷场上的一阵紧似一阵的连枷声，更像是村里会计码夏熟亩产的算珠声。那是梅雨的先头部队，雨点虽然猛似爆豆，但很短暂，一阵子就过去了。算是给庄稼人打个招呼——梅雨季就要到了。

梅雨季真的来了？敞着大襟的农夫们在心里嘀咕着，又弯下腰挺起沉重的担子，把麦子、油菜抑或豆类挑往打谷场。把猪舍的基肥，移栽的秧苗，一拨拨挑向茫茫水田。那腾挪着坚韧与希望的担子，被诗人轻率地美化成秋天里一群南飞的大雁。一会儿排成个"一"字，一会儿排成个"人"字。而我从未见过那挑着重担的农夫们，排成过一个"人"字，所见的往往像蠕动的蚯蚓，无声无息地在乡间蜿蜒，年复一年。

不久就豪雨如注，梅雨季来了。来不及运往打谷场的夏熟——麦子啦，油菜啦，蚕豆啦，唯恐被雨淋湿，趁着雨豁当，农妇们把它们码在田埂上。要不了多久，田野里、打谷场上，坟起一座座金字塔。

大团大团的云，推搡着，倾轧着，像棉朵，挤出无尽的梅雨。那雨要下多久呢？其实，农民心里明白着呢，少则十来天，多则过月。但对农民来说，这实在是个煎熬。

眼巴巴看着金灿灿的麦垛，渐渐失去光泽；塔尖塔尖的油菜堆，在慢慢变黑。做甜面酱的酱饼上，长出一层浅绿的菌毛。心疼麦粒抽出的绿芽，油菜籽长出浮萍似的绿叶。大气中弥漫着一股焦灼的霉味。

时令容不得农夫们等待，于是忙着犁地、插秧、刈草。那长蛇似的雁阵，浸透了雨水汗水，在田畴间蜿蜒，哪管风里雨里。

梅雨清润的蛙声里，稻秧在分蘖，棉苗在拔节。梅雨对夏熟农作物是个祸害，而对夏种的植物，无疑是最好的养护。望着长势喜人的稻秧，农夫会自言自语地叹息：做天难做四月天，做人难做半中年。

农历的四月天是够为难的,既要照顾夏收,又要顾及夏种。就像一个半中年人,既要照顾年迈的父母,又要哺育年幼的孩子。这是农夫的哲学,不怨天尤人,不唱叹命运,重要的是自己下苦力,努力改变自己的命运。

当薄暮收住了雨脚,蚯蚓在田野里哼起的山歌,伴随着早早入睡的农夫的梦境。细心的人们会在世俗的喧嚣声里,听到黑夜角落里,扁担舒展筋骨的呻吟声。

即使过去了那么多年,我也不再是半大的屁孩。而每见秋日里,大雁飞过蓝天,我会油然想起梅雨季赤将着背脊的农夫们。而那回想一点也没有诗意。

二、捉攻水鲫鱼

有时如爆豆,有时如针芒的雨,下得人心里发毛。而这些,显然不是我们孩童烦心的事。我们只因不能在场地上打菱角(陀螺),打弹子,不能在树荫下翻三角片而烦恼,也为熟透的桑葚,在无期的雨水中白白落光而惋惜。

去往学校的路,牛的蹄印套着人的脚印,陈陈相因,把一条条路搅和得牛皮糖般泥泞,青皮打滑。当我们卷起裤管,光着脚背拐进校园时,已听到老师在喊"小朋友们好了"。这时进教室,显然不是时候。我和小毛、恩德、小华躲在厕所后的屋檐下,傻傻地呆看断断续续的檐头水给砖缝剔牙,想趁老师布置作业,回办公室抽烟的当儿溜进去。可那天的课临时掉过了,是郎老师的珠算课。郎老师是女老师,不抽烟且不说,还特认真。每人要到黑板上去演示过堂。我们最头痛珠算,特别是除法。什么七退一还三,四退一还六。

厕所的对面是阿糊蛋屋后的堰沟梢。阿糊蛋的父亲阿龙伯伯是大队放水员。连日阴雨,红花田、秧田、稻田水爆满,他正掮着铁锹开下河缺。几锹下去,田里的水像刚下课的顽童,铆足了劲,撒欢着扑向河滩。阿糊蛋早就拿着海兜,像一匹公猫似的守在水缺口边。一动不动。阿糊蛋虽比我们大三四岁,但也就高一个年级。他读四年级,我们读三年级。那时是复式班上课,我们三、四年级在一个教室。他经常逃学,他坐的那个位置常常空着。所以考试往往是"0"分,那"0"状貌如蛋。再加之阿糊蛋一直拖鼻涕且不算,还用袖管左右开弓地抹,这一抹不要紧,而脸却成了花脸。阿糊蛋之名由是得焉。

我们刚进小学时,他已三年级了。他家就在学校边上,他个子高,牛眼,转头一睃,有股牛气。兼之踏地硬而欺生,我们很有些怕他。读着读着,他一直在三、四年级徘徊,好像在等我们似的。后来也就混熟了,才知阿糊蛋是乌龟不咬人,形状难看。其实他很好相处。于是我们常一起逮鸟,偷人家院后的毛桃。

见我们躲在外面,阿糊蛋隔浜喊我们过去捉攻水鲫鱼。他怕读书,可常常一个人混在外面也无聊。几个人一起逃学,老师批评时也分散受力面。拉我们入伙,更是一举两得。

梅雨季的雨,有时如麦芒般细密,有时则如爆豆。黎明时,听到阶沿石上噼里啪啦地响,茅檐上哗哗的雨声时,睡意全无。没等早饭煮熟,小毛、恩德、小华早已等在门口的屋檐下了。父母以为我们读书很用功,其实哪里知道,我们今天是作好了逃学准备的。

阿糊蛋早就等得性急了。等第一节课的铃声响过后,我们便出发。之所以选在铃声过后,那样就不会碰到同学而向老师告状了。

一夜的暴雨,稻田里的水漫及秧梢。放水员阿龙伯伯他们早已将下河缺打开。田野间到处是哗哗的水声。我们于是分头去往不同的方向。

捉攻水鲫鱼是件有趣的事。之所以叫"攻水鲫鱼",因为鱼有一个溯流而上的习性,此时的鲫鱼都冲着奔腾的下河水而来。田里的水流到近河面的地方,会冲刷出一个水坑,或者人为地挖一个水坑。上游的水先跌入坑中再外溢。鱼们先是跃入水坑,稍作停留,再逆水往陡峭的侧壁上攻。那侧壁约有一米高,仅凭鱼们区区的一己之力,是断难实现的。鱼们一次次铆足劲进攻,结果总是徒劳。而后续的鱼们,还在不断地跃入坑内。坑里的鱼越聚越多。

若是坑边没人,那一定会有一匹或几匹猫守候在坑边。它们像棕熊守候马哈鱼般等待失手的鱼儿跃到坑边,饱餐一顿。我们孩子往往性急,看到有鱼入坑,便急不可耐地撩起袖管摸或用海兜捞。不像有经验的大人,蹲在塘坨上,耐心地点上一支烟,或用一张荷叶、南瓜叶罩在头上,迷惑鱼们。其实那是捕鱼人的习惯,即便不作伪装,鱼在水里也不会发现。因为此刻的河水浑浊得发黄,除非跃出水面才能发觉。但那时已跃入坑中了。

等到田里的水泻得差不多,坑中的鱼已挤得满满扎扎的,再想洄游,已是不可能的事了。于是听凭人们捕捞。这样,一个坑内少则五六斤,多则十几斤。里面的鱼,可谓鱼龙混杂。有泥鳅、鳑鲏、坑缸斑,那是人所不食的,还有鲫鱼、黑鱼、红鲤鱼,当然,以鲫鱼最多。那都是黄斑鲫鱼,鳞呈黄铜色,大者过半斤,小者二三两。

我们用衣襟兜,兜不下则脱下长裤,将裤管打结着装得满满。随后到新寺镇上去卖。那时货价便宜,那么好的鲫鱼也就三五毛一斤。我们怕被熟人看见,也就贱卖。这样,一忽儿就卖完了。于是每人揣上二三元钱,屁颠屁颠地买腰菱、麻饼、粽子糖什么的。

那时东西真便宜,咸味硬糖一分钱一粒,大白兔奶糖二分钱一粒,麻饼一毛钱一个,腰菱五分钱一大堆。我们坐在街沿石上吃个畅。临走,阿糊蛋说,我们买包烟,明儿我们边抽烟边等着捉攻水鲫鱼。大家都同意了,觉得这样有型,像个捉鱼的老把式。于是奢侈地花二毛八分买了一包"飞马牌"烟。就是没想要买铅笔、簿本或书籍之类的学习用品。

一路上抽着烟,吹着口哨回家。

捉攻水鲫鱼尝到了甜头,在那个梅雨季里,我们隔三差五地逃学。由此养成了习惯,即便是晴好天气,也不进校门。老师发觉后上门告状,免不了一顿皮肉之苦。那时大概在三至五年级,"文革"刚开始,上课也是捣蛋,大家都厌学。许多家庭孩子多则五六个,少则三四个,负担可想而知。于是就辍学。参加队里劳动挣工分还不到年龄,于是就养兔,养羊。这批捉攻水鲫鱼的伙伴中,只有恩德与我一起进了初中。恩德有些残疾,驼背,四岁才会走路。他父母希望他读出个样儿。可一起的伙伴都不读了,他也觉得没劲。何况他大我两岁。于是读了两年初中也回家种地了。

前年的一天,也是梅雨季,恩德穿了一件某某装潢公司的广告衫在我老家附近捕攻水鲫鱼。我们又聊起当年的快乐时光。他说,现在用电触鱼、龙头网捕鱼,使得鱼类锐减。哪像当年,一个早晨就能捕很多攻水鲫鱼。你看,我转悠了一圈,就逮到几条小毛鱼。

恩德老了,背驼得更厉害了。不再是当年捉攻水鲫鱼时那个专给我们打下手的恩德了。

三、刮 蟾 酥

蟾酥者,癞蛤蟆表皮腺体的分泌物也。

成年的癞蛤蟆,皮糙肉厚,通体疙瘩。那疙瘩中有蟾酥。但以眼睛的后侧两条棱起的地方为多。说多也是相对其他部位而言,其实也就小小的两滴。那蟾酥呈白色而黏稠,如榖树或五抬头草的浆水。癞蛤蟆一身是宝,而以蟾酥为最。它有清凉镇定解毒消肿之功效。专治疮疖、痧胀,与他药混合,还可治心脏疾病,如"麝香保心丸"。价格如黄金。

其取之无多，价格不菲，农夫们争相奔走焉。

刮蟾酥的工具，是由白铁皮冲压成的。其状如蛤蜊油盒，中间有一襻襟连，使其有弹性而开合裕如。

那是在六十年代末，"文革"初期，我大概读三四年级。课堂里乱哄哄的，原本老师与学生就如猫与老鼠的关系被颠倒了过来。曾经见老师如老鼠见猫的我们，可以爬到猫头上拉屎了。书换成了枯燥的领袖语录。于是我与要好的伙伴常逃学。其中就有恩德和"夜壶"，还有"马弟弟"——马志荣。

那时的零用钱实在少得可怜，几乎没有。除了捉攻水鲫鱼能卖钱外，没有其他弄钱的手段。而况捉攻水鲫鱼受天时的限制。那天，马弟弟说，我们何不买一个夹子，去刮癞蛤蟆浆？那一蛤蜊盒大小可以卖五元钱呢！

马志荣虽叫"马弟弟"，其实他比我大两岁，与恩德同岁，自然鬼点子多。

不过五元钱对于我们，那是个天文数字。那时的五元，称作一张"黄鱼头"，即便大人，也没有几个人能掏得出。可想而知，那时农村的一个男劳力，满打满算一年挣四百来个工分，每个工分按八毛算，一年也就三百多元。如有五元揣在手里，走起路来也显得神兜兜的。

我们为那五元一盒的蟾酥鼓弄得晚上反侧难寐。

可是一打听，那刮蟾酥的夹子却要五毛钱。于是我们除了不买腰菱、香蛳外，想着法儿到家长那里骗。恩德说，我不小心打碎一块玻璃要赔。恩德残疾，父母宠他，不会因犯错而遭皮肉之苦。我们不是说红领巾丢失了要买，就趁打酱油买盐时少买一些，落几个小钱。最倒霉的是"夜壶"，他趁给父亲零拷烧酒时灌水。开始不发觉，他父亲还很高兴，以为自己的酒量大增。"夜壶"也因之而放松了警惕，结果在灌水时混进了水草屑。事情穿帮，"夜壶"屁股上被打得青一块紫一块且不说，而且把他落下的小钱全部呕出来。

除"夜壶"外，每人总算囤满了五毛钱。但那夹子只有南桥有卖，而新寺到南桥的车费要一毛五分。大家都舍不得，于是沿着沪杭公路走十几里路到南桥。

那天逃课一起去的大概有五六人。"夜壶"虽没了钱，但也一起去了。我们都走了，他在教室里都没劲。说不定还遭老师的盘问。

那白铁皮的夹子全新铮亮，还有股牛油味。弹性很好，一开一合发出脆响。我们边走边逮癞蛤蟆，越过蔬菜田、麦田、稻秧田，一路往回走。企盼着早早刮满一盒，换得五块钱。虽然我们刮了无数的癞蛤蟆，但夹子内的蟾酥才豆瓣大一点点。

大家的兴致没来时浓了。天在黑下来，飘起了细密的梅雨。回家还得赶十来里路程，身上又没钱。于是就等到同方向的一辆运输的手扶拖拉机，趁它转弯时跳上去。那驾驶员使坏，开得拖拉机剧烈摆动。我们抓住扶手，得意地起哄。正当我们商量着明天到哪里集合时，我们的目的地——大石桥近了。我们招呼停车，可驾驶员透过中间的窗口得意地做鬼脸。而且加足马力开，排气管冒着黑烟，震耳欲聋。糟了！他在故意刁难。过去是柘林，再过去是漕泾。

恩德说，我们跳车吧！就像铁道游击队。马志荣说，跳车有危险，出事怎么办？大家一筹莫展。唯一的办法还是跳车。我们鱼贯似的往榆树间的草丛中跳。那时没经验，不是往侧前跳，而是往侧后跳，结果翻了好几个筋斗。

恩德背上蹭出一个大包，不过他本来驼背，倒也不露馅。"夜壶"最倒霉，跳出去撞在树上，撞去两颗门牙。他骗家长说，那是玩"拍犯人"时撞掉的，蒙混了过去。我们的肘子、膝盖上都蹭破了皮肉，马路上的柏油细石子嵌在里面，剥了好几天。

我们都约定，这事情绝对不能跟别人说起，唯恐家长知道。

有了刮蟾酥的夹子，我们就有了用武之地。那时的癞蛤蟆真多，场地上、篱笆间、瓦砾丛中到处都是。癞蛤蟆不如青蛙敏捷，一跳丈来远。它往往是爬行，即便跳跃，也就尺许。你不必担心它逃走。一逮一个着。

被刮过蟾酥的癞蛤蟆，元气大伤。你刮得狠了，甚至有血浆。所以一经刮酥，那癞蛤蟆便蔫蔫的。宅前宅后大家都在刮，重复是难免的。有的逮起来一点也刮不出，那一定是经历好几番了。

于是我们就觊觎起秧板田、稻田。那里的虫蚁多，癞蛤蟆自然不少，只要入夜听那浑厚的鸣叫就知道了。但稻田、秧田是不能随便入内的。稻田里秧苗正在分蘖，踩坏了不结实；秧田里正当育苗，踩踏后不再出苗。

那都由队长管着，更有放水员巡视着。"夜壶"的父亲也是放水员。我们经不住癞蛤蟆叫声的诱惑，偷着往田里跑。"夜壶"没有夹子，我们叫他望风。说好卖了钱也有他一份。望的就是他父亲。有时一清早，"夜壶"跑来报信说，他父亲一早上茶馆去了。于是我们就全员出动，收获颇丰。有一次出卯时工回来，"夜壶"说，他父亲去农机站开会了。我们又故伎重演。不巧的是，"夜壶"的父亲半道上要拉屎，他舍不得拉在外面——肥水不流外人田么——折了回来。见我们便提着铁锹一路吆喝。他不嚷还好，一嚷则事情大坏。我们一路狼奔豕突，搅得稻秧田一片狼藉。

"夜壶"的父亲挨门告状,我们免不了皮肉之苦。"夜壶"没下田,他父亲找不到收拾的理由,但怀疑他是一伙的。吃饭时瞪他一眼,再瞪他一眼。"夜壶"心里发虚,头上尽冒冷汗,推说肚子疼,吃不下饭溜了出去。

我们中没有谁等到刮满一盒蟾酥,到药店的天平上一称,一般都在两三元。虽则有限,但对当时的我们,却不无小补。

如今的乡下,已难得见癞蛤蟆的踪影。即使初夏,也很少见河滩边一丛丛黑蝌蚪了。那黑蝌蚪蜕了尾巴就是小癞蛤蟆。那时菜花蜡黄的时节,满地爬行的都是小癞蛤蟆。

癞蛤蟆尽管长得丑陋,但是益虫,与青蛙一起吃虫蚁护庄稼,其蟾酥又是上好的药材,于人类有百利而无一害。现在却遭到如此的绝杀,枫泾地区还以专食癞蛤蟆为时尚,名之曰:熏癞司。

我真为这小生命的绝迹而担忧。

四、雨　蛙

梅雨季,烦恼的是整日忙碌的农民,而快乐的要数蛙类了。

连绵的梅雨,使整个世界成了一片泽国。空气是湿漉漉的,蛙声是湿漉漉的,套着辕轭的牛的目光也是湿漉漉的。

牛蹄踩出的坑洼里,猪拱过的打谷场上,鸡淘沙的榆树根旁,都积水成潭。那泥潭边,先是长出绿绿的地衣、青苔,随后窜出嫩绿的秧草、地肤。这就招来了雨蛙。

雨蛙到处都有,而以江南水乡为盛。它种类繁多,而上海地区以青绿色、赭色、青色、绿灰白相间色为多。它不同于田鸡,体形较小。大者如水饺,小者似镍币。它们喜欢在稻田、河滩边、棉花田里栖息。有一种小的雨蛙,呈红色或青色,脚上有蹼,喜欢在树干、棉花叶、苇叶上守候。

而稻田边、河滩边,主要是赭褐色和赭绿白相间的两种。它们数量庞大,黄昏与黎明时叫得最响亮。而且似乎通人性,在上午的九点,下午的三点许,会热烈地鸣叫一阵。在田野里劳作的人们听到叫声,就伸伸腰板说:蛙在喊我们歇息了。坐下来吸袋烟,喝口茶吧!

雨蛙一点不怕人。特别是对戴着草帽,顶着首巾,扛着农具的农民。你走近时,它们鼓起腮囊,朝你呱啦几声。临了,几步蛙跳,随后一个扎猛子,跳入水中,再一个漂亮的转身，朝你扑闪着天真的圆眼。

雨蛙是很天真的。歇息在田埂上的农夫，用一茎狗尾草去招惹它，以此解乏，它也会上钩，以为是送上门来的虫蚁呢！

而梅雨季节，对雨蛙来说无疑是人们的过年节。此时，水草丰茂，空气湿润，飞虫们展不开翅膀，爬虫们兵困陈仓，跋涉艰难。雨蛙们食物充足，求偶的歌声一阵高似一阵。

不几天，河道里、水田间到处可见蛙卵。那蛙卵似有一根根银线穿着，演绎成一章章交响乐谱，变奏出一支支生命的旋律。

那些小蝌蚪，或鱼贯成一字长蛇阵，玩老鹰抓小鸡，或簇拥在一起，争抢着飘落的花瓣，或三五成群着过家家。要不了多久，就出落成懵懂的姑娘，拖着一根大辫子，探出水面，憧憬着未来。

雨，渐渐地稀少了。草丛间，堤岸上传来妈妈的召唤……

＊　　　＊　　　＊

清早，鹁鸪在呼晴。润泽的太阳扒开云的帷幔，露了一下红扑扑的脸。落在后面的云再也不敢恋栈，匆匆着由东南往西北，去追赶自己的队伍。风吹去了梅雨季积淀的霉菌，天空出落得瓦蓝瓦蓝的。

梅雨季过去了，夏日呆呆。梅雨季后是农夫的节候——芒种。那铆足了劲的太阳，把囤积的热情都将倾泻下来。

砖墙上的青苔，瓦楞间的瓦松，茅屋上的蕈、菌菇，以及麦穗、油菜籽抽出的绿芽，都将被太阳一一收拾干净。

农妇们吹去酱饼上的绿菌毛，把酱缸晾晒到屋檐上。

最可怜的是水洼间雨蛙的蝌蚪，用还来不及蜕去的尾巴，苦苦地挣扎在渐渐干涸的泥潭里。它们的父母哪里去了？它们还没成人呢，却被太阳烤干，风化成尘埃，消失得无影无踪，连同那憧憬。好像它们没到这世界上来过一样。

梅雨季很短，短得像那雨蛙蝌蚪的一生；梅雨季很长，长得像永远抹不去的记忆。

2013 年 6 月于枕曲斋

谋生在外,闲暇无多。想蹭着夕阳的余晖,在故乡的田塍上走走,有时竟成奢望。家乡的山水,虽因岁月的流逝,而时过境迁;但故土风物依稀,人情依旧。

我虽已过诧异于做的梦开出了花的年龄,却依然钟情于洒下的汗长成的树。

在这片承载着厚重人情的土地上,最耐读的,要数毫不起眼的港汊小河了。

故乡的小河有多少?不知道。但见烂漫的五月天,春花飘零时,暖暖的春水护送着满江满河的小蝌蚪,源源地漂流四方……

故乡的小河有多长?不知道。夜晚,只听到水面"欸乃"的摇橹声,和渔工、纤夫的咳嗽声,把童年的梦牵引得很远很远……

故乡的小河有多大?也不知道。只记得,每年初秋山芋开挖的季节,河水顺着石水桥的台阶,一个台阶一个台阶地往上攀涨。慢慢地靠在堤岸上,宽亮亮的一望无涯。它像一个胖乎乎的娃儿似的,想站起来看看这喧腾的世界呢!

那年月,这片土地上缺少大河,每逢这个季节,雨水偏多,加上台风潮汐,水没是家常便饭的事。

当此,我们涉入齐裆深的浊水,到低洼地里挖山芋。那山芋被水一浸泡,需要晾晒好些天,但吃起来还是有一股难上口的怪味儿。此时,母亲煮上大锅大锅的麦片饭、南瓜饭晾在竹篮子里、栲栳里。因为灶膛一进水,就再也没法煮饭了。罱泥的小木船系在水桥边的杨树上,像欲脱缰而去的犍牛。看着渐涨的河水,祖母整天扶着门框,嘴里不停地念叨:要水没了,要水没了。

不日,灶膛里就能摸到鲫鱼了。鸭们蜕下的白净的羽毛,在昔日的打谷场上随风飘来飘去,像有灵性的帆船。平日里撒欢的狗们,一声不吭地蹲在矮墙上,用忧郁的目光,送我们艰难地涉着水去上学。

呵,河真大!我们不禁感叹。

但爷爷说,河算不得大,外面还有黄浦江、长江、大海。不过你也别小看那些小河,据说有一年发大水,小河大发脾气,河里的水涨得比屋檐还高,不会游泳的人都喂了鱼鳖。所以,男人得学会游泳。

我知道,爷爷是针对我说的,因为我怕水,不会游泳,他们笑话我前世是猫科动物。但我以为爷爷的话,不全是在吓唬我。

蝉聒噪得烦人,夏天即将过去了。伙伴们都能游到对岸去了,而我依然是一只在河滩边扑棱的丑小鸭。尽管对岸芦苇丛里的翠鸟鸣唱得很动听,而我望着宽宽的河水,却没有征服它的勇气。

乡下的孩子野,稍大一些,就跟着半大的小伙子赶海,挖蛏子,拾黄泥螺。

第一次见着大海,我真不敢相信,世上竟有如此辽阔的地方:一望无尽的海堤,近处是高过人头的芦苇,顺着芦苇丛中的小径往外跋涉三五里,眼前豁然开朗,展现在面前的是绿莹莹的秧草地。踩着沁凉的秧草往外走,不时惊起藏匿其间的鱼虾等水生物。再远处则是搏动着的大海:白帆,远山,"磔磔"着掠过头顶的一群群沙禽。

我让澎湃的涛声灌满我的胸腔,蓦然间觉得自己长大了。

说来也怪,就在我见了大海的那一年夏天,我轻而易举地学会了游泳。于是我不屑于故乡的那些小河了——尽管它还是每年发大水,每年会有人淹死。

长大后想想,那也许就是"曾经沧海难为水"的道理。

后来读中学,再后来到外面念大学,过了黄浦江,见了长江,也领略了人类文明发祥的摇篮黄河。每次再回家时,看那港汊小河,不过也就是些沟沟坎坎而已,水也没以前的清澈,淤塞的河床满是杂草。真不知道当年为何那样地敬畏。

再后来,经历了多年的生活闯荡,觉得大海也不过如此罢了,反而时时牵挂起故乡的那些小河了。

每每回家,总要到那些无名的河边留连。黄昏的夕阳回放出当年我们戏水的童声;我们常去偷枣的洼地,已变成了虾塘。

哪里去了?多刺而又令人向往的枣树。哪里去了?我童年的伙伴。

"我们坐在高高的谷堆旁边,听妈妈讲那过去的事情……"远处的喇叭里传来了歌声。炊烟中,仿佛听到母亲在召唤。

现在,生活的经历使我懂得,最博大的还是故乡的河,她虽然没有长江黄河澎湃的气势,也没有大海的恢宏辽阔,但她有母亲般的悠悠情怀,是经得起她的儿女一辈子品读咀嚼的。

故乡的河呵,荡漾着童年的梦,牵动着老成的心。

发表于 2010 年 4 月 11 日《新民晚报》

香市乃旧称,如张岱的《西湖香市》、茅盾的散文《香市》。是指传统集镇借寺庙特定的祭祀日,打醮设坛,烧香拜佛,集会游冶的活动。亦称"庙会"、"节场"。

奉贤地区的集镇,几乎都有香市。如道院的八月半,新寺的八月十八,奉城的九月初二。但以柘林的二月十九最为荣盛。柘林的香市具体始于何时,已无考。

据史志推断,于斯为盛者大概不外乎以下原因。其一,据出土的文物及疑冢要离墓推断,在先秦时期,我们的祖先已在此繁衍生息。柘林有"海滨广斥,盐田相望"之誉。有唐以来,柘林一直是潟卤之地,先民以煮海捕鱼为业。为祈海晏河清,保佑太平,不知从何年代起,从普陀山请来观世音菩萨塑像一尊。以示区别,庙观名曰"小普陀"。其二,为抗倭,朱明王朝于嘉靖三十六年设柘林城,清雍正年间,为筑华亭东石塘,开挖运石河。自此,商贾云集,樯楫林立。物阜民丰,廛市成焉。

而此二者,则为香市形成的必备条件。

之所以取农历二月十九为期,民间传说这天是观音菩萨的生日。自此,约定俗成。观音菩萨大慈大悲,救苦救难,兼司人间子嗣香火的传承。所以,乡间将她称为"送子观音"。且有求必应,十分灵验。自庙观落成以降,每逢初一月半,香火不断,更何况二月十九她的生日呢!

柘林的香市,三天为期,而以二月十九为正日。也许是气象条件之故,二月十八那天一定会刮白茅大风。见此,老人们会念叨说:那是"观音报",观音菩萨提醒人们,她的生日到了。

旧俗,农历正月半一过,新年才算过去。二月十九可以说是新年后的第一个节日。从节候来看,它正处在惊蛰与春分之间。惊蛰一到则百虫蠢动,万象复苏。对农民来说,忙碌的一年又开始了。他们趁香市,不是交流农作物的种子,就是添置或修缮农具。

柘林镇东西长,南北短,中间有桥越过市河,形成坐标的"0"点。那是不等距的十字街,整个取势如耶稣的十字架。小普陀庙在西侧,即十字架的顶端,靠近沪杭公路。庙旁有一棵三百多年的白果树,三五人方能合围。高过人头处分三叉,枝桠翁郁,直指天穹,望之森然。下面是一大片空地,闲日里是系牛羊堆柴垛的所在,香市前早已拾掇得干净利落,供集会、设摊之用。那是香市的中心,也是最热闹的地方。有卖膏药、耍猴、套泥塑老爷,有说书唱滩簧的。若遇丰稔年,还有搭戏台唱大戏的。《唐伯虎点秋香》不好看,那男的娘娘腔,唱个没完没了,烦人。还是《虎牢关三英战吕布》来劲,那吕布白袍白甲,挺着方天画戟,力敌刘、关、张,英武非凡。最有趣的是看老爷出会,城东城西,烟尘逶迤。大轿仪仗,一路行来。大轿里面坐着的是土地老爷、城隍老爷、关帝老爷,还有东海龙王。卤簿井肃,大纛猎猎。夜叉小鬼开道于前,神兵天将扈从于后。虾兵蟹将杂然,香烛贡品横陈。有蚌壳精、乌龟精、鲤鱼精;有踩高跷、翻筋斗、划行船。一起汇集到"小普陀庙"的白果树下。于是,官吏乡绅端坐于前,地痞流氓分列左右。各路健儿捉对调龙灯、舞狮子。直至午分,方偃旗息鼓。

游兴正浓的人们怏怏散去,此刻才觉得肚子在叫,要买的东西没买。于是,街市热闹了起来。

柘林小镇的街面,宽在两庹余。两旁的街沿上,鳞次栉比的摊贩一字儿排开,街面显得狭窄拥挤。卖小吃的有菱角、田栗、甘蔗、鸡蛋糕、烧饼;卖梨膏糖的在吆喝,卖糖山楂的擎着柴垛一路过来;鞭炮在炸响,洋泡泡在呢喃。卖镰刀、锄头、犁头、耙子;裰碗的、补锅的、爆米花的。

街市如此,市河内也没闲着。往返于集镇间的机器船,"突突"着载来香客;鱼鹰在四角洋内捕鱼;刮镬煤的绍兴乌篷船冒起了炊烟;网船上穿戴得大红大绿的船姑坐在船头理渔网。

柘林的香市煞是热闹。我那时还没到上学的年龄,每逢二月十九,总跟着祖母前往。一起去的,还有后宅的吴家阿婆,也就是顶天与立地的姑妈。她无儿女,孑然一个孤老。缠过的小脚迈着细步,走不了多远就喘个不停。于是掏出随身带着的一个水烟筒,吸上几筒水烟。三五里路,走走停停好几回。但她是虔诚的香客。而祖母则是将冬天织的纱袜拿到市上去卖。吴家阿婆则买几刀锡箔,一封"甘"字牌水烟。祖母用卖了袜子的钱为我买一根青皮甘蔗,一抔田栗。少不了还有一个洋泡泡,一路吹着回家。

柘林的香市"文革"开始后中断,到上世纪八十年代初又恢复。但已不叫作"香市",而称作"集市贸易"。开始尽管觉得别扭,但细想也对。小普陀庙也没了,老爷出会、唱戏、杂耍都没了,香客都老去了,还成为其"香市"吗?

近几年,为了搞海湾旅游区,为揽客起见,重建了"小普陀庙",但都是重起的炉灶,地方也搬迁了。不知香火旺否。而它旧址上的白果树旁,每逢初一月半,还有一些老人在焚香烧纸钱,祈神纳福。

2014 年秋于枕曲斋

四季雨露阳光,催开二十四番花信。如果你到过奉贤,始信这农谚确实不虚。

在这片土地上,鲜花衔接了次第的季节。若论主流,探梅,要数星火的四季森林公园;观桃,自然想到光明村的桃林。而在不同的赏花季节里,要数庄行镇的油菜花最出名。

四月,阳光煦暖,柔雨飘飘。微风像打葵扇的祖母,扇起点点油菜花的星火:两朵,三朵,顷刻间蔓延成一大片花的海洋,火的世界。蜜蜂来了,彩蝶来了,更有观花的人们络绎不断地来了!

雨落在小河、沟渠内,激起的是酒窝似的雨花;撑开的朵朵晴雨伞,赤橙黄绿青蓝紫,是流动的伞花;孩子们天真的笑脸,那是天底下最烂漫的朝花!

燕歌,蛙鸣,莺啼,情侣间的喁喁细语,交汇成曼妙的旋律,那是无形有声的心灵之花!

其实这各年龄段的看花人,何尝不是盛开在不同年代的花呢? 他们把人事代谢,装点得天衣无缝。

憬然间我觉得,所有来到这里的人们,不是在看花,而是沐浴在花的海洋里!

花开奉贤。可不是吗? 在这菜花烂漫的季节,盛开的又何止是菜花呢?

在那农家的屋前宅后,在勾芡出水,小荷露尖的河边:梨花白,桃花红,紫云英披彩虹;马兰紫,茶花浓,蒲公英梦天空。还有无数叫不出名姓的花草,它们虽不是人间富贵花,但它们却用自己独特的色彩,擎起蕾朵向春天报到,向热爱春天的人们挥手致意!

这一切,与火旺的油菜花交相辉映。你能分得清是人在看花,还是花在看人?

农谚说:不行春风,哪得夏雨? 没有春播,何来硕果?

金秋十月,适逢长假。我们裹挟在络绎的人流间,去田间郊游。清风徐起,天高地迥。空蒙的鸽哨滑过明丽的天宇。人们浮躁的心顿时宁静了下来。

放眼四野,稻浪婆娑。风过处,飘来缕缕稻花的乳香。如果你掐一

浴
花

粒青涩的稻谷放在嘴里品咂,那温润的乳浆,会唤起你童蒙时的记忆,心底油然涌起在母亲怀里的安全和感恩。阳光里,饱绽的棉朵,在赭青色枝叶的衬托下,银白而肉感,如襁褓中的婴儿。温馨恬静,惹人爱怜。

篱笆旁的扁豆花紫了,宅院后的芦粟红了。红扑扑的柿子撩开稠密的枝桠,像刚更事的调皮姑娘朝村口张望呢!枣树上,白头翁正摇响无数的铃铛呢!田埂边的野蓼正等着人们去采撷酿酒呢!

在奉贤世纪森林公园内,一拨花农正栽种菊花、一串红。那曾经在田间劳作的一张张粗朴的脸,熠熠生辉。戴在他们头上的草帽,像一盘盘盛开的向日葵。

其中的阿根伯是我同乡。他就像老一辈农民一样,土实的名字里有一个"根"字。土地征用了,他们也镇保了,但根还在。我问他累不累。他说做了一辈子农民,惯了。不种庄稼,骨头像要生锈了。揽了份侍弄花草的活,还是与土地打交道,也算老本行。我满足。你看,这里现在多漂亮?这里四季鲜花盛开。春归有腊梅、绿萼梅、大红梅、玉蝶梅、洒金梅;望夏有红牡丹、绿牡丹、紫牡丹;秋去有雏菊、金鸡菊、波斯菊、野菊。这不同季节里的花,形态各异,斗艳争胜。而进入冬天则有乌桕、冬珊瑚、女贞的果实,或深红,或青紫,把原本肃杀的季节打点得生机勃勃。

顺着他的视线,我仿佛觉得,阿根伯目光点燃的无数菊花、一串红、木槿花、葱兰……它们像色彩斑斓的地毯,铺展在城市、乡村,铺往海天相接处,铺向人们的心里!我们都沐浴在花的海洋里!

花开奉贤,花开有梦!花的梦就是金秋累累的果实;老百姓有梦,老百姓的梦就是富裕、安定的生活。这就是奉贤人的中国梦!

浴花归来梦亦香。

来吧,朋友!让我们为中国梦,栽花、培土、浇灌。携手装点奉贤——我们美丽的家园吧!

2014 年 9 月 12 日于枕曲斋

奉贤多桥。

拿地名来说,有南桥、头桥、邬桥、法华桥……就桥名而言,有通津桥、素衣桥、南梁桥、叫化石桥……从形态来看,有拱桥、板桥、吊桥、独木桥……当然还可以有很多种分法,但这已不重要,重要的是已证明了奉贤确实多桥。

桥是什么? 桥是路的延伸。路是什么? 路是先人陈陈相因的脚印留下的探索轨迹。

极目骋怀。在人类与自然抗争的历史长河中,这无数的脚印走到一条峡谷,遇到一个隘口,撞上一道河流,戛然而止。身后是追逐的凶兽,或是相残的同类;远处则是丰饶的土地,明媚的阳光。中间则间隔了汤汤江波,岩岩鸿沟。路被阻断,命悬一线。无意中,有人发现一截倒下的树木横亘其间。于是,先人们借此飞渡。从此,在人类遗传的密码里,才有了"桥"的概念。

奉贤开埠非晚,只是原属华亭、云间,自清雍正二年才析出县治。其实,早在新石器时的柘林一带,我们的先人已在这片土地上,胼手胝足,刀耕火种了。据史记载,柘林、青村地区南临大海,西濒柘湖。柘湖是烟波浩淼的湖泊,堪比云梦、洞庭,只是后来蒸发枯竭了。但大海潮起潮落留下的潟卤之地还在,柘湖余脉派生出的港汊湖河还在。水网纵横,渔舟唱晚。但它们妨碍了人们的生产活动,也阻断了人们的出行与外界沟通。于是,一座座桥就在这里出现了。

如果将奉贤比作一把琵琶,而路是琵琶弦的话,那么桥则是架起这些弦的"品"。那一截一截的品阶,一程一程地把人们追求文明、追求自由的梦想渡到彼岸。桥有多少,则路就有多长,梦有多长! 如果没有桥,这路将何以堪?

在这片土地上,现存最古老的桥,要数柘林新塘村的"通津桥"了。前些天,我曾去那里。没有理由,只是想与它作心灵的交谈。

它落成于南宋丙子年间,算来已有七八百年的历史。它历尽沧桑,几经兵燹。至于它经历了多少磨难,谁也说不上。即便是桥堍边五百多年历史的白果树,也仅仅是玄之又玄的晚辈,只能局促在边上,对它一副恭敬膜拜的神情。

你别看它身上全是补丁,老态龙钟得像一个乡下老太,但心里亮堂着呢! 连接着它的白色路面,就像新近更换的刚性琴弦,一直通往乡路、国道、高速公路。再把外界的信息汇集到这里。它知道,奉浦大桥、闵浦大桥通了,宅上的老人去上海就像去赶集那么方便。这是好些年前的事了。最近啊,轻轨要过江了,隧桥要穿过江底了。那"上海之鱼"正热火朝天呢! 那该要建多少桥呢? 它又要有多少晚辈呢? 从这一根根弦上,它听到了建设者欢歌的旋律,感知了时代前进强劲的脉搏。

至于遭受的苦难往事,外辱内乱,有多少它的长辈桥梁被历史烟尘湮灭了,它都一一记在心里,只是偶尔在黄昏时打开,就像翻陈年的黄历。因为,经验告诉它,不能老回头看,什么都得往前看才是。

它知道自己很老了,但永远不会死去。因为只要有人想与外界沟通,桥的生命将会无限地延续。

由此而联想到建桥的人。俗话说:造桥铺路,胜似造七级浮屠。可见造桥是义举,是善事,功德无量。

沪杭公路的柘林段,有一座石桥,原名叫"叫化石桥"。那儿有一条百尺泾河阻碍了人们的出行。不知多少年以前,这里来了一群叫化子。为造这座桥,他们成年累月四处乞讨,最终他们用乞讨来的财物,造起了一座石桥。为了纪念他们的义举,人们将桥起名为"叫化石桥"。而如今,公路已拓宽,石桥已翻建成混凝土桥。那桥名也换成"大石桥",只有老人们还习惯地叫它"叫化石桥"。我倒在想,还是唤作"叫化石桥"吧! 那不仅在于它的特色,更重要的是它承载着老百姓对那批生活在最底层的义士的敬重。虽然,他们没有个体的名字,只有一个"叫化子"的群体贱称。但这足以让世世代代感恩!

现在好了,造桥筑路,政府有的是钱,有的是施工的队伍。再也无需叫化乞讨了。如今的桥又是何等的体面,想造多少就多少,想造多长就多长。

据光绪《奉贤志》记载,当时有 5 500 来座桥。如今,据不完全统计,整个区内已有 12 000 多座。如果平均以每座桥 30 米折算,合起来该约有 360 公里长。

独木桥、石桥、斜拉桥;引水桥、公路桥、铁路桥、立交桥……长桥卧波,奉贤正勾画着水的文章,桥的蓝图。这形形色色的桥梁,焊接起大大小小路。欲说还休,回环往复。勾连千村万户,交通城市乡村,通往外面缤纷的世界……

琵琶弦上说相思。我仿佛觉得,这古往今来无数的桥梁支撑起的根根琵琶弦,组成了桥优美的旋律,正弹奏着水乡的《春江花月夜》和回归自然的《故乡行》……

2014 年 12 月 11 日于枕曲斋

槿树实在是一种很普通的树，一般的花卉园林书籍里，难得见它的名姓；时下的生态园、风景区里，也难觅它的踪影。其实，它在当年的农村，倒是一种再也不能比它更常见的树种了。每户人家的宅前宅后都有栽种，不是将它作拦鸡鸭的藩篱，就是作为户与户之间的分界线。据说它的根茎可以入药，但它太多了，也不见有谁来收购。它的普遍，就如杨柳，可杨柳入得诗，上得画，为文人墨客钟爱，而它则长年局促于乡间，终日蓬头垢面的。

遇到霜冻即叶瓣枯萎，它也没傲霜斗雪的风骨；早春，杨柳暴芽了，春草吐绿了，可它还畏缩着脖颈。待到梨花、桃花初吐时，才抽出细碎的叶瓣。它开出的花，也没什么特别，状如牡丹，但没有牡丹的雍容热烈；色如玫瑰，但没有玫瑰的馥郁。或白色，白得有些暗；或粉红，红得有些青紫。既不吸引蜂蝶，也不招惹飞絮。但它也有自己的特点，那就是它的花期颇长，自初夏一直开到深秋，不烂漫也不停息。

在童年，槿树所吸引我们的要数那上面的小树牛了。那小树牛个头比天牛要小得远，像牛虻般大，不知它的学名叫作什么，我们那儿都唤作"树牛"。它青灰色的背上镶有好看的斑白点，头顶有长过身体的软触角，一节一节的，像小人书《三国演义》里的周瑜。脚蹼上似乎有吸盘，放在手心有股吸附力，挠得手心痒痒的。它似乎很笨拙，不怎么飞翔，即使飞起来也不出我们的视线，用手一扑，定逮个正着。逮住后，它会在颊骨间发出"嘎咕，嘎咕"的钝响，表示不满或反抗。这声音很特别，有韧性也有厚度。我们就是冲着那声音才逮它的。把它敛在火柴盒内，开始是不会"嘎咕，嘎咕"的，待饿极了，才不停地"嘎咕，嘎咕"着。我们把它带到教室里，上课不时传出"嘎咕"声。上课的是诸福娣老师，她开始搞不懂那是什么声音，也不知来自何方。但她故意卖了个关子，还是真的和我们一样的认为，也说那声音蛮好听的。这样，凡是课桌里有树牛的都高兴地掏了出来，到老师面前表功。诸老师笑着说：那声音真的很好听，不过最好等上音乐课时再带来，还可以伴奏呢！那时，诸老师还兼我们的音乐课。

就这句话，我们懂了。以后其他的课就再也听不到那"嘎咕"声了，而如果有一天，看见伙伴们忙着逮树牛，知道后一天准有音乐课。因为那声音确实要比"哼哧，哼哧"的风琴要动听。不过树牛只在夏天才有，而一进入夏天我们就要放假了。待新学年开始，槿树上的树牛早已无影无踪了，那音乐课也因此而少了许多乐趣。

我家屋前就有弯弯的一排槿树，长得密密的、厚厚的，鸡鸭都钻不透。祖父把它修葺成一道风景，过路人都夸奖呢！夏秋可以在上面晒葵花盘、酱饼，冬天能在上面晾被子、尿布。鸡鸭隔着槿树枝的缝隙，觊觎金灿灿的麦穗，无奈地在槿树下淘沙，直淘得它露出虬龙似的根系。但槿树有极强的生命力，不要说鸡鸭了，就是人们有时将它砍下来，扔在一边，想晒干后作柴火。但只要不离地，飘些小雨，或空气湿度比较大，它又能活过来。即使晾在高处，许多天过去了，你若去拗它，还是很坚韧而拗不断，开裂处露出青青的树皮，像老农民泥腿上暴突的筋腱。

槿树的叶子，猪和兔子是不吃的，只有无聊的山羊会像吃海苔似的一片片舔着吃，到了冬天，万物萧条，山羊还会啃槿树的皮，直啃得它露出白生生的筋骨，可它依然活着。一般的树，像柳树、楝树、榉树、杉树，长大后可以打家具、作梁木，最起码也可以作板凳、刨镰刀柄什么的，槿树能派什么用场？多着呢！就任山羊啃去。

槿树叶对人们最大的用处，那就是可以作洗头发的料。当然，皂荚树的叶子也可以，但其不如槿树叶采摘便捷，也不及槿树叶来得普遍。那时的农村，只用"固本"牌肥皂或紫红的药皂洗涤，而用肥皂洗的头发，难洗净且不说，洗完了头发韧得连梳子都犁不下去。再说那时肥皂也凭票，又得花钱，所以农家女在那时都选择槿树叶。那槿树叶洗的头发，飘柔滑润，还有一股特有的清香。农家姑娘隔三差五地洗，头发亮丽，特美气。

春深叶茂的季节，农村的妇女们将一篮子槿树叶倒进木盆里，浇上滚水，趁热搅拌着、搅拌着，那槿树叶会浸泡出稠稠的汁液，那半透明的液体呈乳白状，像紫云英蜜。妇女们将它一遍遍涂揉在头发上，那汁液从发梢挂下来，流进木桶，发出凝重的闷响。疲劳连同污垢被带走了，留下的是青春的活力。而槿树叶却憔悴成枯黄的渣滓，完了被倒在场角边，任阳光曝晒，风雨吹打，碎成粉末，最终成泥土，进入生命的下一个轮回。

每当母亲与祖母要洗发时，总是要我们去采撷槿树叶。那于我们是乐意干的事，因为兼之可以逮树牛敛在盒内。

那槿树叶吐出的汁液，实在是再好不过的洗发用品了。既环保又爽利，远好于时下五花八门的洗发水。母亲七十出头了头发还是那么好，多半应归功于当年用的槿树叶洗濯了。

　　现在的农村,环境与居住条件不能与那时同日而语,而原本槿树的天地,业已为冬青树、女贞、冬珊瑚所替代,作为土著的槿树,再也没有它的领地了。人们真的不再需要它来洗发、作藩篱了吗?

　　那像周瑜似的树牛到哪里去了呢?诸老师前几年去世了,直到今年的清明节我才知道。她在去世前是否还记起那"嘎咕,嘎咕"的声音,和那几个似懂非懂的捣蛋鬼呢?

刊于散文集《2010 文学中国》

乌鹊

春天里每次回老家,我习惯于徜徉在田畴间,默默品味着乡村傍晚的宁静,感受着初春大自然潜滋暗长的骚动。前几天,正当我蹭着余晖,咀嚼着关于童年的记忆,走向曾荡漾着笑声的老屋时,远处传来"喳喳"的、略带沙哑的鸣叫。

好熟悉但又陌生的声音啊!

朝着西天地平线循声望去,只见有六七只大鸟,鱼贯着飞进夕阳红润的光环里。

啊!那不是乌鹊吗?三四十年不见你的踪影了,久违了!我童年时的记忆一下就被他们激活了。

乌鹊,他是不是当年曹孟德横槊赋诗"月明星稀,乌鹊难飞。绕树三匝,何枝可依?"中的乌鹊,我不知道。我所见的乌鹊,体型与喜鹊相类,喜鹊的羽毛是黑白相间的;但乌鹊的羽毛是清一色的灰色,像烟又像雾。

那时,我家屋后河滩边,有一棵朴树。奉贤西乡的人们叫它"朴霄树"。初夏时分,开暗黄的花,结绿豆般的籽。那籽可以作"朴霄枪"的子弹,灌在用慈孝竹作的"枪"管里,那"枪"就成了孩子们玩对垒游戏时的武器。

那朴霄树有二三十米高,郁郁葱葱的树冠,盖去了河的一大半。

每年惊蛰一过,就会有两三对喜鹊或者乌鹊来树上筑巢。那时,树枝刚刚暴芽。光秃秃的。要不了几天,树丫间就出现了巢的雏形。等到树枝筛下薄薄的绿荫时,那巢穴已宛然矣!

那时,我们刚读小学,或未读小学,即使在读书了,也没什么家庭作业。放学后,不是掏鸟窝就是玩斗鸡。等到仲夏,朴霄树结了青豆般的果实,我们就用稻草搓草绳,那稻草一定得用水浸泡,这样才有韧劲。然后将绳子按树干的粗细,结成一个绳套,套在脚踝里,像尺蠖似的,一弓一缩着朝树上爬。

我们曾尝试过几次,想掏那喜鹊或乌鹊的巢,但每每都是徒劳。除了鹊们护犊情切,向入侵者发起凌厉的攻势外,他们的巢筑在高而且细密的枝上,朴霄树的枝又脆,不能承载一个孩子的重量,我们只得望鸟兴叹。但大家看得真切,窝里的雏鸟,始是赤条着身躯,懋懋地伸长细细的脖颈,晃着光秃秃的脑门;而后,长出茸茸的黄毛,叫声怯怯的,叫人爱怜而不忍下手。这样放学后就多了一项玩目,那就是如果没有更吸引我们的去处,那大家就轮着攀援到树干的分叉间观鸟。

夏天时分,多疾风暴雨,有时还霹雷,朴宵树高峻而招风,每逢那样的夜晚,我曾常常为之而担心着进入梦乡。其实那是多余的,雏鸟们在父母羽翼的庇佑下,安全着呢!这只要听一清早"啾啾"的叫声就知道了。

但有一天,我起得晚,蒙眬着眼匆匆地到树下撒尿。忽听得草丛间"啾啾"的鸣叫,再细看,四只乌鹊的幼雏正无力地扑棱着翅膀。他们的父母在树顶惊慌不安地叫着,从一个枝头跳到另一个枝头,显得很无奈,我也束手无策。

纳闷的是昨夜又无风雨,猫虽能上去,但敌不过鸟喙的攻势,是不敢造次的。那大概是大黄蛇了。我不敢多想,现在他们在地上,如果窜出一只猫来,那这些可怜的小鸟则岌岌乎殆哉!于是也不管他们父母的急或者骂,我想是的。就用衣襟兜起来,带回家。

我说:想办法放回巢里去吧!祖父说:树枝咋细,怎么放上去,再说蛇还会把他们吃了的。还不如用个笼子养起来。

养起来后却又遇到麻烦,几天下来,这些半大的鸟就是不肯吃你喂的食。咋办?

外面的小鸟的父母没有放弃他们的骨肉,他们每天在我家门前的榉树上叫唤,是着急,是求我们,还是在骂我们,我不得而知。但他们的叫声启发了祖父。他说:倒不如将笼子挂在榉树上,由他们的父母来喂养。这一招果然灵验,从此,他们的父母每天来喂养。奇怪的是还有几只喜鹊也加入了哺育的行列。不难料想,那喜鹊的儿女也在那晚罹难了,那源于本能的父爱与母爱,使他们把幸存的,不同肤色的近邻的儿女视若己出。也许,他们为夺取地盘曾经争斗过,而现在不幸的遭遇把他们连在了一起。

真的,苦难也许是洗却灵魂的净化剂。

渐渐地,鸟们——不管是大人小孩,都跟我们熟了。我们喂的小青虫、苍蝇也吃了。再后来,食性也稍稍有了改变,竟吃起我们喂的米饭。在我们喂食时,大鸟们离得很近,他们也悟出了人的善意。但他们也许不理解为什么将他们的儿女关在笼子里。其实,我们倒是怕疏忽而使猫有机可乘。

四只小鸟在他们父母的喂养和我们的照拂下,成长得很快,他们已习惯于看我们在榉树下玩耍。当我的手伸进去喂食时,雏鸟们就用喙轻轻地啄我的手掌,嘴里柔顺地"啾啾"着。原来的笼子待不下了,祖父就编了个像簸笸样大的笼子,宽敞的空间能容得下他们锻炼翅膀。

夏天将要过去的时候，他们的翅膀硬了，扑棱着刮起"呼呼"的风。祖父说：把笼子打开，让他们到树枝上。于是每天清晨笼子开后，他们就雀跃着跳到树上，兴奋地历练翅膀。他们的父母在高处教练着。

忽然有一天，他们居然飞起来了。稚拙地盘旋在榉树顶上，边上陪伴着他们的父母，还有原来是邻居的喜鹊叔叔阿姨们。以后，每天飞得高，飞得远，离巢的时间也越来越长。

我真担心他们会就此离我而去，但不管多久，到夕阳西下时，他们总会松松爽爽地回来。我想，他们是不会离我而去的。但祖父说他们的翅膀硬了，总有一天会离去的。祖父又说，就像你们兄弟，现在父母把你们喂养大，但也有一天会离我们而去。我听后心里怅怅的，我不能想象我们兄弟怎么能离得开父母呢！

结果正如祖父所言，在一个明丽的早晨，那天，所有的乌鹊和喜鹊显得特别的高兴，他们在霞光里盘旋翻飞，像是在跳舞蹈，又像在唱歌。闹腾了一个早晨，然后，他们结队朝太阳的方向飞去，留给我的是空阔的蓝天……

从此，我再也没见着我亲手喂养大的小乌鹊们。夏天即将过去，那年的秋天我就要读一年级了，新的玩伴在等着我。浑然间，小乌鹊的事也慢慢淡忘了。但以后，每当我看到乌鹊的身影，我就多情地以为，那就是我饲养大的那几只。

我的思绪被几个打工回家的、已非真正农民的妇女所打断。我家的那棵朴霄树，早在"文革"来临后连同其他的乔木一起被砍倒了，所以这几十年，在家乡的长空，从未见到乌鹊。而今天，我终于又见到他们，就像见到久违了的童年的伙伴。

那一群飞来的乌鹊在远处的水杉上落脚，似乎能闻听到他们商略的话语。这也许是环境保护、植树造林的功劳，上海郊区的自然环境大为改观，乔木也多起来的缘故。其实，那是潜移默化的过程，毁掉容易，要重新建起来就难。也许人们不易觉察，而鸟类是最敏感的。

人们呵，请用我们的手，更用我们的心留住他们吧！

刊于散文集《村庄，我们的爱与疼痛》

初冬的一天，母亲来电话说，门前的百尺泾要疏浚了，趁此机会，顺便将年久失修而倾敧的石水桥重整一下；边上那棵斜倚的照水柳树，由于河水的侵蚀，河岸的水土流失，也早已露出了枯瘦的根系，随时都有因风而倒的危险，还不如借此倒了它的树冠，再作些加固。

回家站在水枯了的河床边。只见几位操作工，握着几台高压水枪，正在将河底的淤泥冲刷成泥浆，然后用大扬程的水泵将其抽入低洼地。水落石出的河床内，青泥间长出的，尽是废弃的塑料桶、破尼龙网，损毁的陶罐、玻璃片，就是少有了水草、鱼鳖。原本散发着青春气息的河道，豁出了生锈的牙床，空荡荡的，错落着的水桥们似几颗老旧的恒牙。那张着的干瘪的嘴似乎想告诉你什么，但她什么也没能说。我站在那里，也想对她说，但我又能说些什么呢？

百尺泾，顾名思义是一条不宽的小河。她有多长？不知道。长大后翻地方志，才晓得也就七八公里长。不过在儿时的眼里，实在是一条欢腾而乐趣无穷的河。

每到春夏间，我们在那里戏水学游泳，捕鱼摸蟹自不必说了。即便夹岸翠绿的芦苇茭白，风过处的"沙沙"声，也已令人神往。种类繁多的鸟雀，在其间歌唱着营造属于它们的生活；两滩是苍茂的东洋草——那是喂猪的上好饲料；清澈的水中，荇藻参差，从流荡漾。抑或还有些许菱头，几茎紫茭。似动非动的小毛鱼，懒洋洋的，见人也不陌生，爱理不理的样。这不得不使你联想到"鱼戏莲叶东，鱼戏莲叶西"的诗句。

秋冬时分，河面上传来家鸭旷达的呼唤。傍晚，农家人点一下归巢的鸭子，冷不丁地发现多了一二只。哦！原来混进了几只野鸭。那是失群的野鸭，人们一般也不会逮了吃。这样过不了几天，等到天空传来野鸭群召唤的时候，那几只野鸭重上青天，加入了迁徙的行列。只是到了开春孵小鸭时，人们才发现，有些毛色与家鸭迥异的小鸭。那自然是野鸭的后人了，只是它们自己不知道罢了。但长大后，它却具备了同伴们所没有的飞翔本领。当渔工驾着柳叶似的划桨船，载着鱼鹰过来时，它们会本能地飞起来。不过它们已被同化，也不再飞走了。这样的几率当然是很小的。

那时的河水，经过了灭钉螺、消灭吸血虫，是能够直接地饮用的。

在田里干活的农民,干渴了,趁劳作的间隙,会撅起屁股,从河里掬水解渴。

读到此,也许你在纳闷:先生老悖乎?说了那么多废话,莫非跑题了吧?其实非也!我只是想说明,当年我们的水系是那么干净,我们的家园是那么的美丽。其功劳得归于隆冬腊月的兴修水利,以及积肥罱河泥清理河道。每年冬天的疏浚河道,我们本地人称作"开河"。那时机械设备少,开河几乎都是靠人海战。这样的用人力开河,从五十年代差不多一直延续到八十年代初,几乎年年如此。我们那儿地处杭州湾,雨水丰沛,节候分明,但每到夏秋的雨季,农民往往有水涝之苦。所以开河的目的是排涝保丰收。

那时的农村,那时的农民,每年一到晚稻上场时,早已在准备开河的事了。队长与会计及仓库保管员算盘拨几个通宵,码出晚稻的收成,该交多少公粮,该分多少口粮,余下的要留足开河工地的用粮。那是力气活,吃饱了才上劲,挑起担来生龙活虎的,不影响工期。每家的男劳力,趁秋后农闲的当儿,刨上几根上好的榉木扁担(因为一个男人在此期间,挑断几根扁担那是家常便饭,不然,就算不得男人);备好几对挑泥粪箕,沤麻、捣麻,绞好许多麻绳;用新登场的稻草,编织一打草鞋,再缠上布条,使之结实耐用又不打脚。这样,赴河工的事算是准备就绪了。

开河这一走,虽离家不算远,也就二十来里路,但要两个月不回家。女人们特为自己的男人,宰一只初春时养大的萧山小公鸡,犒劳自己的男人。那鸡,家里其他人是不让吃的,小孩子也至多喝些血汤,匀些鸡头鸡脚什么的。开河是苦劳力,一条河开下来,男人们都要掉几斤膘。女人心疼自己的男人呢!

那开河,有的是在生地上开一条新河,有的则是老河道疏浚。每到白露为霜的清早,河工上人头攒动,喧声鼎沸。高音喇叭播放着激越的歌曲,每个生产队插一面红旗,大队部还飘扬着五颜六色的彩旗。拖拉机、手推车,更多的是农民们用肩上的扁担,硬生生地平地挖出一条河来。他们排成雁阵,让扁担欢歌,让沉重的担子,升华成亢奋的劳动号子。那阵势不亚于北京奥运会的团体操。你想想,那一眼望不到边际的十几二十里的河滩上,出现这样的情景,这是何等的壮观,何等的气魄。不由得使你不受感染。

起初,老北风有些凛冽,渐而,一阵寒流,地表开始结冰。原本爽利的沃土,转而成了硬邦邦的冻土,铁锹再也铲不进去,即使用羊角镐砸上去,也梆梆作响。但为了赶进度,于是烧开水浇。其实,何止是那开水呢!就凭那冲天的热情,也会使寒流退避三舍的。更何况河工上大都是青年后生,他们都是青春勃发的年龄,火旺着呢。套句本地的俗话：那是躲在柴垛里，能使干柴燃得起来的年龄。为了鼓干劲，工地上会搞一些挑土比赛，先是生产队、大队一级级比出来，然后每个大队比出的冠军集中到公社，参加总决赛。那往往是在工程接近尾声的时候，既是决赛又是抢河底。那都是彪悍精干的后生，手上都有三百来斤的壮力，他们个个光着膀子，显出虎背熊腰。那十几条汉子，就像即将冲锋陷阵的蒙古马，寒风撩起他们的毛发，阳光照射着他们赤酱色的背脊。

我所在的队里的阿仁，是远近闻名的力士，他差不多一米七的个儿，一脸络腮胡，扇形敦实的身板，如一块铁疙瘩。他能挑三百公斤的重量走一里地不用歇肩。但他却一脸的和善，总是笑呵呵的。有一年隔壁队里给一头牛牯上鼻栓，也许给惹恼了发起倔来，一地里狂奔，众人降伏不了，正巧阿仁做木匠回来遇上。结果他一路狂追逮着了牛尾，死力拖住，他的脚下，刨出一道深深的辙。那强牛挣扎一阵后，就乖乖就擒了。本来大家不知道阿仁的好力气，自此就传开了。当然，那河工的挑泥比试，有阿仁在，总冠军就非他莫属了。决赛那天，看的人自然不少，还招来了许多年轻的媳妇与俊俏小姑子，她们一是来看自己的男人，这是一个很好的借口；一是来看那些英俊的小伙子的。那个个都是有模有样后生，一旦相中了，不是自由恋爱，就是托人说媒，非弄到手不可。阿仁的俊媳妇就是这样结缘的。

有一回开河，正好遇到一家殷实人家的老宅，开河时要搬动场角的石狮子，人们要看阿仁的好戏，就说："阿仁，你要搬得动那石狮子，我们都服了。"

阿仁绕石狮子一圈，说："赌什么？"

大伙说："赌两瓶熊猫大曲！"

"两瓶太少，四瓶！"阿仁说。

"四瓶就四瓶！"

阿仁紧了紧腰带，舒展一下筋骨，蹲身抱起石狮子，一抖胳膊，"嗨"的一声，将石狮子扔下了河堤。大家爆出一阵兴奋的吆喝声。那样子，不由使人想起《隋唐演义》里那个大转世的李元霸来。

阿仁拍了拍身上的尘土说："怎么样？你们中几个去把它搬上来，晚上的酒也有份。"那石狮子也有五六百斤，后来由六个壮汉才费力地搬上岸。

不过阿仁却服烧饭的老颜，别看他现在是一个其貌不扬的老头，他才是真正的大力士，在整个新寺镇范围，说他的大名，没几个人晓得，若说大力士谁都知道。据说当年闵行码头的脚班（这是我们那儿对搬运工的称呼），个个称他大哥。原因是有一天，大力士去闵行,上码头时正巧脚班们在往岸上抬柏油桶。大力士走得慢些,也许是他故意的。脚班们大声地吆喝他。大力士爱理不理地嘟哝一句:"咋呼啥?不就凭点力气么。"

脚班们卸下担,围拢来找他的茬。说:"呵!这小子口气倒不小,让他试试,倘若抬不了,就请他吃生活。"

这柏油桶装的是柏油,有四五百斤重,脚班们是两个人抬的。大力士说:"不用两个人了,这多麻烦。这样吧,你们给我系好绳子,我一人挑两个就是。"结果他挑着两桶柏油,随着翘板"吱咯吱咯"的呻吟,脚班们还没缓过神来,他已将两桶柏油稳稳地挑上码头了。做苦力的人豪爽,拉住他喝酒,那天他喝了二斤高粱酒。那些人称他好酒量,更服他的神力,拜他为大哥。以后我们那儿的人,若在闵行码头遇上麻烦的事,只要一说是新寺的,他们就问认不认得大力士,那些人就说是大力士的老乡或远房亲戚,就会得到帮助。其实他们都不认识他,只知道他的名声。

那都是年轻时血气方刚才干的事,现在的大力士已廉颇老矣,只能在开河工地烧饭。阿仁扔石狮子时,他也在人群里看,只是眯缝着眼赞许地点了点头。我那时只抵得半个劳力,专门端锹铲泥。不过也梦想着哪一天自己的胳膊粗成小榆树,出落成一条精壮的汉子,这才是男子汉,受人尊敬。

河滩上几乎都是清一色的男人,十天半月不回家,男性荷尔蒙明显超标,所以时不时地寻找发泄的通道。这样队与队之间,为一堵墙的争执,会擦出火星。汉子们往往就此开架。但这种争斗,不会用家伙,如扁担、铁锹什么的,只是放下家伙,相互撕扯着到堤岸上,扭打起来。一般也不用拳脚,大多就是像阿Q与小D的龙虎斗,一个进两步,一个退三步罢了。再厉害,也就滚下河堤,浆得像泥菩萨似的,不伤脾胃。完了就相互一笑了之,晚上说不定会在一起喝烧酒呢!

我们队难得遇到这样的事,因为有阿仁在。虽然他一直笑嘻嘻的,也从不听到他与人打架,但有他的威名在,谁也不敢造次。但我们这几个半大的毛头小伙子,倒巴不得看人家打斗,这既过瘾又能稍事歇息。

开河虽然很累,但也有意想不到的乐趣。

譬如,挖着挖着,会挖到几枚古币、瓷器什么的。各生产队烧茶送饭的一般都是少妇或年轻女子,她们悠悠地挑着担子过来,那茶与饭会显得特别的香甜。男人们一边干活,一边议论哪个送茶送饭的女子长得最俊,走路的姿势最好看。那当然是男人们的事,我们才半大,羞于置喙,可于心也戚戚焉。俗话说:男女搭配,干活不累。果真如此,不知不觉太阳就落入树丛了。

那些开河农民的吃住,大多也借在就近的农民家。宾主都是种地人,加上一样的农家氛围,一旦收工,那劳累了一整天的人们就有一种宾至如归的温暖感。那时副食品供应紧张,猪肉也凭票,所以开河前得一家家地将肉票收起来,到时队里出钱每家出票,以解决开河者的吃肉问题。中午的饭菜由炊事员挑到河滩上,也就比较简单;晚饭相对丰富些,往往都有肉吃。男人吃不上肉,第二天干活没力气。那肉一般是猪头肉、肥肠,或煮以黄豆,炖得糜烂,一入嘴就化;或烧成猪头冻肉,放些桂皮、茴香,三里地都能嗅得到其香味。到时一人一大碗,佐以一盆蔬菜,要上几瓶烧酒,这样,几个好酒的人对喝起来。那喝酒是放在用稻草铺就的地铺上的,有人喝醉了,就往地铺上一倒,于是整个客堂间响起了频率不等的鼾声。那不好酒的,自然也有打发长夜的去处,工地的指挥部常常放露天电影。年轻人往往精力过剩,一听说有电影看,一身的疲乏都抛到九霄云外。在草草地扒饭的当儿,心早就飞到那儿了。那时的电影放来放去就这几部片子,可大家乐此不疲。因为那时附近的姑娘们也都来看的,其实更多的因素是出于看姑娘,或看电影里的女主角。也有已成家的,借看电影的借口,走上十几里地赶回家,再踩着白霜连夜往回赶,悄悄地溜进鼾声四起的统铺。

第二天的太阳一定会很灿烂。大家说笑着说看电影的事儿,再编出些故事,逗其中的一位取乐。那偷偷回家的老兄自然逃脱不了,不是说他为什么挑得比前一天少,就是说他爬坡时显得腿软。

在无厘头的取乐中,很快两个来月过去了,一条河也在不知不觉中开成了。开河的热闹不见了,那些农民去了哪儿? 他们就像曾经集结的麻雀,此时都已在自己的土地上耕耘劳作,而他们留下的一条条亮丽的河,在日夜默默地流淌,抗旱排涝造福于一方,为自己也为别人。

那新开出的河流,据老农民说,那泥土是香的,所以鱼虾特别的多。晚上张网,个个满载而归。每到春三四月,两边泥垄上桃花梨花夹岸。"乡村四月桃花水,半夜鲤鱼来上滩。"大概就是这种意境了。

十来天过去了,老家门前的百尺泾的疏浚也近尾声。那实在是再草草不过的事情了,花了不少的钱,但淤泥照旧,反正放了水后谁也看不见。这就是我亲见的实事工程了。更可笑的是,我们那里有一条小河,春天里还水草丰茂,鱼虾繁多,不知哪个长官叫人将水草全部捞尽,两滩芦苇茭白割光。不出半月,那河水先是发黑,随即发臭,鱼儿都缺氧泛死。还有很多河流,干脆就填埋平整掉了。现在像当年那样的开河少了,如果长此下去,总有一天会遭水患的。这其实很简单,"耕问奴,织问婢",只要请教一下农民我们该怎样治水,怎样治河就是了。

　　看来真正做到保护好环境,防患于未然,还是有很长的一段路要走的。

发表于 2009 年第 12 期《上海文学》

"南山人"这称谓,像我或比之我年轻些的人,以为是对海边专事捕鱼晒盐的人的统称。其实,正确的应该是"岱山人"。只是奉贤金山本地方言之故,呼成"南山人"。再说也不是因捕鱼晒盐才有此叫法。我之称其为部落,因为相对于本地人来说,他们是客边人,且居住得也较集中,婚丧喜事一般不与外人通,其风俗习惯,也与当地大异之故。但最主要的是,他们大多来自亦属舟山群岛的岱山。

据当地岱山人的后代介绍,奉贤的柘林、金山海涯一带的岱山人,一种说法是:当年捕鱼遇狂风,渔船被打散,幸存者依托着几片船板漂流过来的。另一种说法是:以前有一对夫妻,卷着破席,挑着箩筐逃难过来的。不过我始终怀疑。如果是渔船遇难,则不可能带家携口,再说妇女是不得上船的,遇险则妇女并不在此例,其部落何以繁焉? 如果是逃难至此,岱山是一小岛,无论是取道宁波还是隔海从对面直航过来,都得坐船。如取道宁波,则要绕过杭州湾,实在不近。当然也有这种可能,就像孤岛上的外来物种,海龟候鸟,转徙漂流几千公里,最后找到落脚生根的地方,繁衍生息。而上面的情形其几率应是很小的了。

人一般都有恋故土的习性,当然吉普赛人大概例外。如果在一个地方能日出而作,日落而息,过着羲皇上人的日子,谁还愿外出奔波? 当年的岱山人,一定是在本地遭灾,无计生存,才漂洋过海沦落到奉贤、金山一带海隅的。正如毛虫的突围一般,那棵树上的毛虫或者不搞计划生育以至于同类太多,一树之叶难以维系;或者遇了暴风雨,从枝头被打落下来,于是就寻找另一棵树一般。如果看官是岱山人的后裔,请不要迁怒于我,以为我是贬低岱山人。其实论血统,我的细胞里也有着岱山人的稀薄基因——那是后面要说到的。

当然,这是我无端的猜疑,不过近乎真实的情况还是有史可稽的。

柘林、海涯那边的岱山人,最早是在道光、咸丰年间迁徙来的。那原因确出自人祸与天灾,才使我的先人们(班荆道故写来,无意间我自己也归入到那部落,并称"我的先人"了)背井离乡。开始时,人丁不旺的,主要以姓刘、姚、沈、冯、毛的居多。不像现在的外来人口,先是落脚在城乡接合部,经过这二十来年的进化,到如今已渗透到城乡的许多领域,并大有唱主角之势。而当年的岱山人远没那么幸运,海塘内的良田、毛田都有所主,只有陆地与海湾的连接处,有大片的不毛之地。说不毛也是不确的,其实上面有毛,而且丰茂得很,那就是大片的芦苇塘、秧草地。因为不宜栽种,长年荒芜着,成了鱼蟹的乐园,候鸟迁徙的中转站,也成了强盗土匪的藏匿之所。

那里本地人称之"夹塘",取义其在两个海塘之间。正是这"夹塘"接住了最初飘零着的岱山人的脚。

《奉贤盐政志》上有一首歌谣:"土筑灶,破草棚,烂泥墙。三根毛竹搭个棚,既当椽子又当梁,一家老少挨时光。"由此可见岱山人日子的艰难了。起初,他们所赖以谋生的行当,不是晒盐就是出海捕鱼。

晒盐是一种很苦的职业,虽然书上有"吴盐如花较雪白"的诗句赞美这一带盐的品位质量,其实盐民的生活没有一点诗意,倒是经历着无尽的煎熬,像岁月沉淀下来的苦卤。从刮泥、挑泥、挑卤到卖盐,长年累月,整个程序都离不开扁担,所以那盐民,无论男女,背几乎都是微驼着的。盐碱地上不宜种植塘内的稻麦等五谷,但正适宜种植山芋。那里长出的山芋,不仅个大饱满,而且上口腻甜起沙,特香。每到农历十月间,那些岱山的妇女,挑起大箩筐,走上十几里路,与当地的农民交换米面。那些妇女,难得见年轻漂亮的,而是清一色的土布大襟夹袄,肥大宽松的长裤,脚踝处用布条束着裤管,这样挑担干活会麻利些。无论老幼,都拖着一根齐腰的长辫,辫梢扎着红头绳。在本地人看来,就有些怪,因为当地只有大姑娘才拖一根长辫,一旦出了阁,开了脸,辫子往往绞除。所以,若看到一个上了年纪的妇女,仍留着枯瘦的辫子,会觉得怪怪的,那一定是"海头人"了(这是对岱山人的另一种称呼)。抑或她们身后还跟着七八岁的男孩,剃个刘海头,后脑勺留一绺头发,也扎成细黄的小辫。那大人与孩子的脸面,一律的赤绛色,皮下透出山芋茎脉的纹理,那定是海风与紫外线的杰作了。这很容易使人联想起"儿童菜色妇鸠形"的悯农诗句了。

这样的买卖多半是在阳光照射不那么热烈的春冬,那时海水的密度低,晒盐则不易结晶,那些妇女孩子才得空出来。其间,她们还卖"花麻"(其实就是书称的"虾酱"),或盐渍蟛蜞。那"花麻"是她们的男人涉入齐腰深的海水,用网兜推来,带回家后剔除杂质,用小石磨碾成的。那蟛蜞是孩子们在海滩的湿地里挖来的。当然,如果是夏天,就可以免却挖的麻烦。傍晚一阵雨过,蟛蜞洞被淹了,蟛蜞都来到滩涂上,用马灯一照,满滩满坂的,只要奋力拾取便是。一个晚上下来,会逮着满满的一木桶。那盐渍蟛蜞的味道很鲜美,人吃起来像树熊吃蚂蚱似的,"啧啧"有声。那"花麻"是炖蛋吃的,舀上一调羹"花麻",敲两个鸡蛋,搅拌成糊状,趁煮饭时在蛋搁上一放,等到饭熟了,那"花麻"炖蛋也已香气四溢了。

我的曾祖母抑或高祖母,就是"夹塘"内的海头人,论亲虽在五服之内,但毕竟是远亲了,除非婚丧嫁娶,一般也少有走动。在我小时候,曾跟祖母去过一两回。记得那是矮小的茅房,门前是浅浅的港漕,水是浑浊的,两滩尽是芦苇。弹涂鱼、蟛蜞在泥潭间满爬。倘是冬天,因为水浅,能见着鲻鱼在薄冰下一动不动地晒太阳。还有一位辈分比我祖母还高的老妇人,我叫她太太,好像也留着辫子,不过那辫子是银色的,像小人书上画的长毛。

也许是我家已好长时间没有女孩子了,所以我小时候是男扮女装的,穿的也是母亲小时候的侧襟衣。那老人误以为我是女孩,问道:"那小娘婢几岁了?长得圆脸大耳的。"祖母忙跟她解释说是男孩。她有些纳闷,何至于将男孩假扮成"小娘婢"呢?那时的岱山人都重男轻女。那"小娘婢"的称呼,在本地人则是骂人的话,而在岱山人却是对未出嫁的女孩的昵称。

岱山人好客,饭菜上来了,满满的一桌尽是海货。因为招待客人,所以没有山芋、香瓜之类,而是掺着高粱的米饭。我知道那米一定是用山芋换来的。那老太太边夹菜往我碗里送,边不停地说:"菜五角,饭七角。"我想,大概她们那里粮食紧张,所以菜只要五角,而饭倒要七角。回家的路上把我的想法说给祖母,祖母说:"你错了。那是岱山话,不是指'五角'、'七角',而是说'菜没有','饭吃饱'。"关于那远房亲戚的记忆,除此外,就记得她们晾晒的山芋干很好吃。以后就再也没吃到过。

岱山人在我们那儿,算得上是少数人口了。所以他们很团结,讲义气。许是严酷的生活使然,他们的性格豪爽而彪悍,敢打斗。据史书记载,民国二十六年农历十月初三,日本鬼子在柘林沿海登陆,烧杀抢掠奸淫妇女。岱山人自发奋起反抗,机智地杀死侵略者多人。那反抗虽遭镇压,但其不屈于侵略者的豪气永载史册。

如今,晒盐的场铺没有了,捕捞的小舢板没有了。昔日岱山人居住的地方,经过一代代岱山人的努力,处处流淌着现代文明的韵律。他们与本地人通婚结亲,早已融入到当地的风俗习惯中。相互交流,再也不会闹"菜五角,饭七角"的误会了。

我的朋友刘大,是岱山人的后裔,在他身上再也找不到传统的岱山人的驼背的踪影了。一米八的个头,人帅气得像 NBA 明星科比,舞跳得全区第一。只是那豪爽与正义感还遗传着。

由此想到,我们汉民族是个大家庭,操不同口音,有不同习俗,乃至于不同的民族,不再是闭塞的部落,而是在交流融汇中,在时代的浪潮里建设家乡,创造着文明的和谐社会。

2010 年 1 月 7 日于枕曲斋

年有味道吗？

大年三十回老家过年，在我也不例外。但近年来，往往住下来。一则是缘自父母渐近八秩，而自己也趋老景，"哀哀父母，生我劬劳"之体味尤深；二则到老家寻找儿时的年味。

照理，腊八粥一煮，过年的氛围便浓起来。而时下，尽管媒体上的腊八粥煮得热气腾腾，但人们却觉得如今过年，越来越没年味了！于是，不是选择远足，便遁入虚拟世界。那几乎都是年轻人，而上了年纪的则摇头喟叹：没年味！

那什么是年味呢？

是吃不尽的鸡鸭鱼肉？靓丽入时的服饰？还是大面额的压岁钱？那曾经的企盼，如今都不缺，怎么反而觉得没年味了呢？这倒使我忆起儿时的过年了。

一清早，随着门臼的吱呀声，村户人家的娃们如鸡鸭般汇集到乡场上。不是斗鸡、翻三角片，就是打弹子、跳房子。

玩得脑门上热气腾腾。边玩边大嚼花生、枣子、柿饼之类。主妇们则铲刀插在腰间，从灶间到水桥边跑上跑下，不是洗刷锅盆就是婆媳姑嫂围坐在一起，捏圆子，蒸方糕。男人是一家的主，这时早已套好袖套，系上围裙，准备为过一个体面的年而大显身手。因为是男人，肩上有担当，心里有计划，此刻往往不紧不慢吸着烟。不一会儿，场角边汇拢着三五个男人。虽然是腊月，田野里，冬麦与油菜已顶破盖着的河泥，探出脑门试寒试暖。最好下一场大雪，这样能冻死越冬的虫蚁，来年春熟长势好。男人们这样想。他们的目光有意无意地在撒欢的儿女和田野间切换，若有所思。家家木框的门窗，已在空闲时抹了桐油，透出厚朴的赭色调。或许还有一个老头正早早地贴起了春联，或神荼郁垒的门神。

乡场早已收拾得干干净净。除夕那天，抑或天空集结着黄云，老人念叨说：那是下雪的云。三五塔尖的柴垛上，麻雀部落整天忙着翻找残存的秕谷，打闹着挤兑着，不知是在准备除夕的晚餐，还是在为即将来临的大雪储夜粮。但不管怎样，它们永远雀跃乐观。因为要过年了，一切等过了年再作计议。

也许玩累了，孩子们将栅篱间一种叫"麻雀棺材"的干果实掰开来，吸口气用力一吹。那带着种子的芒絮便随风轻扬。哦！下雪了。这时，谁也分不清哪是芒絮，哪是雪花。这年就越发像个年了。

等到空气里弥漫着水笋焙肉、干蒸圆子的荷叶清香时，那多半已薄暮。同族的人家往往聚到一起，那是祭祖时分，合上大门，点起蜡烛。嗅到久违的年味，再野的孩子也要回家，他们要面对祖宗的牌位上香磕头。慎终追远，香火是继。否则被视为大不敬。

而真正到称彼兕觥而祝万寿无疆的年夜饭时，已是华灯初上了。那年代，物质生活相对贫乏，过年的鸡鸭鱼肉那不是平日里能享用的。作为孩子，难得能吃这么全，这么畅。这一切，都是孩提的我们所企盼的。其实大人们为了孩子，日子要艰难得多，只是我们还懵懂罢了。

在家家扶得醉人归的深夜，不甘寂寞的孩子们会对长夜摔几个奢侈的鞭炮。算是给旧年画个句号。梦着长大，梦着下一个年。

这难道就是年味吗？除夕夜，漫然听着春晚的节目，我这样想。

父母老了，等不及曲终人散已睡去。我踱到乡场上。在午夜热烈的爆竹声响过后，四野是一派寂寥：没有孩子，没有夜归的醉人。化工城的灯火折射成天光，勾勒出村树的轮廓。杭州湾的暖湿微风，捎带来春的气息，唤醒远处偶或的犬吠。这倒有"海日生残夜，江春入旧年"的意境了。

忽然觉得，所谓的"年味"，其实是一种期待。如今，物质上什么都不缺，这方面的期待没了，年味也就寡淡了。

再想想，那期待不只是物质上的，更多在精神层面。没了期待，就没了寄托，没了寄托则怅惘。就如长夜。我们怎么赋予"年味"新的内涵呢？

年，有味道吗？没有。它只是一个时间的符号，一道谁也绕不过去的门槛。年，没有味道吗？有。它是岁月沉淀在人们心底的甜酸苦辣。

发表于 2017 年 1 月 24 日《新民晚报》

曾记得媒体采访行人,问一个同样的问题:你幸福吗?大多都回答是幸福,且说出一番理由。其中一人,他支支吾吾,最后勉强说:"幸福吧!"

其实,这是一个草率的提问。提问者的本意是要人回答"幸福"。但幸福是因时因地因心境而异的。曾经有一个电视剧《幸福像花儿一样》,不谈情节,就它的内涵,我以为有两层意思,一是幸福是美好的;二是幸福是短暂的。花因其美好而人人喜欢,但好花不常开。岂能每个人都幸福?又怎能一生都浸在幸福中呢?

这使我想起一件事。

那是前年,我早晨无事回老家看看。折进村口,看到宅上搭建起临时篷帐,披麻戴孝的人忙着进进出出,伴随着唢呐声和哭嚎声。那是邻居金章伯伯过世了。

前天我还见着他打招呼,不好好的吗?怎么说走就走了呢?

母亲说,金章伯伯是吃着晚饭,趴在饭桌上去世的。

深秋季节,稻谷已登场。那天太阳很好,老人的大儿子晒了满场的稻谷。闲不住是老农民的习惯,其实根本不需要他干什么活,但他早早地拿着翻耙,有意无意地翻着稻谷兼看鸡鸭。门前就是一条大路,他和走过的熟人打招呼。停下来就眯起眼凝望熟悉的田畴与村庄和杂草丛树,似乎永远也看不够。

他尽管已九十二岁了,但眼不花耳不聋。年轻人聊天,也不插嘴,往往只是在边上静静听。他明白自己已不能楔入年轻人的话题了。那多半是边听边瞭着田野远村微笑,那笑意是晕化在他的皱纹里的,无法用坦然、会心、满足来形容,这是这个年龄的老人特有的微笑。冬天里,他常常戴着棉帽,穿着棉袄棉裤,手相拢在袖管里。他不喜欢儿女买的鸭绒、丝绒的,即便被子,也是老棉絮的。他说盖着心里踏实。

除了我,小辈想听他唠陈米烂谷子事的不多。有时他见我站在场角,就慢慢过来。我常常问他些村里的旧事,他如数家珍,一直从我的曾祖父说到祖父及村里家族的兴替。说着说着他突然会冒出一句:这弟弟好来。我的理解,那多半是由于我的倾听。其实,他也孤独。老伴早早去世,虽然与儿子住在一个檐下,但毕竟少有人倾听。

他是个乐观的人,年轻时肯定不乏幽默。有时他儿子阿杜当着我们开他的玩笑。见他健康硬朗,阿杜就对一起聊天的说:老头子身体好,与他年轻时喝过两次农药遭过一次雷打有关,把身体里的病菌都杀灭了。大家朝他善意地笑,他听后在一旁苦笑说:你们这帮囝不晓得,那时多苦啊!

其实,喝农药是确切的。一次是家里孩子多,口粮不够吃。自己往往饿着挑担,想想怨气,喝了瓶底里的"二二三"农药。一次是"文革"期间,他是老队长,造反派说他多吃多占。冤枉啊!又喝了一次"二二三"。至于那次遭雷,那是怕牛被雷殛,耕牛是农家宝,更何况自己是队长呢!就到打车棚里想把牛牵回来。结果一个滚地雷打在牛车棚顶上,他晕倒了。醒来时见牛在吃草料,老妻与五个儿女在边上哭。他伸了个懒腰说没什么,像睡了一觉,关节很酸痛。

金章伯伯终其一生,是个老农民,种田的老把式。他说现在的社会真好,吃穿不忧,也不必作为生活在最底层的农民而担惊受怕。那是指解放前的经历,他曾给新四军运军粮摇过船,被保安队拉去养过马,也被土匪逼着望过风。他复杂的背景自然在"文革"遭罪。其实,那都是出于底层农民的无奈。现在好了,那是他从心底里发出的感激。他喜欢吃肉,就隔三差五地到肉庄上买来肥肉,掺和黄豆,将砂锅放在灶膛里炖。门前的河早被电镀厂污染得一阵黄一阵黑,但他还在里面淘米、洗菜。他说自己喝这条河里的水长大的,哪有什么毛病?但村里人喝这条河里的水,年轻人死了不少,而他却好好的。这真是他那两次喝农药一次雷击炼成的吗?

那天,他儿子阿杜从田里回来,将稻谷推拢,并灌袋。照例老父亲会出来搭一把手的。然而不见动静。进屋一看,老人已趴在饭桌上,叫不应了。

村里的老人都说,老金章福气好来,那是前世修的。上了年纪的农民都相信因果报应,福气好是指他说走就走,没有一点痛苦折磨。

我猜想,他虽没有一点告别这个世界的迹象。但冥冥中似乎已感觉到了。不然为什么要跟每个路过的熟人打招呼呢?若在平日里,他往往是看一个人远远走来,不管那个人看不看他,但他总是点点头,再目送那人远去。而那天却那么地道呢?

他一生即便屡遭磨难,但其实是幸福的。他在告别这个世界时,看到了一场地金黄金黄的稻谷,虽然没吃上新米饭,但吃着肥肉炖黄豆。那是一个农民的满足。满足就是幸福,即便那满足也是蛮卑微的。

你说他幸福吗?他被生活所迫而喝"二二三"农药,被拉去养马、望风,以至于"文革"批斗,那肯定不幸福。但当他生活无忧,看到丰收的景象,那幸福是不言而喻的。

即便在他踏入另一个世界的刹那,他也是幸福的,因为他满足,所以走得安详。

你若去问一个整天花天酒地的人幸福吗？他也不会觉得幸福。

只有尝到了人生的苦与甜,才会感到幸福。

常常有人感叹幸福在哪里。有人说幸福的密码掌握在上帝手里。其实,幸福的密码就在你心里,你就是上帝,重要的是你不要被纷扰的生活搅和得忘记了密码。

发表于 2017 年 2 月 10 日《新民晚报》

浮生感悟

母亲属虎，丙申年，已七十九虚岁了。

我们乡下做寿的习俗，做"九"不做"十"，按俗该是做八秩大寿的年份。尽管知道她不会答应的，但还是说：阿妈我们给你与父亲一起做寿吧——他们夫妇同岁。结果依然不允。问缘故，她居然说，做寿其实是给阎罗王提醒。阎王老爷执掌众多生灵的死生，难免忙不过来而遗漏。你一做寿，香火飘到阴曹地府，阎王老爷就知道了。于是派牛头马面把你勾走。你看，村里某人某人，一做六十、七十大寿，不几天就一命呜呼了。隔壁照梅的娘，阿杜的爷，从不做寿，不都活了九十四五吗？

她的理论我们虽然不信，但孝顺、孝顺，顺其实是最好的孝。由着她吧！

近来，听说村里组织老人看奉贤。村干部说，这是上面要求的，让老人们看看奉贤的发展变化。这事被母亲知道后在饭桌上唠开了。

她说，自己年轻时敢一人摆渡去闵行，闵行有条一号街，很宽很长；南桥是十字街，裕庆桥西首有爿老大祥洋布店。现在去南桥都不认得路喽，更不说闵行了。

其实，当年队里农活一年忙到头，去闵行、南桥，也多半是为生计。去闵行，不是用鸡蛋、棉布票换粮票，就是冒着暑热卖西瓜；去南桥，不是到老大祥洋布店扯几尺棉布，制寒衣，就是年关置办些凭票的年货罢了。

组织大伙看奉贤，那该多好！这一批老姐妹，像在地里干活时一样，说说笑笑，扯家长里短，何等的乐趣？就像当年"三抢"忙过后，坐在中型拖拉机拖斗内去上海，或去看《红旗渠》、《摘苹果的时候》等电影。当年伴随着她们的青春世界是何等的广阔！而如今，母亲除了闲不住而种蔬果、饲鸡鸭，最多只能骑着三轮车去柘林、新寺。我们还不时提醒，路上车多不安全，需要什么，我们会买回来的。

其实，需要什么倒在其次，重要的是陪伴。

有几回中途回家，村里静悄悄的，只听竹园内有母亲的说话声。穿过庭院见无他人，我就问母亲跟谁说话。母亲努努嘴：跟它们呢！那是她饲养的鸡鸭鹅，还有猫狗。二十来只鸡鸭，只要看到母亲的身影，就围上来"咻咻"、"嘎嘎"不停。鸭子整天在百尺泾河里，每到午分，上岸讨食,晷刻不爽。狗是草狗,用绳子系着,只有傍晚时才放风。但不管它还想野,不管外面的异性怎样引诱,只要母亲一呼唤,它便乖乖引颈,让母亲将绳子系上。那白猫最乖,常日里巡视着领地不见影,每捕捉到老鼠,便衔到母亲脚边,有时竟一字儿排开有三四只呢!它乖得像个闺女,吃饭时分,用身体蹭母亲的裤脚管,嘴里"娘——,娘——"叫得揪心。只有那大白鹅,似乎有些戆,还自嘲似的"戆——,戆——"叫个不停。但静下来时也会发呆,睐着大眼仰望天空。

母亲把这些家畜当作自己的孩子呢!母亲的世界小了,小得只能在庭院里和家畜们对话。

一次回家,见门前罩在河滩边的樟树冠被倒掉了。见问,她说是请人的。那是她怕我们责怪才谎称。你想,那三米多高的树干,水桶般粗,又倾向河面,一个七十好儿的老妇人,居然爬上扶梯锯下来。这是何等危险呢!她开脱说,那是为了晒稻谷不把太阳挡住。

其实是她的不服老。母亲的世界小了,小得跟自己较劲呢!就像她一生跟土地较劲,跟生活较劲一般。

年前回家,母亲高兴地说,我二弟带她去做了全身核磁共振,测出的骨龄还不到五十岁。我想,那还算硬朗的身体,应该是太阳、大地给予她唯一的回报。作为儿女,我们替她高兴。但高兴之余,不免心酸。她和许多农妇一样,经历了太多的艰辛。当年为了打粮,为了生活,为了儿女,累死累活地熬干了青春,而一旦生活衣食无忧,儿女们都飞走了,自己也老了。她们不习惯住在城镇,只能守望着最后的乡村——我们的原乡。母亲现在还能去新寺、柘林。但终有一天,连近在咫尺的集市都去不了的。

记忆里母亲没胖过,从未到过一百斤。现在八十斤都不到了。她本来瘦小的躯体,被生活榨干,被儿女榨干。成了一个灯下白头的乡下老太。

儿时,母亲是天空是太阳,更是遮挡风雨的羽翼。而今,世界越来越大,母亲却越来越小了。

发表于 2016 年 5 月 8 日《解放日报》

春夜的风,不知何时蹭着清朗的月光,踱近我的窗前。无意间碰响不知挂在何处的金属条,发出清脆的声响。不紧不慢,时有时无,清远而空蒙。像冥冥之中的命运之神在叩门。

不知何故,我无端地想起那只豹子,那只海明威笔下乞力马扎罗山雪峰上的豹子。他虽然已冻僵,风干成木乃伊。不知何年何月,他的灵魂蜕去躯壳后御风而去。然而,他依然逃不脱人们的评判:那豹子到这样高寒的地方来寻找什么呢?

也许这豹子就是为了逃脱别人的评判,才悄无声息地来到这块冰清玉洁的荒寒之地的。然而,他终究被人发现了。这在他,也许是始料未及的。

这难道也是豹子的宿命吗?

今夜无眠,我的思绪随着偶或的"呜——,呜——"声,驰骋在非洲大草原。

那是一头猎豹,曾经在非洲大草原的旱季来临之际,躲在马塞马拉河最后的绿荫里趁火打劫,伏击过河的斑马与健硕的非洲野牛;也曾在辽阔的塞伦盖堤草原上纵横驰骋,捕捉矫健的瞪羚,把同伴与异类羡慕的目光远远地甩在沼泽地。在丛林法则的游戏里,收获了属于自己的领地与爱情。

他也曾无数次地躲在茂密的灌木丛里,在不同肤色的同类的目光所不能企及的地方,舔着自己拼搏留下的创伤,他聆听到了自己强健的心房在澎湃。

此时,一只委琐的蜣螂在他面前停下来,不无谦恭地说:看你这样威风气派,一定是个大老板。不像我长得委琐,活得艰难,成天捡破烂。如果按他的习惯做法,必定会用爪子将他拨过去,翻过来地戏弄一番,然后,慢慢地碾碎蜣螂背上滚落下来的粪球,嘲弄地看着蜣螂灰溜溜地逃之夭夭。

然而今天,他却说:说到哪里去了,你不见我也正在养伤吗?你有何自卑?你既不偷又不抢,靠自己的勤劳,养活自己与家人,是应该受到尊重的。你我都是平等的。

他想不到自己会说出这样令蜣螂感动的话。蜣螂抹了抹干涩的眼窝,满是感激地站在一边。

他最痛恨的要数那些猎狗。不是弱肉强食,就是贼头贼脑地偷抢他人的战利品。大多是结伙,仗着狗多势众,逼得他落荒而逃,险些丧命。他们简直是一帮外貌丑陋、行动卑鄙的坏蛋!他身上的伤痕,几乎都是那些杂种留下的。对于狮子,他倒并不嫉恨,大家明枪挑战,自己技不如人,打斗不过他也是命中注定,毫无怨言。丛林法则向来都是这样。

他今天对待螳螂的态度,连自己也感到吃惊。这难道就是人类里边那个达尔文老头所说的进化吗?

他正想与那只不起眼的,萍水相逢的螳螂交个朋友,但不知何时,螳螂已离开,只见他沉重的背囊一瘸一拐地往坡下移动。螳螂其实还是不信任他,不然走时为什么连个招呼都不打呢?

在草原上的旱季和雨季不知交替了几个回合后,他昔日的雄风不再,物换星移,自己的领地也换了新的主人,成群的妻妾不保,真是"最是仓皇辞庙日,教坊犹奏别离歌,垂泪对宫娥"。他成了到处流浪的孤家寡人。

这美好的时光是如此的短暂,他常记起那动物狂欢节的日子。那时动物们似乎忘却了血腥的杀戮,大家相聚在非洲草原旱季来临前的霞光里,尽情地享用着最后的晚餐。乞力马扎罗山的雪峰,将晚霞照射到狂欢者的脸上。他独自坐在高高的蚁冢上,注视着昔日的草原,思绪间闪现着昔日的狂欢与辉煌,就像莫泊桑小说《项链》中迟暮的罗娃塞尔太太。

他饿了吗?他老了吗?

此时,一只小瞪羚跳跃到他的面前,用清纯而好奇的目光扑闪着眼前的老头。

他的喉结在抽搐,他实在太饿了。他知道自己腿上虽然有人类赠予的箭伤,但仍有十分的把握,给这小生命画个句号。

刹那间,他在小瞪羚的眸子里,看到了芳草鲜美的塞伦盖堤大草原,看到了雨季来临时咆哮的马塞马拉河,看到了成群结队食草的弱势群体在翩翩起舞。他朝小瞪羚挥了挥手,然后转过身,穿过稀疏的山毛榉林,朝雪峰走去,宛若一头从容的老象。

他怀疑起了丛林法则,他留下的是躯壳,而灵魂一直在草原上游荡。尽管有很多的机会,但他不想再投胎于兽类,因为那是代表着杀戮与血腥。他想转投人类,可又忘不了身上的箭伤。再说,他的灵魂在宇宙中这个椭圆形的星球上游荡了几多年,看到的人类居多的是强权与杀戮。更有甚者,人类不仅对异类,而且对同类的残忍有过于对异类。这一点,连兽类见了都倒吸一口冷气。

所以,他的灵魂一直在犹豫。

我想,如果某一天,那猎豹的灵魂转世的话,那一定是另一个基督。不过那是一个漫长的过程。

夜,那金属的碰击声又在响起,这是不是那猎豹在抗议:伙计,我就是为了逃脱评判才逃到那儿的,算你老兄理解我,但何苦要作如此的设想呢!何不让我清静自在地游荡呢!我怃然。

2009 年 10 月 8 日于枕曲斋

在静处听自己心跳

年夜饭回老家吃，聊以陪伴年事渐高的父母与残疾的兄弟，这已是我家的陈规。"哀哀父母，生我劬劳"，平日里，我们都为生活奔忙，虽每周回去，如此相聚也无多。父母因此少了许多膝下之乐。细细想来，对父母的孝心，也实在绵薄。

今年也不例外。

乡下的年夜饭吃得早。在祭祀完祖宗，家家关上门后，便是"称彼兕觥，万寿无疆"的年饭了。若是从前，当饭菜飘香，香火缭绕的时分，早有许多孩子在场上野了，不是掼鞭炮就是追逐嬉戏。可如今的孩子少，大人又怕鞭炮炸伤小孩的手指，所以也就没了这份热闹。

虽说贫富不均，但社会毕竟在进步，即使相对贫困，但吃穿还是无忧的。过年能吃的东西，平时都有，所以对年夜饭也不怎么企望了。

没了这份热闹，没了那种企盼，过年就显得寡淡乏味了许多。

吃过晚饭，西天还有晚霞。住在城镇的儿女都要回家了，家家都是送客的应答声和汽车、电瓶车的发动声。随即，父母们的叹息声与落寞的眼神，使乡村又回归了无边的宁静。

我陪父亲喝了点酒，不敢驾车回城里。于是决计住下来。

年关时，老天像模像样地下了一场雪。这倒平添了些许过年的气氛。大年三十，天气晴好，但由于气温低，所以在屋宇的瓦楞间，塘坨的背阴处，依然积雪皑皑。

从东场到西场，有着二十来户人家的偌大宅基上，由于没了孩子，显得缺乏生机与热闹。当年，曾看着我们喧闹而他们也热闹的父母辈，都垂垂老矣。而像我一辈的人，也早已过了他们当时的年纪。他们这一辈，虽然艰辛，却有浓厚的天伦乐趣，而我们这一辈却没有。

我们大家心里都明白，当年那个家家一溜孩子，家家都缺吃少穿的年代，都巴望过年吃饱的、穿鲜的年代，虽贫穷但其乐融融的年代已一去不复返了。

有人曾提倡过年应该给父母洗一次脚以尽孝道。就像过母亲节、父亲节给父母献礼物一样。我没有这样做。我想若如此，我的父母也许会不习惯的。我自己也会觉得因做作而别扭——他们还未到如此老迈的年纪。孔子说"事父母，能竭其力"，对父母的孝，应该体现在日常细微的关怀上。当他们需要时，你就该事先想到并做到。这也许才是孝的本意。

比如祖父在世时，我与兄弟一直给他倒夜壶，倒痰盂，端汤婆子，即便为人父后也不例外。

如今的孝道，总觉得变了味，有些儿女为父母做了点事，无非是为了表白自己孝顺。这样的孝，已偏离了孝的本质——出自内心的对父母长辈的爱。

当父母洗完脚，给他们倒洗脚水时，我曾这样想。

父母老了。天气又冷，洗完脚后，便早早上床。我到他们床前，聊起了家常。当说起有些远房长辈日子过得艰难时，不禁唏嘘。我说妈，抽空我陪你一起去看看。其实，那些人家，早年家境都比我家好得远。后来不是儿女的缘故，就是疾病缠身，以至于晚景凄凉。

见我摸被子跟褥子，母亲说，棉絮都是新翻的，挺暖和。

带上父母的房门出来，我折进去自己房间的夹弄。一股风袭来，夹杂着从屋脊上刮下来的雪霰，落在脖颈上凉丝丝的，但一点儿不冷。我要过夜的房屋在后面，是前两年在柴草间与猪舍的基础上翻建的。那是背靠河滩的三间小平房。除了书房兼作卧室的房间，陈设是简陋的。

我想如果有一天，自己虽不能终老林泉，但在喧嚣的廛市外，能有这样一个僻静的所在，实在算得是不错的归宿。可惜的是，很有可能在三五年之内要拆迁。

小平房的前面，是一个菜园子，由于四面有围墙，里面的越冬草莓叶子未枯焦，碧绿中略显铁锈色。中间一棵是枣树，另外一棵不是枣树，而是梨树。

毕竟是在远郊，传来的市声与烟花爆竹声很遥远。城市的光耀经由云层折射下来，勾勒出乡村朦胧的影子。这反而衬出乡野的僻静。

母亲早已将棉被铺好了。我心里一热：世上只有父母对儿女的感情最体贴入微。而儿女对父母的关爱，能做到其一半，已是很不错的了。

电视机是父亲拧开的。中央一台正播着春晚节目。说句老实话，自打春晚面世以来，我从未从头打尾看过。大多是因为酒喝多了，或者就是被拖去打牌。今晚倒不会再打牌了，可酒倒是喝了不少。照例会很快入睡的，可今晚偏睡意全无。春晚的节目，我嫌它们没魂，于是把声音关掉，光留画面在晃动。

棉被很暖和。棉布的被面，土实的粗布夹里，裹挟着棉花弹成的棉絮。母亲一定是白天刚晒过的，棉被散发着乡野的阳光晒后的暖味。盖在身上，和暖而实在，有着童年在父母庇佑下的安全感。

反正睡不着，就顺手拿起一本托马斯·沃尔夫的小说《你不能再回家》，下意识地翻到"流亡与发现"一章：在布鲁克林度过四个漫长年头之后，乔治·韦伯走出旷野，环顾四周，感觉自己已经受够了。在此期间，无论是对自己还是对美国，他都学到了许多，但现在他的旅行癖又一次发作。他的生活似乎一直在孤岛与自由自在的航行间转换——永远处在流浪之中，然后又回到陆地——而现在古老而不安的催促"我们应该走向何处？我们该怎么办？"再一次不断出现，毫不减弱，要求他提供新的答案……

读到此，我蓦然感觉到自己的心跳。还似乎听到血液在血管里流动的汩汩声响。

那是久违了的感觉，在离开家乡三十多年间从未有过。那是在沉重劳动的间歇，躺在苜蓿地里时有的心跳；那是接到初恋情人的信函时的心跳；那是接到大学录取通知单时的心跳。三十多年了，今夜，却不期而至。

夜，四野悄寂。乔治·韦伯的生活似乎一直在孤岛与自由自在的航行间转换——永远处在流浪之中，然后又回到陆地——而现在古老而不安的催促"我们应该走向何处？我们该怎么办？"的拷问，一直在耳畔回旋。

我们呱呱坠地，从童年到少年，走过青壮年，又一脚跨入老年的门槛。经历了许多，但忘却了我们小时候的向往，忘却了我们是为什么出发的。曾经融进血液，令人向往，催人奋进的《少先队队歌》的旋律，早已被世俗及社会的负能量稀释得很淡很淡。对祖国与社会的责任，早已被求田问舍的追求所取代。钱学森、陈光标、丛飞的社会良知与责任感，虽曾感动一时，但过后，能沉淀进自己血液，强健自己心魄的又有几多？面对社会的种种弊端，虽然没写什么马屁文章，但也无从发出抨击的呐喊！充其量只是在孤岛与航行间转换，精神永远处在流浪中。至多对着长天发出些空泛的感叹。

我们曾经豪情万丈，最终，依然成了托马斯笔下马背上的醉乞丐。

在看多了官场腐败、商场奸诈等社会上的坑蒙拐骗后，才感悟出：这世界，所多的是理由，而缺乏的是诚信。但我依然坚信着：诚信是人心所向，人心所向的东西，必定回归社会。古人云：礼失求诸野。而这些年社会沦丧的品德，也一定要到社会底层去寻找而弘扬。就像由于不断改良而消失的原始物种，也必须求诸山野一样。

午夜近了。迎新祈福开始了。远处传来爆竹烟花密集的声响，切近但不刺耳。在绵延的半个时辰后，大野又归于宁静，宁静得近乎空灵。起风了，不知是什么东西撞击着老屋的门框，有意无意间"哐——"的一声，"哐——"的一声。拖着厚重的尾音，像木铎。

酒，已醒了大半。

忽然想起小时候，祖母常常问我心在哪里。当此，我会在心窝间一拍说，在这里。祖母说，这就是良心，良心要一直放在正中间的。是的，心要平正，不能有所偏离。每当遇事而拷问你的良心在哪里时，你要能坦然说，我无愧于心。

我真的感谢大年的那个夜晚，它让我听到自己久违的心跳。感知祖先传承下来的血液，涓涓着流经心头，遍达全身。那是岁月激起的微澜，那是往事如歌的行板。岁月，流过虚空的时间隧道，带走的是云烟；而往事，流经澎湃的心房，留下的却是对生活的感恩，对亲情、友情的感念。

2013 年 3 月于竹喧居

此岸，彼岸

什么情结驱使我徒步到西渡口,竟一气跋涉十几公里?

正值春风落日,宿鸟归飞。站在江边,但见黄浦江敞开襟怀,荡胸向西,轮船驳船竞流。最惹眼要数穿梭于两岸的白色轮渡了。

啊!它还在——轮渡,多少年啦!我忽然萌生上船的冲动。

是啊,不知何时起,黄浦江将这片土地隔开。一边是繁华的都市,一边是闭塞的乡村。少年的我多少次兀立在西渡口颙望:彼岸是林立的高楼烟囱、漂亮的街市。一拨拨农民过江之鲫般地往返:卖蔬菜、闯江湖、讨生活。

轮渡铁门的吱呀声提醒我已上船。

尽管已有大桥,可船舱内依然挤满了人,而以电瓶车居多。船舷靠门处坐着位老奶奶。头发雪白,慈祥得像罗中立笔下的乡下老太。受她的慈祥感染,我们彼此微笑点头。她边上放着锄头,一袋子米,篮子里有镰刀、头巾。显得很特别。

她带这些去市里干啥?江风习习。正纳闷间船靠岸了。

老奶奶撑着锄头站起来。看她吃力,我拎起她的米袋。老人说:这弟弟好来,罪过罪过!问她拿这些派啥用?她说:米是自己地里产的,这些家什使唤惯了,舍不得丢。老了,儿子接她去城里住,不去也不行呢!

我心里一震。老人该是衣食无忧,可依然记挂伴随着青春的岁月,牵挂着折磨但养人的土地。这不是乡愁吗?

上了岸,见她的儿子媳妇正等在码头上。彼此温暖地道别后,我凭着江堤流连。

太阳落山了。遥看南天,云霭凝重,暮色四合。忽然有一种莫名的愁绪在我心头漫延。

过往行人依然跑码头,但少有肩挑背扛挈妇将雏者,所多的是助动车、电瓶车。从前,几乎都是本地口音夹杂上海话;如今,却以外地口音为多。

记忆里,七八岁时跟母亲去闵行。那是冬天,母亲捉了几只鸡加一篮鸡蛋,怀揣着棉布票,到闵行换粮票、煤球票。这在当年,几乎是偷偷摸摸干的事。

本以为家门前的百尺泾是最大的河面。但见了如此宽阔的江面,竟窃笑起自己的谫陋,从此萌生出长大去城市的向往。

但即便大学四年,也未能弥合心底此岸彼岸的隔膜。

我把见闻与感受编成微信发出,也算是放飞一种心情,与大家分享。

返程的汽笛里,我裹进人流登船。刚发的微信,引来一条回复:最好的野生鸡、蛋却换粮票,想想多么愚蠢——那是针对母亲换粮票事说的。农民居然会吃不饱而向城里人换粮票?其实,年轻人哪里懂得,共和国之所以有今天,是不知有多少农民勒紧裤带地奉献才换来的!那种对土地的感情,对粮食的敬畏,只有像那位老奶奶最有体会。这何止是一种乡情呢!

轮渡靠岸的撞击,撞醒了我的乡愁。

踩上南岸的土地,心里莫名的踏实。就像婴儿回到了散发着乳香的摇篮一般。其实,那是习惯使然。如今,两座大桥早已焊接起城乡。但轮渡依旧。留着它吧!倒不是为留住乡愁,更是为了留住一段历史!

站上桥墩回望:夜色里两岸阑珊的灯火融汇在黄浦江,再也分不清此岸、彼岸。我仿佛看到一头白发的老奶奶,吃力地背着粮食和舍不得丢弃的农具,向着街市踽踽独行……

发表于 2016 年 10 月 1 日《文汇报》

满江红

不知谁,给你起了这样的名字——满江红。

其实在乡间,你自有一个土实的乳名——浮萍。那十足是一个贫家民女的小名,就像"妞儿"、"阿妹"般带着乡土气息。

你从哪里来?

听老人说,你由柳絮脱胎而成。柳絮随风轻扬,所以你也从流漂荡。然而我总是怀疑。

春上,阵阵夜雨激打着江南大地,春水汇成溪流,涨满了激流蜿蜒的港汊,风静波平的湖泊。清晨,水面上次第绽开一朵朵浅绿色的笑窝——那就是你——浮萍,是江南的春雨孕育了你,雨点才是你的魂魄。

你一落地就会笑。一个乡村少妇,到水桥边汲水。看到了满江的笑脸,感悟出了生命的萌动。

雨是你的父亲吗?江湖是你的母亲吗?我曾无数次地在心底打问。

你的队伍有多庞大?我不知道。只知道有多少的雨点,就有多少个你。你真是春雨快乐的小精灵呢!

粗朴的河床是你生命的摇篮,满江的春水是你慈祥的保姆。

谁给你起了这个叫"满江红"的学名呢?其实在孩提时,你有着一张禾绿的脸,青涩而天真,仰望蓝天里飞翔的鸟儿,羡慕撑着小伞的蒲公英。你是否也梦想过长出一对翅膀呢?

造化的不公平,遗传因子决定了你不可能有一对属于自己翅膀。不要奢望翅膀,你其实连根都没有——因为你已没有了落脚的土地。或许你曾经有过土地与根的,可后来作为弱者的你,就连这点可怜的所有,也被剥夺了。代代的生死遗忘,你甚至连这些都不知道,还是不想知道呢?

于是,你带着一个"浮萍"的名字,生死沉浮,流浪天涯。

无意间,你不是成为小青鱼下酒的佐料,就成了肥猪们饕餮的大餐。或者,被农夫捞起,垩作绿树红花的肥料。

有你在,不见得多;没有你,也不见得少。因为你的群体实在太庞大了。谁属意你呢?

风风雨雨的日子，把你的青涩历练成绛红，也将时序推向晚秋。在夕阳映照的黄昏，当大雁排成人字飞过头顶时，人们发现，你们已结成浩浩荡荡的铁流——像生性不羁的吉普赛人，随波漂荡。一路"咯咯"地开着粗俗的玩笑流向远方，流向深冬……

啊！满江红。

严冬，大雪纷飞的夜晚过去了。在一个寒风凛冽的清晨，人们发现宽阔的河面上空荡荡的，再也没有一丝萍踪。只有风儿吹起的寒波粼粼发光。那是你破碎的记忆吗？

人们都忘却了满江红曾经的壮丽，只有一只失群的孤雁掠过天空时呼唤着你的乳名。

我忽然想起清人的诗句：化了浮萍也是愁，莫向天涯去。

但我依然相信，来年只要有春雨，寂寞江河中还会有你浮萍的笑窝。

发表于 2016 年 7 月 11 日《新民晚报》

你从哪里来

有时无聊，想起那个所谓的哲学终极问题。会无端地问自己：我是谁？从哪里来？到哪里去？结果以无解告终。

童蒙时出于好奇，曾缠着母亲问：我从哪里来？那时还不会想"我到哪里去"那么深远。母亲一会儿说是从胳肢窝里，一会儿又说是肚脐眼里。问烦了干脆说，从捕鱼的网船上抱来的。

一年四季，百尺泾里橹声欸乃，过往的网船无数。船摇着摇着，从前舱后舱鱼贯着钻出一串孩子。夏秋间，男娃都剃桃子头，光着屁股；女娃的头发总角成冲天椒，围着一个大红大绿的肚兜。母亲们不紧不慢摇着橹，父亲们在耥螺蛳或下渔网。稍大的孩子，则坐在船头船尾拣螺蛳或鱼虾。还不时朝岸上瞟我们。

我们那儿有抱养孩子的习俗，队里的"一分头"就是从育婴堂里抱来的。因为只付一分钱而得名。船民孩子多，那网船不堪重负，生下孩子送人是常事。船上有那么多孩子，多热闹？不像我家独家野村的，就我一个小孩。问小毛与恩德，他们的母亲也告诉说他们是从船上抱来的。从此，每逢有网船经过，就想：我们真的也是从网船上抱来的吗？那网船上的孩子从哪里来？

村里，我们这批孩子多，后来读书，整整编一个班。平日里，见我们撅着屁股在乡场上顽皮，淘沙，挖烂泥，祖母常嗔怪地嘀咕：看这群一条船上来的傻孩子。

那时村里，总隔两三年生一波，再隔两三年生一波。祖母是专事接生的助婆。逢这样的年份，半夜里常有人敲门。不管刮风下雨，祖母提着行灯出远门，一去就是两三天。每次忙过后，祖母会说，这条船上的一波孩子都下来了。

生孩子像种庄稼似的，也有大年小年。遇到小年，也偶尔有孩子出生。祖母会说，那孩子玩过了头，是上一波落下的，或者说那孩子是过路的船上被挤下来的。那小年出生的孩子，就像最后出壳的落脚鸡雏，落单而轧不了道。

那时乡下生孩子还不兴上医院，遇难产而母婴双亡，或产后母亲亡故留下孤儿也是常事。所以，农家女拖着笨重的身体，往往在田里劳作到阵痛才歇息，图个生产利索。为此，有的则降生在田头、路上乃至马桶里。遇到难产,祖母要在产妇家待上个把星期。回家后精神沮丧,说那孩子的命硬,与母亲相克,是来索命的。就像我祖母娘家的"小眼",他的眼睛小得像蒲苇的叶勒的细缝。他就没吃过母亲一口奶,从失去母爱的童年,孤苦伶仃地蹒跚向少年,却要背负克母的十字架。但他笑起来很甜。他比我大好几岁,帮他父亲撑航船。每次航船靠岸后,我就找他玩,戏弄他。他脾气好,从未恼过。一点看不出他没母亲,吃百家奶长大的。

我们在一起摸爬滚打中长大,有时免不了吵架打斗、哭鼻子。祖母见了会劝说:你们是一条船上的孩子,都是兄弟,怎么可以这样呢?要成为小朋友、好兄弟。将来相互照应。我们还不懂将来照应是什么意思,但记住了我们是从一条船上来的。以后每逢与邻村的孩子打架,总是帮着自己人。因为祖母说过:你们是一条船上的。

渐渐地,那些琐碎的片段拼凑到一起,我隐隐觉得,人来到这世界上,一定与那条船有着联系。

二弟出生时,我已六岁。那晚,我为将有一个弟弟而兴奋:从此我不再孤单了。我想知道那弟弟是怎么从船上下来的,于是就不肯去睡觉。祖母说,生小孩时,产妇房间里的窗台上、门口边有许多等着投胎的小鬼。它们蜜蜂似的长着翅膀,惹恼了,它们会附着在人身上,人就变傻子,就像后宅的阿初。阿初傻,读了六年老一年级。我四处张望,窗户黑洞洞的,灯火摇曳的门旮旯里,是黑魆魆的影。但没发现那长着翅膀的小人。更因为找不到所谓蜜蜂似的小人,心里更害怕。背上凉丝丝的。无奈间穿过客堂,钻进祖父安全的被窝。

蒙眬间,似乎听得船靠岸的锚链声响,随后是婴儿的啼哭。其实,那晚根本就没有锚链声,只是日有所思夜有所梦的幻觉所致。弟弟降生了。

弟弟是哪条船上下来的呢?带着疑惑,我常常站在桥塊边张望。

那年,百尺泾里是有一条船,它从未离开我的视野。那是条破旧的网船,也许多年没抹桐油的缘故,船帮斑驳而苍白。竹篾编就的船棚已失去了光泽。竖起的桅杆,只是偶尔扯起半帆乌篷,以晾晒洼积的雨泽。船上有一对老年夫妇,佝偻着背脊。不是下丝网就是稠螺蛳,或者到野地里樵柴。薄暮时分,见船上炊烟升起,我又想,弟弟是不是从这条船上下来的呢?

那是三年困难时期过后的第一年,自春头至腊底,村里又足足多出日后能填满一个班级的孩子。祖母收拾起她作助婆的接生用具。近年关时,再找那对老夫妇与破船,不知何时神秘地不见了。我说奶奶,弟弟他们是不是从那条破船上下来的?祖母先是愣了一下,随即说:你这傻孩子。

祖母还告诉我,你属鸡,弟弟属虎,那是十二生肖。人生是轮回的,人死了以后,就投胎,从老鼠开始,一直到猪猡。猪猡死了,就投胎成人了。我还不能了悟个中的因果,觉得很神秘。但想想是这样的,隔壁牧场里的猪猡,每到出栏,被赶上木船送往屠宰场时,一点都不害怕,高兴地拱闹着、推搡着,好像去赶集似的。也许它们知道这一去是脱离苦难投胎人生呢!

许多年过去后,从理智上,我自以为早已不再为那个"你从哪里来"的问题困惑,不再相信十二生肖的轮回。甚至已经忘却了祖母说我们是从一条船上下来的傻孩子那句话。

但有两件事,使我对所谓的理智产生了疑虑。而那两件事都与死亡有关。

先是祖母的去世。在去世的那天上午,祖母精神反倒很好,吃了饭也不再呕吐。其实,那是所谓的回光返照。她劝慰我说,你去上班吧,奶奶不要紧的。看看祖母无大碍,我准备出门。忽然她冒出一句:我听到了锚链的声响,那条船来了吗?我朝水桥边张望,根本没有什么船。我心头不禁一怔。想起从前祖母说的,人是从船上下来,也乘船归去的话,心头涌起不祥的预感。在祖母的坚持要我去上班的劝说中,我迟疑着离开了她。但我刚上第二节课,隔壁的兄弟建华在教室外叫我。我知道祖母真的不行了。

赶回家,祖母已进入弥留之际。她已认不得床前的亲人了,只是呼唤着我们兄弟的名字。我抚摸她的躯体,觉得她从脚掌到脚踝在渐渐地往上冰凉。死神在迫近,生命正离她而去。

最后,她眼睛睁开,好像看在很远的某个地方,微微一笑,头一偏合上眼帘,再也没有呼唤。我脑子一片空白。

科学研究说,人在离世的瞬间,冥冥中出现幻觉。似乎有一双无形的手,将逝者一生经历的情景,像幻灯片一般,一帧帧倒着回放给那人看,直到襁褓中的婴儿和那条送她来的船慢慢离岸。就像电影《返老还童》中的倒着成长的本杰明一般。祖母最后的微笑,正是看到了这些景象吗?寿终正寝的死亡是没有痛苦的。

祖母的去世,我很悲痛。那年她七十虚岁。但使我宽慰的是她并没有归为虚无,而是坐着曾送她上岸的那条船,去了另外一个世界。往后,她会在那个没有时空的多维世界里注视着我们。

祖母去世后,祖父又活了十三年。奇特的是他死过两回。

第一回在吃午饭时。他在盛饭时,忽然趴在灶台上。母亲听到声响,发现祖父已不省人事。好在隔壁的阿婆、建国有经验,将他原地躺下,一面打扇兼用冷水毛巾捂前额。一刻来钟,他叹一口气苏醒过来。醒来后他描述,自己心里其实很清楚,知道这回不行了,但无能为力。眼前闪开一道很白的光照出的天路,路两旁飞舞着许多蜜蜂似的长着翅膀的小人,远处是作古的亲人在招手,那氛围很肃穆。两个陌生人将要拽他上那条金光大道时,忽然听到我母亲她们的呼唤。祖父睁开了眼睛。

祖父描述的情景大类但丁的《神曲》,但祖父没什么文化,断不知道《神曲》。莫非但丁也经历过死亡,而且更为深入,以至于能描摹出地狱、炼狱、天堂的情景。

后来,祖父掐掐自己的合谷说,我阳寿未尽,命中分配的口粮还没享用完。你看看我的合谷,那块命肉还在。

乡下有种说法,人到寿终正寝时,拇指与食指间的那块肉一定先萎缩尽才离世。所以,把那块肉视为命肉。

又过去七八年,祖父就卧榻不起了。但他从未再提起那块命肉,也许他已看过,心里明白得很。而我又不忍看。祖父年轻时胆子大,参加地下党出生入死好几回,从不怕死。即便晚年,也从来不信鬼神。但他自知不起后,除了叮咛我们要照顾好残疾的弟弟外,对母亲说,其他都从简,但一定要为他扎一只纸船,他说几番梦见要回去的那条路上白浪滔天。而且再三提醒。

祖父去世时,我因不在跟前,没能来得及跟老人家道别。他性急,等我赶回家,他却走了。

母亲在焚烧遗物时,特地给他烧了带着篷帆的纸船。

那年秋天,季风肆虐,发了一场大水。百尺泾里河水漫过洼地,淹了塘坨上的棉花、山芋。

我不怀疑自己是无神论者,但近来常常会想起二位老人说的那条船。时下,讨论"你从哪里来? 你到哪里去? 你是谁?"已成为哲学的时髦。我不懂什么哲学,在谋生的闲暇,在人生的穷通无定间,那三个问号在你敏感的神经上戳一下,又戳一下。

活了一把年纪,经历了社会波荡,世态炎凉,居然还不能了然自己从哪里来。至于到哪里去,相对于以往,更是个未知。若问你是谁,那更是惶遽。是儿子,是孙子,是父亲,是丈夫,实在而真切;是公民,员工,朋友,庸夫,似是而非,似非而是。

其实,我们都是明白的糊涂虫。倒不如阿Q想得明白。问他是谁,他会掩口葫芦而笑:咦——,我不是阿Q吗? 问他从哪里来,他爽利地答道:从未庄来。问他到哪里去,他爽利地说:去抬秀才的宁式床,找吴妈困觉,偷尼姑庵的萝卜。然后,回土谷寺酣然入梦,最大的理想是白盔白甲的革命党叫他"同去同去"。

所以我想,如果你不是什么哲人,大可不必为那什么哲学问题折磨。人从哪里来,自到哪里去。活着,肩负起亲情锁链上的义务,扮演好社会公民的角色,这是最切实的和谐。

"鸡鸭鱼蒜,逢着便吃;生老病死,时至即行。"这是裴度的通达。"存,吾顺事;没,吾宁也。"那是张载的超脱。兹录于此,与诸君共飨,一起活出简单,活出明白。

2013 年 10 月于枕曲斋

我住在郊区,友人说,如今什么都驯养,市场上名曰野生的鲫鱼、草鸡、甲鱼、鹌鹑,其实都是家养的,你能否帮我搞两只家养散放的鸽子。其实此事说不难亦难,托了几位朋友,都说难。其中一位回电说,有是有的,但现在正好是繁殖季节,鸽父鸽母都孵着乳鸽,待乳鸽能自立,匀两只给你。

他的回答虽满足了我朋友的要求,但我想想真有些于心不忍。好好的一对鸽子,自谈恋爱到建立小家庭,终于有了爱的结晶,正当他们企盼享受天伦之乐时,你残忍地将他们宰杀。鸽子的父母,受一时的皮肉之苦,命赴黄泉,倒也罢了,正像阿Q一般,人有时不免要杀头。但一窝半大的孩子,将忍受失去父母的痛苦煎熬,无人照拂,也许成为叛逆的问题少年。虽然,人与鸽子是异类,人类的文明尚未到"恩足以及禽兽"的地步,但将心比心,总不免恻然。

再设身处地地想,鸽子也许压根没这么考虑。他们为人所豢养,衣食无忧(如果他们也穿衣服的话),天气晴好时,三五结伴,或倾巢而出,带着主人系的鸽哨,在蓝天飞翔,在田野觅食;如外食不能果腹,则自有主人的食物等待着伺候。若遇雨雪交加的时日,也何须为生计担忧,自有嗟来之食。也许他们曾嘲笑过那些终日为生活奔命的野鸽子,宿无夜粮,筑巢于林间,饿得精瘦,时惴惴于天敌的觊觎,疲于奔命。

想到此,我倒羡慕起在野外生活的野鸽子了。

他们虽然活得艰辛,时时面对生存的考验;但他们活得自在,无需看主人的脸色行事。有能力就娶妻生儿育女,无能力就光棍一条,来去自由。鹪鹩夜宿,只需一枝,鼹鼠饮河,但求鼓腹。这是何等的洒脱。当然,他会有鸥鹬等天敌,有猎人黑洞洞的枪口。但如果有一天,遇到不测,那纯粹是命运与自然法则的驱使,活得安心,死得坦然。并不有恩于谁,也不欠谁的人情。也许有的鸽子以为他们迂腐得可爱,但他们却活出了鸽子的尊严。

他生来就是为了飞翔的,蓝天是多么的广阔,虽说哪里的天空不下雨,但他更相信,哪里的天空没有明媚的阳光!

庄子笔下的那只神龟宁曳尾于涂,也许正是野鸽子心灵的写照。但那些家鸽能理解吗?

小年不知大年。世界是多维的,同样取食,猪往前拱,鸡向后刨。谁能说他们哪是对哪是错? 只是各人的取舍不同而已。

不过,我还是为那些家鸽担心。如我不取,其他人也会取而杀之;今天不取则明天取之,明天不取则来日取之,反正你受人豢养,命系于庖厨。

呜呼,鸽子之命运非由自己主宰可知矣!

发表于 2009 年 4 月 9 日《新民晚报》

如果你无聊得发慌，抑或你忙得找不到北，我建议你去海边。在僻静处找一块礁石坐下，或倚靠在大堤的矮墙上，什么都别干，就这样面朝着大海发呆。

我得天独厚，有幸生长在杭州湾畔的柘林。有事无事则往那里待一会儿。而且往往是兴之所至。有时在大年初一这样的重要节庆日，有时则在凡庸的暇日。或春和景明的艳阳天，或长风落叶的寒秋。或台风肆虐，或雨雪霏霏。有时枯坐半天，如老僧入定；有时居足一瞥，来去匆匆，如雪夜访戴。

其实，人几乎都喜欢大海，那也许是生命起源于大海的缘故。只要看节假日如潮的游人便知。那多半是因为劳动阶级平日里忙于谋生，只能趁休假才能亲近大海。除了给自己紧张的生活节奏减压，还扶老携幼，在大自然的怀抱中尽天伦与亲情。

因为离大海近，所以我往往避开节假日，只要有闲，无论晨昏。而最喜欢在春秋两季去海边。春天则紫气东来，好鸟和鸣；秋天则芦荻飞白，岛礁星列。吾辈乃凡庸俗人，虽无庙堂经纶之才，兼济天下之志；却有尘世杂处之累，谋生养家之责。一个人混迹江湖，不戴面具而"淡扫娥眉朝至尊"者能几人？最起码也会有层面膜或脂粉。若得以本我、自我示人，则被视为狷介狂悖。以至于自发"大道如青天，我独不得出"之叹，抑或作穷途之哭。其实，也不能责怪面具与粉墨，如果你处世都以本真，能久远者实鲜矣。譬如唐太宗与魏征，胡宗宪之于徐青藤，迅翁对秋白以同怀视之则个案耳。

作为灵长的人类，其生命呱呱坠地时都有一颗纯洁的赤子之心。譬如怜悯哀矜率真。而随着年龄增长，涉足社会，而本真便渐次丧失。等到某一天蓦然回首，竟然发现，那都不是自己所需要的。正如时髦的一句心灵鸡汤：行路久了，竟忘了自己当初为什么出发的。

在海边发呆，就是为了找回本我，不失初心。

在海边发呆，就像中国画中的留白，留给人无限的想象空间；亦像书法中的枯笔，形断意联；更像乐曲中的休止符，此时无声胜有声。

而喜欢独个在海边发呆的，也绝非仅是文人墨客。常常见一些人，从群体中逸出，在沙滩上踽踽独行。有步履蹒跚的老者，也有豆蔻年华的少女,更有饱经风霜的中年人。他们有着不同的穷通经历,但都有一个向大海倾诉与倾听的愿望。

大海的智慧就在于它不会告诉你答案,而是把辽阔与澎湃呈现给你;用潮起潮落把沙滩与鹅卵石呈现给你;把咸涩与热辣辣的阳光给你咀嚼;把地平线上的白帆与抹去的脚印烙在你记忆中。使你领悟沧海一粟之渺小,生命一瞬之永恒。

一个时辰下来,心灵被洗涤一净,心胸顿时开阔!谁还计较生活中的不如意?谁还在意所谓的恩怨?想想当初吧!现在不是也蛮好吗?人生还有很长的路呢!走吧!

2016 年 11 月 18 日于春及庐

啊,野蔷薇！每当我放学回家,在乡间小路旁遇见你时,怎么会油然心动呢?

我家乡的野蔷薇啊,总是长着油绿油绿的叶,天真出洁白洁白的花。

每逢暮春初夏的时节,野蔷薇你打着并不矜持的骨朵,或托着下巴靠在堤坝上,或顽皮地倚在爷爷扎的篱笆间。就像一个懵懂的乡下小女孩,站在旷野里吹泡泡。漫然地看天上云卷云舒,聆听青紫色的原野上,白兰鸽远去的哨音……

你总选择在人们不经意的地方,怕惊动别人似的,悄悄地生长,任性地开花。你不嫌土地的贫瘠,墙根下、瓦砾间、河滩边,一丛丛,一簇簇,任风风雨雨,任阳光照耀。只当到了开花的时节,人们才发现你生命的灿烂与纯洁。

你的茎上也有细密的刺,但你从不会招惹人家;只当英俊的乡下读书郎背着书包,经过你身旁,你会轻轻地蜇他一下,然后,躲在一旁"咯咯"地笑——"谁叫你这么高慢"。

你开花的季节,大自然已不再是群芳烂漫。所多的是白色的粉蝶,在结荚的菜田上,在热烘烘的麦芒间翻飞。但你从不觉得孤独,你按自己的节奏生长着,按自己的个性生活着。

你本性奔放,喜欢无拘无束。你不是人间富贵花,所以你选择了郊野。满腿是泥的耕者牵着牛走过,不禁深深吸一口气:啊,多香的花哟！仿佛解去一天的疲乏。年轻的农村姑娘,从田间归来,顺手掐上一朵插在鬓角,她们走路的姿势颤颤的,显得更动人了。

麦子登场的季节,你的花瓣翩翩着迎风而起,夹杂着醇和的麦香,飘向欢畅的激流小河;你追随着满江的浮萍,洒脱地浪迹天涯,从此,谁也找不到你的踪迹……

我的耳边仿佛飘来电影《英俊少年》的插曲——"夏日里最后的玫瑰"。

啊,野蔷薇！我去了哪里找你呢?

2009 年 4 月 30 日于枕曲斋

萤火虫之舞

入夜,虫声如瀑。

节序已属白露,可还没到气象意义上的秋天。今年更特别,遇到百年不遇的酷暑。不仅最高气温达四十一度以上,而且累计十多天。

照理,此时蝉声该收敛了。可今夜,它还是烦个不休。天空灰蒙,月光不能朗照,而纺织娘赶织寒衣如故。蟋蟀在野,演绎着亘古不变的旋律。当然,还有金铃子、豆娘、油葫芦以及不知名的秋虫的鸣叫,碰撞、融汇、展开成秋的韵律,呈现给广袤丰饶的田野。

难得有这样的夜晚。我独自陪伴着父母与兄弟坐在乡场上消暑。

河南岸榖树、乌桕树的树冠罩在河面,投射出黑魃魃的影。荷塘里老熟的荷叶,送来清雅的馥香。那是近几年外地一对夫妇栽种的经济作物。

那是熟悉的夜晚。

儿时,村落里有许多年龄参差的伙伴,在这样的夜晚点蚊烟、拍流萤、捉迷藏。风,挠得稻穗"咯咯"笑,田野里飘来稻谷灌浆的乳香。我们在父母的膝下顽皮嬉戏,在祖母的歌谣里梦抵未来。

那是陌生的夜晚。

如今,祖父母早已作古。不经意间,父母也成了灯下白头人。年轻人都进了城,偌大的村里空荡荡的,竟然没有一个孩子。没有孩子的哭闹嬉笑,也没有蚊烟燃起的篝火,更没有了梦幻般的点点萤火。没有了孩子,农家还算是农家吗?没有了萤火虫,乡村还成其为乡村吗?

不要说夜晚,即便是白天,乡村也是寂寞的。鸡鸭猪狗的鸣叫,也算是一种生气,可几经禽流感和瘟疫,禽畜几乎没了。一些怪异的流浪狗跟一个陌生的路人套近乎,当企求无望时,就亮起后腿,撒一泡尿后继续流浪。只有风敞着大褂打着赤脚,携手在田野里狂奔追逐。有时闯进庭院内,碰得钩镰、晾衣竿"叮当"个不停。有时狂躁地摇撼枣树、柿子树,直至果实满地。可有谁来睬理呢?于是它气恼着卷起柴屑、纸片,扶摇而去,把木门摔得乒乓响。或者,无奈地倚着破损的篱笆,吹得芦管"呜呜"地响。像是怀旧。

今夜却没有风,只有苍茜的毛月亮。我与父母聊着往事,提起和我一起玩大的伙伴。有的经商发达后狂赌,如今家徒四壁,客走他乡;有的已吃上镇保,再到城里揽一份清洁工的活,早出晚归;有的不满四十就患癌症离世,留下老迈的双亲,无助的妻儿;有的做了十来年村官,赚得满钵满屯的。总之,或腾达,或平淡,或潦倒。

那是我熟悉的乡村的夜晚吗?

闲聊间,我忽然发现水潭边的紫苏丛中一个微弱的亮点,在怯怯地一闪一闪,宛若一颗小露珠。我慢慢靠近:哦,那是一只萤火虫。它也许刚破土羽化呢!

我唯恐惊扰了它,大气都不敢出。看着它吃力地试扇的双翼,抖落尘灰,作奋飞的准备。

由是联想学生时代读到关于萤火虫的书。读法布尔的《昆虫记》关于萤火虫的记载,特别佩服它以不足一厘米之躯,竟能猎取樱桃般大的蜗牛,将其麻醉,然后液化了吸食。古书有云:大暑之日,腐草化为萤。腐草不化为萤,谷实鲜落。

村里的老人也因袭了古人的说法。相信萤火虫出自瓜蔓、腐草。就像鲫鱼是由柳叶化成的一样。

那时的农村,一有闲暇,农民们就积肥、刈草。到处是草木、藤蔓堆积的草垛。入夜,长庚星点亮无数的萤火虫,我们唱着"萤火虫,打灯笼,飞到西来飞到东"的童谣,用蒲扇追逐着扑打。乡下有碾萤火虫以占卜年成丰稔的习俗。我们为满足老人对丰收的企盼,把萤火虫放在阶沿石上,用脚拖碾出一道长长的银弧。祈祷着秋熟长出沉甸甸的稻穗,一展父母为温饱忧愁的容颜。

那时的萤火虫真多。草丛间,乡场上,河滩边,到处是明灭的流萤。或流连于草树,或照影于池塘,或蹁跹于夜幕,像夏夜灿烂的星空。我们在星光迷蒙的乡场上野着,我们在萤火明灭的夜色里梦着。梦着明天,梦着长大,梦着未来……

哦!今夜显得空寂,不只少了孩子们,更缺失了童年的伙伴萤火虫。这样的夜,怎么会不寂寞呢?

蓦然间,那萤火虫飞了起来。我舍不得拍打,我已不是曾经的儿童。它一闪一闪地绕着空空的乡场,它在寻找伙伴吗?随后,它径直朝河边飞去,尽管它在虚空里没留下痕迹,但我似乎看到它划出一个断断续续的破折号。

最后,它停在水边的苇叶上,把自己水中的影当作了伙伴,它的萤光闪得更热烈了。一阵微风拂过,它顺势扑向水面。粼粼的波纹把它化作无数的萤火,无声无息。

星光下只有芦苇的沙沙声,我的思绪久久不能平静。萤火虫自成虫到羽化,要经历无数漫长的昼夜,而它的生命也就短短的四五天。而那萤火虫的生命却只有不到半个时辰。哦,那就是萤火虫的生命之舞吗? 我不禁为它叹惋。

忽然想起一个动画片《萤火虫之墓》,影片中的兄妹还能为萤火虫建立一个墓地,而且为它们起上名字,一一插上竹签做的墓碑。而我,从此到哪里去找你们呢——萤火虫?

面对渐浓的夜色,我耳际响起那童谣:萤火虫,夜夜红。飞到西来,飞到东……

2014 年 6 月于枕曲斋

就像吃多了鱼肉,倒要想嚼一截菜根似的;住进了楼房敞院却不时记起荡然无存的老屋。就像在生活的淡散中,无端想起早已谢世的老祖母。

想起老屋,就想起破旧的门框。祖母枯瘦的手掌把一侧木框抹得油亮油亮。她为什么整日整日地扶着门框看外面的世界呢?我们在她慈祥的瞩望里走向五月灿烂的原野,走向书声琅琅的学校,走向色彩斑斓的生活,祖母的目光送着我们登上生活的每一级台阶。

想起老屋,就想起它那石灰斑驳的砖墙。墙上纵横着不知哪年哪月,哪一代人留下的图案线条。就像史前的文化图腾传递的密码,谁也破译不了。每当我捧起厚重的历史教科书,我就会想起这破旧的砖墙。

那砖墙的缝隙间有无数的小孔,每当油菜花烂漫的日子,土蜂会在小孔内建窝。那小孔仅容一只土蜂进出,土蜂是倒着进入洞内的,进洞后就靠在洞口露出会转动的脑袋,瞪着大大的眼睛,触须冉冉而动,像个顽皮的孩子,趴在窗台上,看花事繁盛的五月天。我们放学后就用茸茸的狗尾草茎将它们撩出来。它们极不情愿地嘟哝着出来,我们把它们敛在火柴盒内。我们是要听它们“嘤嘤”的吟唱,那声音无端地使你觉得天地是多么的广阔,世界是如此的奇妙。若不小心,就会在缝隙间挖出一个洞来。透过挖穿的小洞,我们看到灶膛里跳荡着的火苗。灶间弥漫的蒸汽里,母亲在灶前灶后忙活,煮酽酽的生活,烹调甜酸苦辣的日子。

老屋后面有一棵三人才能合抱的朴榆树。入夜,猫头鹰在黑魆魆的树冠里鸣叫,听到那“吭哧,吭哧”的声音,就想到祖母说的猫头鹰这样叫,明天哪家会死人。真的,有一回,在猫头鹰叫的第三天,后宅的阿婆死了。每逢这样的夜晚我想,那该轮到谁呢?把家里每个人都想一遍,都觉得不能死,我不能没有他们。那会不会是自己呢?如果自己死了怎么办?那蓝天与田野还会永远这个样子,就我一个人躺在寂寞的黄土下,听蛐蛐歌唱,看着伙伴们去上学,而他们全当不认识我,从我身旁走过。这多悲哀呢!

据说那树上面有一条大的赤链蛇,晚上会出来叼小孩,尽管我没见过,我们中的谁也不见其被叼走。但我相信它的存在,因为在刮风的夜里,竹园里传来"嘘——嘘——"的长啸,那一定是那条赤链蛇了。恐惧的我,不敢朝略显亮色的窗户张望,说不定那蛇正趴在窗户上张望呢!赶紧把被子拉过头顶,瑟瑟着。此时,会传来祖父苍老的咳嗽声,听到那咳嗽声,我心里踏实了。每每这样的夜晚,祖父总会咳嗽几声,他知道我害怕了吗?如今,祖父已去世了好些年,我也不再胆小惧怕,但每听到别人的咳嗽,我依然觉得亲切。

想起老屋,就想起寒冷的冬天,茅檐上挂下来的长长的冰凌。那冰凌我们那儿称作"凌糖",我们用舌头舔舔,那麻辣的茅草味一直留在童年的记忆里。或在大雪天扫出一块雪地,用筛子撑起一片天地,守望着饿极了的麻雀、白头翁上钩。祖母戴着老花镜纳着鞋底,铜脚炉散发着焦灼味,不时发出煨着的玉米粒的爆响。祖母的童谣会随着檐间的雨水嘀嗒声,绵长地纺出。太阳出来了,透过五彩缤纷的"凌糖",我们看到了田野间泛起的绿意。祖母说:"虫蚁都冻死了,今年的麦穗一定长得长,准能吃上上好的面条了。"于是,我们联想到难以下咽的麦片饭,那饭像长了翅膀似的,会卡住喉咙。向往面筋、黄浆塌饼、甜面酱。

我们的梦,晾在金灿灿的阳光里了,我们的歌,嘹亮在长长的麦垄间了。

想起老屋,就想起那老白酒一般醇厚的乡情。那萤火明灭的夏夜,邻里们在纺织娘稠密的琴声里,聚集到屋前的场地上,唠着家常,谈着七月的农事。一任薄荷似的夏月洗涤一天的疲劳;任孩子们漫村地撒野,把天伦之乐搅拌得醇醇的。

老屋的宅基也翻作农田了吧?那瓦砾间的野草莓也该开花了吧?那洁白的花,鹅黄的蕊是童年做的梦吗?

2010 年 1 月 5 日于竹喧居

打谷场上的柴垛,永远是麻雀们的天堂。

太阳还在地平线上揉惺忪的睡眼时,麻雀们早已集结在柴垛上商略它们的大事了。真搞不懂,麻雀会有什么商量不完的鸟事,几乎天天如此。

上百成千的麻雀,吱吱喳喳地闹嚷着、议论着,激动得尾巴一掬一掬,脖颈一伸一缩的,充分享受着属于麻雀的民主权利,根本看不出谁是它们的头儿。争论到关节点上,偶有见解不合至不能调和的,就离群飞到场地上单挑。其他的麻雀则静下来看它们的打斗。它们一直从地上打到树上,再一起在空中搏杀,直至再跌落到地上,塌着双翼,激愤着麻雀步相向。如果再分不出是非曲直,则会出列另一只麻雀,它从斜刺里杀过去。人们误以为那是其中哪一位的帮凶,其实那是来劝架的。麻雀的劝架,不像人作和事佬,以息事宁人。它则用尖利的喙给双方各一顿暴啄。于是那意见不合的一对,就扑棱着,灰头土脸地飞入柴垛。我想,那后来者,一定是个领导什么的,最起码也是个德高望重的雀长,能一言定乾坤。不像人类的所谓参众两院或什么在野党执政党,开始时西装革履道貌岸然地商谈国事,一旦意见相左至不可调和,动辄就脱下皮鞋拍桌子批耳光,饱以老拳,甚至于群殴。还不如麻雀们干脆——单挑! 干过仗后的麻雀,抖擞一下蓬松的羽毛,算是抖落前嫌。不比人类,从此积下怨怼,说是民主,其实是相互拆台。由此看来,人类的民主不见得比麻雀们高明,充其量等而下之。

麻雀们每天议论的,也算不得是什么大事——民以食为天,于雀亦然。无非是今天先对刚灌浆的稻谷下手,还是对老熟的高粱置喙;抑或估计将来临的是大雪天呢还是暴风雨呢。

太阳爬到一竿高时,麻雀们"轰"的一声,密密匝匝地飞向五谷丰登的田野,行动惊人的一致。天空没有红绿灯,更不会有交通警察,可从不见它们因碰撞而从天空跌落下来,以至于头破血流。

就此,柴垛上干干净净,打谷场上静悄悄的,就像散会后的议事厅。只有小风,吹起雀们脱落的羽毛,在场地上走一程停一程。

麻雀虽小,却雄心万丈,胆敢用细碎的雀步,丈量着广袤的田野。它们不像鸽子、野鸡悠闲地踱方步,而是跳跃着勇往直前。也很难想象

麻 雀

一只麻雀，会像人一样倒着走。麻雀是永不退缩的。它们其实也知道天空的高远，高远得能包容日月星辰。但麻雀是否也觊觎过天空呢？这只能去问它们了。

麻雀的群体实在的庞大，动辄百计千计。人们只看到它们快乐着遮天蔽日地掠过天空，飞向田野，从未见过它们的生老病死。你见过一只抛尸荒野而没有一点尊严的麻雀吗？其实即使不是这样，会有谁去关注那微不足道的生命呢？倒不如悄悄躲到一边去，安详地告别雀世。

农家的灶间里，飘出饭菜的喷香时，麻雀们又集结到打谷场上、电线杆上。侧着脑袋磨砺灰黑色的喙，算是剔牙。然后用喙梳理着羽毛。也有一两只麻雀，落单着啁啾，从一个枝头跳到另一个枝头，从不同角度审视着自身的群体。

你别看麻雀虽小，却生就一颗追求光明的心。

每到月黑风高的夜晚，树冠间飘忽着猫头鹰幽蓝的目光，宅前屋后响着家猫凄厉的叫春。麻雀们结对蜷缩在树丛里、竹园内瑟瑟，听着彼此的心跳抱团取暖，祈祷着太阳快快升起。常常在噩梦中，有一束强光扯开夜幕。啊，天亮了！太阳！在麻雀们感恩光明，展开理想的翅膀，奋力扑向光明的当儿，一张人类撒下的命运之网，笼罩住了一个个鲜活的生命，再也挣扎不了。它们每每屡遭厄运，却从不怀疑：太阳是这样的吗？光明是这样的吗？

第二天大早，打谷场的柴垛上依然有许多麻雀，不过不再吱喳。大伙都蜷缩着脖颈想事。但它们毕竟是麻雀，永远也不能悟出人类的凶险，它们依然相信光明，所以当下一个骗局张开血盆大口时，它们依然上当。麻雀的没有泪腺，那是造物主的神工，不然屡遭劫难，麻雀会终日以泪洗面的。每逢这样的时刻，它们习惯了用窗帘似的眼皮，刮闪干涩的眼睑，算是在悼念、怀想自己的亲人、邻居、伙伴……

谁能参透这麻雀的悲哀呢？

但麻雀们很健忘，似乎也相信刘欢歌里唱的：心若在，梦就在。天地之间自有真爱。看成败，人生豪迈，只不过是从头再来！几阵风就把痛苦的往事刮得一干二净。随后又是追逐打斗，争夺交配权，交配，繁殖。在无力抗争被天敌猎杀时，只能用旺盛的繁殖力来保持群体的生存。除此，还有其他的良策与救世主吗？当你看到麻雀超强的交配能力时，你能责备它们全无心肝吗？

麻雀的乐事，除去早晨在柴垛上议事，发扬民主权利外，最大的莫过于小麻雀的破壳。此时的屋檐下煞是热闹，那多半是风和日丽的春天。麻雀的父母，从檐下蹿到树梢，再落到地上，嘴里唠叨个不停。随后，其他的麻雀也赶来了。那大概是小雀们的叔叔、姑姑、舅舅、阿姨了，如果它们的爷爷奶奶、外公外婆还健在，也会拄着拐杖，赶来庆贺的。那是它们的喜庆日子，还有什么能比看到自己的后代，延续香火更快乐呢？它们轮流着钻进窝内然后再出来，又是一起议论，这碎嘴的谈天应该也是麻雀的乐事。争着评头品足，夸小雀们长得俊，虎头虎脑的像父亲，那脑勺则是三代不出舅家门。这使一家子都乐得合不拢嘴。那些小雀还真长得俊。细长的脖子撑起光光的脑袋，满口的雌黄。愣头愣脑地注视外面的世界、陌生的亲人。很快，这些小东西，等到夏天暴风雨来临时，都长出亮丽的羽毛，彪悍的胸肌，出落成小伙子、大姑娘，能抵御凛冽的寒风，无助的饥馑。

麻雀虽然机灵，但一点也不世故。这只要看它们侧着脑袋瞧人的样子，就不难体会。它们像涉世未深的女孩。最多就是怀疑，晚上的灯光与网罟是稻草人干的。于是白天，轮番着朝田野里的稻草人下粪弹。尽管人们不停地驱赶捕杀，但它们还是那样侧着脑袋，扑闪着眼睛好奇地生活在我们周围。你会觉得它们在问：人们是这样的吗？黑夜是这样的吗？但当人们射出的冰冷的霰弹，穿透它们强健的肌体，以至于沉重地坠落到地上的时候，它们是否还这样想呢？

清晨，见到菜市场的摊位上，捕鸟人排开一堆不再唠叨的麻雀，吆喝着：鲜活的麻雀噢！滋阴壮阳。

一个老头注视着麻雀嘴边凝固的血液，自言自语着说：麻雀虽小，却五脏俱全。它流出的是鲜红的血，破碎的却是一颗肉做的强健的心肝哪！

夏天的黄昏，一只落单的麻雀，蓬松着羽毛，在电线杆上发呆。那说不定是雀群中的哲学家了。

发表于 2013 年第 10 期《朔方》

乡村四月孵小鸡

如果问现在的小孩,小鸡是哪里来的?他们一定回答从鸡蛋里孵出来的。不错,是从鸡蛋里孵出来的。如果再问,怎么个孵法?肯定有许多孩子答不上来。最多只是说从暖箱里孵出来的。这已经很不错了。

我们小时候,虽然也有暖房里孵出的小鸡,由鸡贩子挑着竹篓走家串户地贩卖,但那一般是卖给小镇上的居民的。乡下人舍不得花好不容易积攒起来的几个钱,所以选择自家孵。

那多半是在农历春三四月。清早,亢奋的公鸡早已鹤立在乡场的柴垛上,时不时地梗着脖颈拉几声长调。听得召唤,母鸡早已在窝棚里耐不住了。主人家把鸡棚一开,母鸡们激动地"咯咯"着朝公鸡的方向奔去。公鸡炫耀似的刮闪几下有力的翅膀,故意爱理不理地伸伸懒腰。随即它在地上寻寻觅觅,待发现一粒谷子或麦粒,抑或是其他可吃的东西,就"咯咯"着啄起来又放下,再啄起来再放下,直到引得母鸡们围过来争抢。

此时的公鸡,雄性荷尔蒙激升,鸡冠膨胀得肥厚红亮。喉咙内咕咕有声,不知在嘟哝些什么。随即塌着一侧的翅膀,翘起另一边的腿作挑逗状。于是有一只母鸡伏下身子,其余的母鸡唯恐落后,也次第伏下身子。公鸡就蜻蜓点水似的,给它的妻妾点卵。点完卵的妻妾们,惬意地抖抖羽毛,和谐着结对觅食去了。

那时,每家都有三五只母鸡,一个宅上,总留有两三只公鸡。一个星期下来,能积储至二三十个鸡蛋。主人家就挑选出个大周正的二十来个蛋,小心地放到梅子瓮内,再用棉絮窝好。等待哪只老母鸡抱窝时孵小鸡。

抱窝,是作为母鸡特有的生理周期。一般是在它一窝蛋下完后,就会抱窝。抱窝前的母鸡有个征兆,即便不是看到公鸡,而看到人靠近,也会伏下身子作驯顺状。而且此时,它也懒得进食。这时主人就知道那母鸡要抱窝了。

于是,主人家就将母鸡抱起,放入已铺好鸡蛋的窝内。上面再罩一只畚箕或栲栳,使母鸡处在黑暗中,不辨昼夜。此时的母鸡显出作为母亲的温顺,"咯咯"的叫声也特别的柔和。它轻轻地趴在蛋上,唯恐爪子伤了它的宝贝。又恐边缘的蛋得不到它翅膀的照拂而着凉,便作轻轻的翻动。完后,便微展翅膀,匍匐在蛋上,半闭着眼睛。而等待它的,是一个艰辛又漫长的孵化期。

这段时间内,它不思茶饭。每隔两三天,主人家会把母鸡抱出来。此时的母鸡,极不情愿离开自己的宝贝,有时还会啄主人的手。可主人不怪罪。对于鸡,人们一般都是捉住它的两个翅膀,而这时的母鸡,主人家也特别地看重,就像对待一个坐月子的女人。所以一定是小心翼翼地抱着。虽然是畜生,可它也是母亲呢!于是给它喂上好的谷糠和干净的水。趁机将蛋翻动一遍,免得里面的蛋黄沾壳。

等到孵上个把星期,主人就会趁夜晚,用一张道林纸,上面剪出鸡蛋大的洞,把蛋贴在洞口,就着燎泡灯,拧亮灯火,照照那蛋是否有色(受精)。那蛋在昏昏的灯火下,像月全食刚出来的月亮,晕红晕红。如果发现鸡蛋内有混沌初开似的血丝,那证明这个蛋有色;如果没有血丝,那就无色。这无色的蛋称为"头照蛋",于是拿出来作一般蛋处理,吃起来口味无异。

孵到两个星期,还要照一次,看看小生命的胎盘发育得是否健全。这过程就像孕妇的做B超。那时,蛋壳内的生命已成雏形,依稀的脉络宛然,眼睛是两个小黑点。蛋黄都积淀在下腹部。如果发现小生命的肚皮与壳粘连,再把它剔除出来。那剔出的蛋叫作"孵退蛋",也叫"喜蛋"。那时人们都食物匮乏,舍不得丢弃,就放在锅里一煮,吃起来香喷喷的。据说那东西大补,像婴儿出世时的胎盘——药名叫"紫河车"。尽管大补,尽管那个年代没什么好东西吃,但我不敢吃。觉得那是个不幸的小生命,怪可怜的。它未能成鸡而夭折在襁褓中,没能看看这个由人主宰的世界;没能成为一只雄健的公鸡,赳赳地打鸣;也没能成为婷婷的母鸡抱一次窝,养儿育女。真可惜!看来一个生命能到世上来走一遭,诚属偶然。那是比摇中几亿分之一的奖还要难的事情。

孵至十五六天,主人还要给那些胚胎作最后的检查,不过那时已不能用燎泡灯照了。因为那时的胎盘组织液都已演化成肌肉组织,用照的方法是看不见的。于是主人就在一个脚桶内倒大半桶温水,将鸡蛋从老母鸡温暖的胳肢窝下掏出来,放入水中。等激荡的波纹平静后,奇妙的现象出现了。这些蛋大多在微微摆动,相互磕碰着挤兑着。那是因为小生命在蛋壳内,伸胳膊蹬腿的缘故。而一点没动静的,说明已胎死腹中了。于是再剔出。这蛋一般没人吃了。因为上面已有疏松的羽毛,肠子里已有粪便。但也有人喜欢吃这个,就如有人嗜痂成癖一般。几经劫难,原来二十来个蛋,到这时仅剩十一二个了。

三个星期后的晚上。更深人静时传来小鸡孤独的啾啾声,那是第一只破壳的小鸡,至天亮,那声音越来越稠密,因为所有的小鸡都破壳了。

此时的母鸡,已虚脱得鸡冠耷拉着,憔悴得精疲力竭。拎上去分量很轻。此时的小鸡,怯怯的,憨憨的,脆弱得站也站不稳。本能驱使它们觅食,但只能吃些米糁或麦麸。外界稍有动静,立刻往母鸡的怀里钻。它们在温暖而幸福的母亲怀抱里,啾啾出无限的静谧与安宁。

一个星期后,母鸡的体力恢复了,小鸡的脚脖子也硬朗了。作为母亲的老母鸡,就带着孩子们到房屋的四周转悠。这是母亲给儿女们上的第一课,让它们熟悉环境。此时的小鸡胆子很小,不敢离母亲左右。母鸡也特别耐心,找到一条小青虫或者蚱蜢,就先将其摔死,然后啄到孩子们面前,让孩子们吃。嘴里不停地"羿羿"着,呵护周至,像是在教诲又像是在叮咛。把它的生活经验一一传授给儿女们。

待到油菜花火旺,蜜蜂嘤嘤的日子,雏鸡鹅黄的羽毛丰满了。绒团团的,配上红红的喙,粉嫩的脚丫,以及涉世未深而天真的眼睛,实在惹人爱怜。如果因贪玩而一不留神,一只小鸡跟丢了。天空又偏巧有一只鹰掠过。那老母鸡听到小鸡撕心裂肺的呼唤,急得如热锅上的蚂蚁,塌着翅膀作搏击状,折返回来到处寻觅。一旦看到母亲,小鸡就跌跌撞撞地扑过去,依偎在母亲怀里委屈地啾啾个不停。好似说:"妈妈,以后我再也不敢了。"若是在玩得起劲的时候,忽然下起了阵雨,母鸡就撑开羽翼,把孩子们揽到自己的怀里。小鸡们在母亲温暖的庇佑下,看雨线开出的雨花,看蚂蚁们驾着叶舟艰难地搏击风雨。感恩之心顿生。

你想想,在和暖的春日,一只老母鸡带着一群鸡雏,或在青草地上觅食,或在灌木丛里歇息。或者是两只雏鸡看到一条蚯蚓,于是互不相让地争夺起来,又是那样的较真。不禁使人想起丰子恺先生的漫画《他日相呼》。这一切把兄弟情义与母子间的天伦之乐搅得浓浓的。这是怎样的一种和谐景象呢?

现在,即便在农村,也难得见谁家孵小鸡了。除非是七老八十的农妇,闲着无聊,才好玩似的孵几只小鸡侍弄。我曾细心地观察过现代化养鸡场里的鸡们。它们虽衣食无忧,也无风雨之困扰,就一个劲地下蛋长膘,可它们不知道父母,从未体验过母爱,从未有过兄弟姐妹间的情谊。他们不懂得得食后的相呼,只顾自私地享用。它们懂得什么是幸福吗?这只要看它们的表情与眼神就不难体会。那表情是呆板冷漠的,眼睛里空荡荡的,只有迷惘、空虚、自私。这要怪人,为了满足私欲,而对鸡雏的造孽。由此联想到那些父母遭猎杀后的小象,它们没有父母的身传言教,长大后就成了"问题小象"——叛逆、暴戾,不能与周围的世界和谐相处。再联想到人,鸡犹如此,若人自小缺乏爱的熏陶,则情何以堪呢!

昨晚,我梦见小时候的乡村四月,父母们都下地干活了,村落里阒无人迹,只有温风传来"小河流过我门前"的读书声。随着一两声母鸡得食的呼唤声,一枚枚小鸡跌跌撞撞奔向春花烂漫的绿草地……

发表于 2015 年第 2 期《上海文学》

牛赋

撒下将成为历史的鼠年，换上崭新的台历。封面上，一幅李可染牧童骑在牛背上放风筝的水墨画跃然眼前。蓦然间觉得二〇〇九农历的牛年真的近了。

台历里面有历代的关于牛的诗文、传说、国画。忽然，我脑海里跳出小时候读的一首李纲的诗——《病牛》，我想它大概会在里面的吧？于是，就一页页地翻下去，结果令我失望。

李纲的《病牛》诗，我只记得最后两句："但得众生皆得饱，不辞羸病卧残阳。"然后，再翻出那本由上海少年儿童出版社六二年出版的，四册小开本的《古代诗歌选》，才补上前面两句"耕犁千亩实千箱，力尽筋疲谁复伤"。

那是小时候读的，后来也读到好些有关牛的诗文，但我以为，除了鲁迅先生的"俯首甘为孺子牛"，其余的，总不如李纲的那首传神。

我生长在农村，家里曾经饲养过一头大水牛的，所以我除了熟悉牛，更对牛有一种特殊的情感。

牛体格硕壮，一对弯弯的犄角，像倭刀，但它性格温敦，脾气和善。人只要牵着穿在它鼻腔里的牛绳，它就乖乖地跟你去犁地、拉车。每当小孩子牧牛时，它会乖巧地低下那长着犄角的头，让你从头部一直爬上它的背。然后笃悠悠地驮着你，走向茵茵河滩，走向青青的田埂。

每到春天的时候，布谷鸟的第一声召唤，就预示着牛忙碌的一年开始了。经过一个冬天的休息，牛们铆足了劲，精神抖擞地随主人迈向苏醒的田野。每天，月亮从牛角上升起来，夕阳在牛尾落下去。于是，在悠长的吆喝声里，黧黑的大地掀开了，袒露着膏腴的胸膛，等待着撒下希望的种子。

刚忙乎完春天，酷热的夏秋季节就接踵来临了。牛们来不及喘一口气，新的使命正等待着它们。犁地、耙田、驮粮，冬天积攒的一身膘全掉了。背上一道道鞭痕与汗水凝结成盐花，宛若夏夜的星星。大热天的劳作之暇，牛就是泡在小河里或者水塘里，洗却满身的泥尘，洗却一天疲劳。把头潜入水里，既解乏又可以躲避牛虻的骚扰。不时地将脑袋探出水面，长吁一口气，这对牛也许是最好的休息与享受了。

每当酷日下，那咸涩的汗水从脊背上流下来，又跌进滚烫的田里，牛为什么没一点声响呢？小时候我曾这样想。

我曾问祖母：牛为什么一直低着头，并且怕人、怕小孩，甚至怕狗呢？它长那么大的个儿，它怕谁呢？

祖母说，牛本来是天上的星宿，因得罪了玉皇大帝，被天兵天将推下来的，所以，牛的上牙是没有的，是跌掉的。牛吃东西嚼个不停，就因为牙齿不好。上天还给了它一双特殊的眼睛，就是它看到的有生命的东西都比它大，所以，它只能任人摆布。不像大白鹅，它跟牛刚好相反，它看到的东西都比自己小，所以，它敢追人、钳人。我想想倒也是的，我家的大白鹅就是不买我的账，老追我。

牛的自俸也薄。夏秋季节，主要以青草为食；春冬时节，主要吃干的稻柴或豆荚。民间有"牛吃稻柴鸭吃谷"的说法，也许正是为牛抱不平。

小时候寂寞了，我就一个人躲到牛棚里，跟牛说话。牛尽管不会说，但它聪明着呢，它听得懂。

那往往是在冬天，尖厉的北风呜呜地响，可牛棚的向阳处暖融融的，像摇篮。牛静静地斜卧在稻草上，耳朵或尾巴不时地会动一两下。不曾看见它吃东西，可它的嘴总是一天到晚嚼个不停。大大的眼睛好像在看你，又好像什么都没看，显得特别的温顺，略带一点忧郁，又像是在回忆或者在想着什么似的。

它是在回忆在天上的日子吗？还是在回忆未拴上缰绳时，跟着妈妈在春天的原野上撒欢的情景呢？它也有兄弟姐妹吗？那么，它们又在哪儿呢？

牛的寿命一般在十四五年。一头牛如果劳累过度，到十岁时已很老迈了。这时已犁不了地了，只能干一些轻便的活，有的就卧槽不起了。于是，生产队里就淘汰它。所谓的"淘汰"，就是把它宰杀掉。

那时的牛确实是农民的命根子，不得随便乱来。要宰杀一头病牛，必须经过三堂会审，最后要由公社盖章。这多半是在冬天，农民们闲着没事，在办完手续后，在仓库场上支起一口大铁镬，老人们劈柴、烧锅，年轻人挑水、架梁。

于是，一头老迈的牛从棚里被队长牵出来。仓库场上围着男女老少，大人们说笑着，似乎已嗅到了牛肉的喷香；小孩子绕着柴垛捉迷藏。

这架势那牛是从未见过的。

牛其实是很有灵性的动物，见这场面，它就不再往前走了。看了看眼前那架梁，用它那习惯了温顺的大眼睛，忧伤地环视周围一张张熟悉的脸，眼泪簌簌地流下来。

刚才还在喧闹的人们，霎时静了下来，脸色凝重。宰牛者，也不忍牛的觳觫，背持着刀低头站立着，一动不动。

西风轻轻地吹拂着凉意。人们回忆着那牛的种种好处来，想想这些年来，有多少农忙季节的日日夜夜，生产队里的二三百亩地，都赖它和它的伙伴，才挺了过来；多少个丰收年，也因有了它，才使大家吃饱肚子。可它得到的回报又是什么呢？实在太少了！人们背过脸去，有的竟抽泣了起来。

场面总不能这样僵持着。

于是，老队长说：老伙计啊，我们都知道你的好，大家记着你呢！所以大伙儿都来为你送行。我呢，亲自牵你上路，你还是回你的天堂，你安心走吧！

宰牛者边给牛蒙上眼睛，边自言自语地说：伙计别记恨我，我是送你去天堂，你来的地方的。我也知道你的吃苦耐劳，你的逆来顺受，下辈子就别投牛了吧！

说也怪，经过一阵念叨后，那牛慢慢地跟着队长走向架梁。

人们都背过脸去。随后，身后传来老牛的一声长长的叹息！

我平生就看过那一回宰牛，后来也有几次，但我不敢去。

那宰牛的，是隔壁生产队的"黄皮公公"，因为他皮肤很黄，大概像《水浒传》里的关索或者是《隋唐演义》里的秦琼。论辈分他是祖辈，所以我们小孩都称他"公公"。他长相不但没有关索、秦琼那样英武，实在是一副委琐样，但他力气大，人们亲见他硬生生地将一棵望园竹拔起来。据说解放前曾参加了土匪，解放后除了种地，业余的就是替人家宰牛。牛是有灵性的大型动物，敢宰杀它，是要有些气概的。他一生宰杀了多少头牛，他自己也说不清。他活到八十岁去世，在弥留之际，发声作牛鸣，且自己啃自己的手掌，直至鲜血淋漓。当问他时，他却说是在啃牛脚筋。

这使村民们议论纷纷，都说那是报应。我是不相信什么报应的。但我以为，在他的潜意识里，一直有一种负罪感，只是到生命的最后关头迸发出来罢了。

现在，农村都实现机械化种地了，据说，粮食成了"陈仓之粟"，吃不完。牛的作用自然也淡化了，牛更日见其稀少了；年轻的一代，也许不记得牛们曾经作出的贡献了。

李纲是深深理解牛的境界的。但他的"力尽筋疲谁复伤"似乎太感伤了。

我想说的是，不要以为现在国家富强了，家家生活富裕了，就可以忘记在艰难的岁月里哺育了我们的先人，为我们的民族的生存作出贡献的牛了。如果有一天，当我们遇到困厄时，才想到要善待它们，也许为时晚矣！

2010 年 12 月于枕曲斋

出了三伏，节候就直奔白露而去。

蓝天飘过的白云，没有了春天时的缠绵，哭哭啼啼的；也不像夏天时的怒目金刚，风风火火地带着使命感，抽打着大地，折腾着草树；秋天的云，多半像一个刚过了农忙季节的闲汉，闲适地徜徉着。胳肢窝里夹着半截甜芦粟，不时地咬上一口，品味着一路逛来；在东家的场角停停，到西邻的门框上倚倚。无聊时，拧下几滴柠檬色的雨，乐得小青菜、秋茄子绿叶乱颤。

蝉，也不像盛夏时，"吱吱——"地拖着没有节奏的长音，聒噪得人心里发毛，而是发出"呀唔吱——，呀唔吱——"的变奏，留给人们对秋天的想象空间。我不知道，它们是不是同一种蝉，如果是，那只说明它们也随着季节的变换，由狂热转向了理性。

也许是经过台风季节的洗礼，天空被擦拭得格外的明净，宛如水桥边母亲捣衣的青石盘。

棉花田里，曾经青青的棉桃，都次第地裂出肉嘟嘟的棉花，洁白洁白的。顶着花格子蓝头巾的农妇，说笑着摘着棉花，悠闲而从容。田头堆起了小山包似的棉花堆，犹如雪霁后堆的雪堆——银色的金字塔，给人以温暖。

那是一个成熟的季节，那无垠的稻田间，开始灌浆的稻穗们，似乎忘却了曾经的拔节、扬花，都默默地低着头，那难道是成熟的标志吗？一个饱经风霜的老农，背着手在田垄间转悠，不时将一粒粒青涩的谷粒送到嘴里品咂。

风过处，送来青草滩上野草的清香，同时也夹杂着稻谷成熟的乳香。那香味经过草滩上牛羊的咬啮，带着水乡的气息，显得越发的清纯，实在是沁人心脾的。你只要体验过，就终生难忘，那是无法用语言来形容的芬芳。我是在乡下长大的，即使离开了农村，但每到这个季节，只要看到天上飘过那季节特有的云，我似乎就嗅到那芳草香和淡淡的乳香。那是童年的体验，那是这块土地上孕育出的儿女对母亲的依恋。其实，在他未出生时，早已通过母亲的脐带，注入在他的血液里了。就像母亲带给你的胎记，谁也不能抹去。

田垄间、杂边地里，芦粟早已老熟，招展着红红的穗子，像一群早慧的农家姑娘，既带着野性又略显拘谨。

沟渠边、篱笆旁，长着丛丛辣蓼，绿里泛白的茎叶，红白相间的穗子，引来了识时务的鸟雀。辣蓼的果实，像小米，那是上好的酿酒酿的佐料。原本农闲时，妇女们将它采撷下来，待入冬后酿酒酿。现在，超市里都有现成的佐料，也有现成的酒酿，所以少有人光顾了，只有一些固执的老人，说超市里的酒酿不好吃，才会去采撷。那其实不是老人的怀旧，实在是套句时髦的话，那是真正的绿色食品。

在通往城镇的公路边，还会有一些农民设的瓜果摊。那是他们趁空闲，将自家种的西瓜、雪瓜、葡萄、黄桃、蜜梨，用助动车载出来卖点钱。那纯粹是本土的品种，传统而可口，咬一口就会品尝到家乡的味道。

然而，瓜的藤蔓枯瘦了，桃树、梨树上空荡荡的，只有几只老母鸡在树底下淘沙。

不过，秋天是不会寂寞的。白露时分，白胡枣挤兑着挂满了枣树，有的乳白，有的微红。原先到这个时候，那半熟的枣，几乎被扑得寥寥无几了，可现在孩子少了，且差不多都住进了城里，乡下所多的是老人，谁有闲工夫去顾及那白胡枣呢！待晓来一阵风雨，任它们落在草丛间，掉进小河里。

枝叶翁郁的柿树上，白头翁们面对着尚生涩的柿子，正商略着怎么尝鲜。不过那还早，要待到蟹黄稻熟时才行。

秋天出落得很空灵，就连远处传来的声音也显得空蒙。远驰的汽车声，迁徙的候鸟的呼伴声，傍晚渔船的桨声，母亲招呼孩子的唤声……

兀然间想起李白的诗句：我觉秋兴逸，谁云秋兴悲。

2009 年 8 月 23 日于竹喧居

我的祖先不知从哪一代起，住到百尺泾边上的。

读了几年书，识得几个字，到了一定的年龄总想寻找祖先的根在哪里。但有一点是肯定的，我家祖上世代是农耕之家。如果是望族大户，一定会有族谱家谱，而我家没有，一如寻常百姓之家。家里最多有一个吊在东北角房梁上的家堂，放着红漆斑驳的祖宗牌位。

据爷爷及村里老人说，我家在村里的历史，要比吴家宅和叶家宅长。但那两个家族人丁兴旺，一长串，好几十门门面，而我家自高祖辈起，家道陵替，不是出牵他乡，就是单传无后。最终就剩我祖父两兄弟一脉。我叔祖父早年入赘给胡家，也人脉火旺，他总共生了十个儿女，存活的就八个。而我祖父单传，就我父亲一脉。

我家的房屋，独家野村地趴在百尺泾边。破旧的五间茅屋，前面三间住人，后面两间一半堆柴火，一半养着猪和羊。那时，吴家宅，叶家宅都是瓦房，地上铺的都是方砖，我很羡慕。何时我家也变成敞亮的瓦房呢？

每逢下雨天，茅屋檐上的雨水像稀释了的酱油汤，太阳出来了还滴答个没完。寒冬腊月，凌泽从檐头挂下来，有一尺来长。此时的我，多半是站在檐下，看门前官路上三三两两过往的行人。或者用竹爿、树干搅拌阶沿下的烂泥，挖细软的红蚰蟺。专注得不闻祖母帮她摇袜打下手的呼唤。

每年的春雨水来临前，茅屋得铺上一层新的稻草。否则，梅雨季就会渗水。盖茅屋的稻草，是隔年秋收后预备下的。

稻草在场角堆成一个柴垛。雨雪来临前，密密匝匝的麻雀在上面焦躁地觅残存的秕谷。

晴天，人们出工后，村里很静。短视的鼹鼠们探出脑袋，捕捉外面的信息。随后，一个咬住一个的尾巴，绕着稻草垛鱼贯着进出。鼹鼠实在短视得厉害，你趴在它们近旁，只要不出声响，它们是断无发现之理的。我常趴在地上观察它们。鼹鼠的毛油黑发亮，尾巴也没有家鼠长，身体远不如家鼠峻拔，臃肿得近乎蠢笨。嘴跟鼻子却出奇的粉嫩，常下意识地一歙一歙的。不知在嗅些什么。俗话说：鼹鼠叮尾巴——一串。那是形容某家的孩子多。不过鼹鼠确有叮尾巴的习性。它们是群居的,由于视力极差,所以只能以叮尾巴来保持不失散。我常常好奇地用树枝截住最后一只鼹鼠,使它离群。而叮在最后的往往是小鼹鼠。结果是,那离群的小鼹鼠如无头苍蝇,到处乱碰一气。那头一愣一愣的,像一个刚会站立的娃儿。如果是领头的鼹鼠粗心或以为有危险而不来寻找,那小鼹鼠就会"吱吱"地叫上一整天。直到它的父母将其携走。

待到我家盖茅屋而掀开稻草堆时,里面已育有许多小鼹鼠了。那些小鼹鼠实在小,还没开眼,不会爬动。满身肉嘟嘟、光溜溜的。窝被端掉了,它们的父母早已逃之夭夭。鼹鼠身上有股臭味,所以猫是不吃的。只有大公鸡才将它们作为美餐,自己吃了,还要啄起来讨好母鸡们。

茅屋铺完稻草后,得盖一张稻草绳织的网。那得需要许多草绳。而搓绳的事,多半是由爷爷来做的。他生肺病,不能下地干活,就用搓绳来帮衬父母。白天父母都得下地,没空搓绳。每每到夜晚,我一觉醒来,还见父母就着昏昏的灯火搓着。那时还没有电灯,只有煤油灯。那摇曳的灯火,把父母的身影投射在烟熏火燎的墙壁上,恍恍惚惚的影又把我摇入了梦乡。

用稻草盖茅屋,都是由我的公公,也就是我爷爷的弟弟,带着他的四五个儿子来完成的。我爷爷就一个弟弟,因为家里之前造火灾,曾祖父母去世得早,他很小就入赘到胡家。他们兄弟俩感情很好,我爷爷常年多病,常赖公公照拂。

我公公身体很健壮,曾经是地下党武装的机枪手,打过游击。后来不知怎么脱党了。地方志上有他的名姓,他叫"胡进荣"。解放后,他在胡家桥镇上杀猪为生,清早出门,下午回家还要种好多亩地,以养活他近十个儿女。但他不以为苦,只要晚上一斤土烧酒下肚,疲劳皆消。记得他冬天束着围裙,戴着毡帽,活脱是一个老头。其实那时,他也就四十来岁。只是在他去世后,我家客堂的墙上挂着他放大了的遗照。那时的公公戴着列宁帽,穿着中山装,别着一支钢笔,还露出一个怀表链。这也许是他最风光的时候留下的影像。

他虽以杀猪为生,可在胡家桥一带,人们一说起"小娘舅"(这是社会上人对他的尊称)没有一个不认识的。这都出自他的仗义及敢作敢当。

在他四十六岁那年的一天晚上,睡下去后就再也没能醒来。我那时九岁,我的小叔,公公的第十个儿子才六岁,尚未更事。入殓那天,他还爬到父亲的停放在客堂里的棺材上玩。

我那天哭得很伤心,因为公公很喜欢他的侄孙,尽管他自己有许多儿孙。我爷爷更为失去他唯一的弟弟而无限悲伤。很长时间,爷爷一直对我的婆婆,他的弟媳很有些意见,总以为她没照顾好自己的男人。其实,公公得的应该是脑溢血,当然跟他的过度劳作有关。婆婆也无能为力,能怪谁呢?

公公过世后,给我家盖茅屋的事,由公公的儿子文庆伯父带着他的几个兄弟接过去完成。一直到八〇年我家翻建楼房。

我家独家野村,一直到东首搬来了建国一家。原本在我家东首百米处有一个牧场。那是大队养猪的所在。后面隔一条小河浜是叶家宅,再隔一条小河浜是吴家宅。前面的戚家宅与朱家宅在五百米外。印象深刻的是,我家左右及隔河对门,有许多坟墓。西首的坟墓最大,家族里过世的人都葬在那里。最醒目的是一个草包棺材,每到秋风萧瑟的日子,棺材上的茅草被风吹起,露出红红的棺木,好像要奔跑似的。我很是害怕,即使放学路过那里,也要绕过去。父亲告诉我,那里面是我的亲奶奶,他的妈妈。

我知道挂在墙上的照片是我的亲奶奶。我在家里玩耍时,不管在哪个角落,只要我抬起头来,发现她总是在看着我。可我从未见过她。尽管父亲常常说,我还是无法将奶奶跟那口棺材联系起来。奶奶去世时才三十五岁,是被舟山过来的飞机扔炸弹炸伤后死的。父亲那年只有十三岁。

每到清明季节,父亲就用稻草包棺材,而且每次要拖着我去做他的帮手。不是递稻草,就是拉绳子。完了还要烧纸锭磕头。我害怕极了。可父亲每个动作都小心翼翼,神情凝重,好像怕惊动了睡在里面的母亲似的。

现在想想,父亲,一个十三岁的少年,正是对母亲依恋的时候却失去了母爱。而他的父亲,我的爷爷,解放前一直是地下党,常年东躲西藏的不回家。初解放时,一直在外为新生的政权奔忙。根本无暇顾及他的儿女。

从此,这独家野村的茅屋里,就我的十三岁的父亲和比他大两岁的姐姐——我的大姑妈。我的二姑妈,因为无力抚养,很小就送给了人家作童养媳。这少年失恃,情何以堪?幸亏得到乡邻们的照顾。我懂事后,大姑妈一直说起曾经关照他们姐弟的乡邻们。

此后,过了七年,我才来到这个世界上。

我家东首的牧场里面,也有我家的坟地。那里虽窀穸错列,但没有草包棺材,都是些砖砌的坟圈和隆起的土堆。荒寂冷僻,杂草纷披。小时候,我们还爬上坟堆逮蟋蟀,拔茅针。逢清明或年节,我父亲会去烧纸锭。那里葬着我的曾祖辈,还有我最小的姑妈。小姑妈夭折时才三虚岁,那时祖父因为被国民党追捕躲在外面,小姑妈去世时也回不了家。后来听照梅的母亲叶家姆妈说：小妹妹很可怜，骨瘦如柴，整天坐在门口上一直喊冷喊饿。后来就死了，死了就草草地埋了。

那时我想，小姑妈为什么不埋葬在她妈妈的身边呢？人家吴家的一个坟地上，她们也是母亲与女儿，死了不就是一口大的草包棺材，边上傍着一口小的棺材吗？像孩子依偎着母亲似的。而小姑妈却一个人在荒坟野地里，那该有多么孤单啊！她才三岁呢！

若干年后，邻村的陆家，为自己的儿子娶鬼亲，小姑妈的稚嫩的骨殖被挖了过去。曾经埋她的地方，留下一个浅浅的坑。春天里，坑沿边尽是茅草，还有荠菜、马兰头、蒲公英。坑里满是积水。油菜花开的日子，雨蛙在水坑里唱歌，里面游动着各色的蝌蚪。

我想，小姑妈被娶到陌生的人家，一定也逃不脱童养媳的命运。

写到此，我不禁泪水涟涟。

我小姑妈若还活着，也该七十来岁了，也该儿孙满堂了。现在的社会多好，吃穿无忧。她的儿孙，再也不会忍饥挨饿了。当年，她幼小的心灵，会憧憬过这样的日子吗？烙在她眼睛里的最后的世界是怎样的呢？她可料想到，许多年以后，未曾谋面的亲侄子，在一个寒冬的夜里，写着怀念她的文字吗？

除了我们家的二处祖坟外，远近还有零星的坟墓。而最大的要数百尺泾与鱼塘河交汇处，牧场斜对面的泥遮坟了。那是乱坟岗，那里没有一口棺材，多的是馒头似的土包。层层叠叠。那里的死者不是被土匪绑票暗杀的，就是叫花子、流浪者。所以，清明节从未见什么人在那里烧锭、焚香。

那里是一个死角，除了百尺泾和鱼塘河里的船，没人会经过那里。那里长着许多树木。同样是榖树，皂荚，桑树，榉树，长在泥遮坟上面，样子就很特别。开出的花，颜色也怪怪的。同样的喜鹊，杜鹃，麻雀，在那树林里发出的鸣叫，声音就带着一股森森的寒意。

每到万物肃杀的秋冬季节，土堆上狗尾草、茅草摇曳着白森森的穗子。羊角风常从那儿生成后，裹挟着枯草、泥尘一路扶摇而去。小时候坐父亲摇的船去新寺卖猪、碾米，从那边上经过，那里吹来的风常常使我打激灵。

不知道我那时常常做噩梦，梦见各色各样的怪兽，是不是与周边那么多坟墓有关。

六十年代末，七十年代初，那些坟墓都铲平深埋了。原本独家野村的宅基上，早已搬来了建国家，吴家与王家。

五年前，村里的土地都被征用，村民都吃了镇保。曾经深埋的祖先的骨殖，都运到镇里规划点集中。于是,家家忙着准备木盒、被褥、衣服、纸锭。但骨殖已不见了,不是找不到,就是它们早已融汇在生它们养它们的泥土里了。

我家五服以内的祖先都搬迁进了新的阴宅,门面上还用红漆写上名字。可就是没有我小姑妈的名字,因为她已"出嫁"。其实即使不"出嫁",也不会有她名字的,她那时实在太小了,还没来得及拥有一个属于自己的名字。老人们只知道叫她小妹妹——我的小姑妈。

阴宅先搬迁了,接着该是阳宅了。百尺泾边我的家终将搬迁到一个不知叫什么的地方。祖祖辈辈扎下的根从此将掘起了。我们的后人,从此再也找不到自己的根了。

2012 年 1 月于枕曲斋

故土人物

当我的目光,拂过渐渐老去的故乡的村庄,看到动迁后留下的一棵孤独的山毛榉,一截矗在河畔系船缆的木桩,一处废弃的破旧的牧场,一段淤塞了的长满杂草的河床,我的思绪就会晃晃悠悠回到旧时的记忆。

我的记忆从什么时候开始的呢?有时我不禁问自己。

现在父母上了年纪,每逢回家时,我常与他们念叨往事,特别是小时候的事。虽不是学老莱子娱亲,但可让我自己重温在父母膝下长大的温暖与快乐而父母也快乐。每每说起一件小事,父母常诧异说,那时你还很小呢!

记得祖母在的时候,她一直说我小时候很乖。在我一岁来大时,母亲在稻田里喷洒农药时被秃尾蛇咬了,眼睛瞳孔都放大了。我哭着要吃奶,可妈妈正在抢救。祖母说那时的我一直盯着母亲的夹袄哭,祖母没办法,就将夹袄给我。我就往夹袄的怀里钻。那时的我以为,那里就是母亲。母亲被蛇医老干救了过来。可祖母却相信,那是我的哭声将母亲唤回来的。

母亲是我祖母唯一的女儿。特别是在她上了年纪后,往往念叨这事。而我那时是全然不知的。

我在家是长子,二弟比我小五岁。所以在五岁前,家里就我一个小孩。所以三岁还在吃奶。

小孩隔奶大概是一件很痛苦的事,我想我隔奶时也不例外。我的记忆大概就是从隔奶开始的。

记得一个晚上,我还吵着要吃奶。母亲撩开侧襟棉袄,露出黑黑的奶头。尽管我很想吃,但看看黑黑的奶头又不敢,于是急得大哭。

我向母亲提及此事,她说是的,你那时还小,怎么会记得呢?其实,为了给我断奶,家里人应该想过好多办法。最后母亲才在奶头上涂了墨汁。那是母亲告诉我的。而我当时是不会懂的,但我却记得。这是一个细节,细节真实,这件事也假不了。我还记得,那天晚上是祖母抱着我的。那时还没有电灯,房间内黑乎乎的。我转过头看看祖母,再看看黑黑的奶头,接着又哭,似乎在求援。这样,也许试了几次,我才断了奶。不过我记得的就是第一次。

我母亲生我时才二十岁，年富力强，奶水充足。所以，即使现在我也上了些年纪，可身体还算健壮，那都得益于母乳的滋养。母亲，把我带到这个世界上，将我喂养大，而她如今虽成了一个干瘦的老人，却还要操持家务，收拾几分自留地。我自己却不能成为她的帮手，分担一些劳累。——想来，不免恻然。

还有一件事，我一直印象很深。

现在，每每在闲暇时听到《草原晨曲》，我会想到幼年的伙伴小狗。

小狗姓陈。我们村里叫作"小狗"的有好几位，有戚小狗，郎小狗。

乡下的孩子都取贱名，按迷信说法，是图个好养活。这也是长大后知道的。我与小狗虽是一个生产队，但相距倒有一公里许。小狗的父亲金龙伯伯是病秧子，隔三差五地叫我爷爷打针，小狗也跟着常来我家。加上我母亲乳汁多，我吃不完，胀得难受，常常叫小狗帮着吃。所以，小狗一进门，总是习惯了往房间里跑。即便那时已不再需要他吸奶了也是如此。

我叫他"哥哥"。

后来，他读小学了，放学后路过我家，会折进来带我玩，或趴在方凳上写字。他是男孩，但记忆中却很文静，说话也细声细气的，像金龙伯伯，有些娘娘腔。

那天是村里人收工的时分，太阳不怎么好，好像天有些冷。祖母在客堂门口摇袜，我在门口玩着。母亲收工回来了，边放下田刀边说：小狗被汽车轧死了。

那时，我不知怎么对死已有些模糊的概念。心头一个激灵，头不禁摇了几下，好像要撒尿。此时，生产队仓库场上的高音喇叭正播放着《草原晨曲》。从此，这个曲子的旋律就和小狗的死连在一起了。不过知道这首歌的名称，却是长大以后的事了。

我家的东面有一座桥，桥往南是一条官路。那条官路折弯着通往小狗的家的宅基。以后的日子，有时一个人寂寞了，就朝官路那头张望，想，小狗也许没被汽车轧死，只是大人说的谎话。说不定什么时候，他在路的一端又出现了：穿着一件过膝的侧襟长衫，戴着一顶棉帽，弰着装书的首巾包，走走停停着来了。来了我们就一起玩。他叫我弟弟，我叫他哥哥。他削铅笔，他折三角片。我们一起在脚炉里煨蚕豆、山芋……

可每次总是失望。看到的是一条发白的官路，和官路上风吹起的微尘。或者还有一个晃悠着糖担的换糖老汉，有意无意地吹几下竹箫。可就是不见小狗哥哥。

后来，他父亲金龙伯伯来打针时，总一把眼泪一把鼻涕的，在我爷爷面前念叨他懂事的儿子小狗。小狗给他端药，小狗给他倒夜壶。在我眼里，金龙伯伯的身体本来单薄，此后，越发显得薄了，前胸贴着后背似的，风大一些，也许会被吹倒。

我终于相信,再也见不到小狗哥哥了。他真的死了。

再过了好几年,我几乎把小狗哥哥忘了。除非听到那首《草原晨曲》。开蒙读书时,我与小狗的弟弟炳荣在一个班。炳荣大我三岁。由于小狗的缘故,我竭力在炳荣身上找小狗的影子,常常接近炳荣,想得到像小狗哥哥的呵护。可炳荣是炳荣,小狗是小狗。炳荣从未那样像兄长似的亲近我。虽然炳荣长着牛眼,人也和气,但我们之间没有那股亲和力。现在想想,那也许是我们没有吃一个奶头长大的缘故吧!

不久前,我无意间翻阅八九年出版的《新寺志》,在"杂志"一章看到"事故灾祸"篇,其中关于那次车祸的记载是:"1960 年 2 月 5 日,虹光一队儿童陈小菊在沪杭公路上被公共汽车撞死。"不过他的名字成了"陈小菊",不再是我熟悉的儿时第一个伙伴小狗哥哥了。也许是印刷排版时错了,把"苟"字误打成"菊"字。而即便那"苟"字,也并非他父母原本的意思,只是进学堂时,老师以为"狗"字俗气才改的。不过,我在心里认可的一直是"小狗哥哥"。"小狗"多好?懂事乖巧,活泼天真。

我又想,小狗如果活到今天,该是怎样的境况呢?他注定着小学不会毕业(因为他的弟弟炳荣也是如此)。充其量不会好过一个与土地打一辈子交道的农民。如今到了六十岁含饴弄孙的年纪,除了叹息时光的流逝与生活的不如意,就是因买不起商品房而等待着土地被征用而住房拆迁,以便自己有一个体面的家,和一个安逸的晚年。

如果我们碰面,他还会记起那些往事和在一个奶头上吃奶的事吗?这些我不得而知。他的多病的父母早已去世,记起他的人也不会多。最多是他的兄弟炳荣,在清明或大年三十祭祀时,多放一套酒盅碗筷罢了。还有,就是浓缩在《新寺志》里的一行发黄的文字。

掐指一算,1960 年 2 月 5 日,那时我还不到三周岁。这些就是我记忆的起点吗?

2014 年 11 月于枕曲斋

阿二的麦钓船

阿二是他的小名，那是他在家族内排行第二之故。我们那里将"二"念成"油腻"的腻，所以正确的称呼应是"阿腻"。阿腻是折脚，所以在背后，村里人都叫他"折脚阿腻"。这样称呼也不算损，伧俗使然。乡下人识字不多，给孩子起名，雷同的多。譬如小时候溺爱，便叫杨小弟，胡小弟；如果是入赘，陆根发，季根发。乡下又不习惯牵名带姓地称呼，这样称呼起来有不少麻烦。倒不如以某人的特征呼之来得方便。譬如：长脚阿胡，撅须公公，阿缺嘴，摇头阿德等。

阿腻儿时得过小儿麻痹症。那时在旧社会，医疗条件差，即使有钱人家也眼巴巴看着孩子成残疾。更何况像阿腻这样的贫苦人家。所以就落下一条瘦得似麻秆的腿，行动时必须拄着双拐。但即使拄杖，也瘸得厉害。他开步时先将双拐往前一撑，然后肩一耸，脖颈一缩，一条好腿随即跟进，牵引着残腿往前一掠。那坏腿一掠的姿势，像一把割草的镰刀。

每回看赵本山的《卖拐》，就想到阿腻，想到阿腻，就联想到他的麦钓船。

阿腻这样的残疾，作为农民，那肯定是不能从事田间劳作的。他的父母虽然是农民，可谓用心良苦。为儿子日后的生计考虑，给他打了一条划桨船。希望他将来以捕鱼为生，自食其力。从此，那条划桨船就成了阿腻人生的拐杖。

划桨船是专用于捕鱼的小船，两米稍长，宽仅容一人。最多能承载两人，船头船艄各一。若泊在江心，如柳叶般娇小。重心稍有偏离，就会侧翻。我出于好奇，曾趁阿腻公公上岸的间歇，登上划桨船，结果船倾人翻，跌入水中。以后就不敢造次。所以，非渔工水师是不敢登划桨船的。

而阿腻却能凭借其残疾之双腿，上下裕如，操控得宜，可想而知，在当初他不知吃了多少的苦头。他是我祖父一辈的人，这些我自然不得而知。他们相遇，一个在岸上，一个在船上。我祖父叫他"腻哥"，他叫我祖父"火泉弟"。我家门前就是百尺泾，百尺泾边除了一个养猪的牧场，几乎就我家了，独家野村的。后来，建国家搬来了，国园家也搬来了，小孩也多了起来，有十来个，才热闹起来。其实祖父也孤独，人们都下地了，他一个人生病在家，我又长大了，再也不围着他转了。而阿腻的到来,给他带来快乐。有时,几天不见阿腻的划桨船,他会无端地自语:阿腻怎么不来呢?

阿腻行动不便,一般是不上岸的。他的船虽靠在岸边,但也没闲着。不是梳理着隔夜的麦钓线就是将麦粒一枚枚喂到打理好的麦钓上。我祖父坐在水桥石上,与他一唠就是半天。那多半是在午后,我祖父身体不好,整年整年不上镇,阿腻公公就把卖鱼时从茶馆里听来的闾巷逸闻倒腾给祖父。

这当然也是有趣的事。

在梅雨季的傍晚,当农家饭后剔着牙,望着门外暮色渐合,烟霭迷蒙的田野,听到百尺泾里传来三五桨声的时候,知道阿腻在下麦钓了。

岸上的人问:这两天鱼多不多?

阿腻答:马马虎虎,水太浑了,不肯上钓。

用麦钓捕鱼,是一种细活。麦钓的纲线,不是一般普通的纱线,而是将蜡线用糯米汤加猪血浆杵打而成的。那浆制杵打的过程,使得纲线更有韧性且不渗水。纲线上有浮子,再系上一搾长的钓线。钓线的另一端,系在像火柴棒似的篾竹签上,那篾竹签就是麦钓。那麦钓两端用刀片削尖,中间刮了一刀,以便使之能弯曲成弓状。但这一刀很讲究,太深则弓背没弹性,撑不住鱼嘴,太浅则不易折弯或断裂。

这样,渔具算是完成了。

鱼饵是小麦或圆麦。没经过处理的麦粒,篾签是插不进去的,所以先得浸泡上一天半宿,等麦粒涨胖了才行。因为饵料多半用麦粒,"麦钓"也由此得名。当然,也有用玉米粒的,那往往是为了钓鲤鱼等大鱼的。

麦钓捕鱼,除冬季外,都可为之,而以春秋季为宜。之所以对梅雨季的印象更深,那是因为梅雨下得人不易出门,想想发芽的麦垛,油菜籽发绿,大人们心里发毛,小孩子更猫在屋里,为不能出去野而发呆。你想想,此刻有一条麦钓船从河里经过,实在是最好不过的风景了。

那些整理好的麦钓,是盘在筐笾里的。插在篾签上的麦粒挂在筐笾的边筐外,密密匝匝的,像流苏般齐整。

阿腻的船上大约有三四盘。此时,他不再用双手划桨,而是将木桨夹在膝弯间,用残腿作支点,不时用一只手划上一桨。忙着将麦钓放入河中。船慢慢荡漾着。岸上的人无意间看着阿腻将黄昏纺入夜晚。

第二天清晨,当人们听到鱼尾摆动的"鲅嚓"和熟悉的咳嗽声,知道阿腻公公在收网了。此刻,躺在被窝中的我,还能想象出阿腻公公嘴唇上一定粘着一支烟,烟灰长长的，奋拉着取势。烟熏得他眼睛眯缝着，侧着脑袋。在一脸的满足中，将一尾尾活蹦乱跳的鱼扔进夹舱。

麦钓上的鱼是最鲜美的。你想想，那鱼被麦钓撑住了嘴，有苦说不得，只好一个劲地在河里摇头摆尾。一夜下来，把五脏六腑洗得干干净净。一旦收钓，扔入夹舱。夹舱下面有一排洞眼，都是活水，那鱼有多新鲜？

此时的阿腻，再也用不着去街上卖鱼了。水桥边早已挤满了撑着纸伞，穿着雨披，提着菜篮子的人。那几乎都是清一色的黄斑鲫鱼，不贵，两毛五分钱一斤。拿回家用毛豆子或雪里蕻一烧，鲜美绝伦。

在农家油锅的欸啦声里，阿腻惬意地点着钞票，将纸币叠在一起，然后从腰带间扯过牛皮皮夹，放好，揿上揿钮，再扯向腰的一侧。于是，用桨将水桥石一点，划桨船悠悠着驶离河岸。木桨划出一串的漩涡，伴着他哼的不知什么小调，远去。

阿腻是捕鱼高手。除下麦钓外，还会敲鳑鲏鱼。那是一种入冬后使用的捕鱼法。渔具是丝网——一种网线很细很柔的网。先在河道内将丝网四周围起来，完了就用木板敲击船帮，那船板发出的"梆梆"的声响很有穿透力。鳑鲏鱼胆小，以为末日将临，于是乱穿一气，结果投入网中。

待将纲绳渐渐收起，丝网上满是银亮的鳑鲏鱼，在阳光下像闪光的银币。鳑鲏虽然也鲜美，可以烧咸菜鳑鲏鱼，但不值钱，不到一毛钱一斤。这对一个勤劳而又要养家活口的阿腻来说，实在是苦涩的淡季。于是，他还要摸河蚌。

冬天水枯，河床浅露。但往往结冰。而且光着一个膀子伸入冰冷的河水中，实在不易。此时的阿腻，穿着厚厚的棉袄棉裤，戴一个行灶帽，出入于寒风中。臂膊冻得发紫，鼻清水从他的鹰钩鼻尖上挂下来。吸溜吸溜的。整个冬季，他几乎就是那副模样。

阿腻除了腿有残疾，套现在的话说，其实是个帅男。不要说那冬天鼻清水不断的鹰钩鼻，就是那轮廓分明眼窝微陷的眼睛足以证明。很像演济公的那个游本昌。

他的鹰钩鼻足见他的聪明。还是拿捕鱼来说事。譬如捕甲鱼，他只要从河边划过，就知道这里有没有甲鱼，而且知道有几只，多大。甚至能说出雌雄。人们不信，以为他吹牛。因为他能说会道，有时对一些闾巷传闻添油加醋。好事者曾经一试，果然不爽。

人们于是服了。村里人农闲时，常来讨教，他从不诳人家。

有人曾问，既然你知道，为何不自己去捕捉呢？他笑而不答。

2014 年冬于枕曲斋

元旦，早晨的太阳真好。

起床后总觉得今天该有桩事要办，可就是想不起。算了，那就先回老家看父母吧！想到老家，就想起老家村边的一户外来务农户。对了，本来想好要去看他们的，只是一直在选择个合适的时日。

元旦正好，一年的开始，吉祥。

老家后面的田野里，前两年搭起了一个窝棚。这也不怎么在意，时下外来务农的多了，不怪。

有几次不经意间发现，外面晾着许多小孩大大小小的衣服。这也不怪，外来人家都拖儿带口的。

一次我回家，正是初冬。车驶近窝棚的路边时，发现三四个小孩在路上玩耍。路窄，仅容一车过。恐碰到孩子们，我开得极慢，近乎移动。小孩则避到路旁的樟树丛里，怯怯地盯着我，像一窝见了生人的小猫。最小的一个眼睛黑得澄澈，脸上黑乎乎的都是泥尘。她才多大，三四岁光景，和我外孙女差不多。

晚饭时，我问母亲。母亲说，那一家是从贵州农村来的，有七个孩子，都是女儿。当地人称她们叫"七仙女"。乖乖！七个。这对一个务农的家庭，生活该有多艰难呢？

有一次，我从老家回南桥时，她们又在路旁的田里玩。她们的父母正在路旁将蔬菜装到三轮车上。路被堵住，车过不去。夫妻俩忙将装得满满的三轮车吃力地推向一侧。我摇下车窗，夫妻俩歉意地朝我笑笑。其实，我倒觉得愧歉。我不种粮食，不种菜，每天享用他们的劳动果实，还让他们让道。

此刻，原在玩耍的孩子们都围了过来，站在我的右侧。她们有的捏弄着手里的泥巴，有的用袖管擦着鼻涕。也许她们好奇，竟有一个开车的本地人，停下来跟她们的父母说话。

简单的闲聊间我得知，他们在这里租种了三十多亩地，种粮食外，兼种四季蔬菜。一看这么多孩子，及他们的穿戴，就知道他们的日子一定过得清贫。

窝棚边的几只山羊在"咩咩"地叫。

我想送些什么给他们，可车上什么都没有。便掏点钱给那个最小的孩子。转头对父母说,给她们买些小人书看吧!

孩子的母亲除了感谢,便问我:你母亲住哪一家?她知道我是附近的。平时进出,见过我的车。

这使我感动也很意外,她居然问我母亲住哪里。她的潜意识里,我的行为是母亲教出来的。

我真的很感动。是的,是母亲的教育影响了我。但我绝不是施舍,如果是施舍,是对自己的侮辱,更是对他们的侮辱。我宁可不为之。于是就说,不必了,小孩子挺可爱。谢谢你们,我以后会来看你们的。

孩子的父亲掏出一支利群烟,有些皱。这不是一个像他这样的农民抽的烟。

我点燃,猛吸一口,似乎有些汗味。我知道这汗味意味着什么。

此后,也在这条路上,多半也在这个时间,我们遇见过几次。打个招呼什么的。

我曾和人说起这一家子的境况。有人认为,那是他们自己造成的,谁叫他们生这么多的孩子。诚然,他们生的孩子太多,但这不是我们所该指责的。我们需要做的是,能给他们以什么帮助,不仅是生活上的,更重要的是精神上的人文关怀。

我想,今天是元旦,她们的父母一定在家。送什么都没有送书来得好,反正自己有别人送的书卡。于是到新华书店买了适合各种年龄段看的书。

二〇一三年元旦,八九点钟太阳真的很好。斜斜地穿过小树林,照在羊和鸡鸭的身上,照在用油布、稻草盖起的窝棚上。田垄的背阴处,窝棚的顶上,前几天下的积雪,由于寒冷,还白茫茫一片。几个孩子也许为了驱赶寒冷,又在路边玩耍,享受阳光的抚爱。

停下车见我,她们都围上来。最大的一个,我以前没看到过。这是最大的姐姐,读初二,有些腼腆。我走向她们的窝棚,她们告诉我,她们的父母一大早卖菜去了。由于前几次的相遇,她们显然对我有些熟悉。最小的那一位,话也最多。说她认识我,说我前几天给他们酸奶吃。其实,我没有,是她记错了。但有一点使我欣慰的是,周围也有人在关心着她们。

我把书给最大的姐姐,要她根据不同的年龄分发给她们。她们都说了自己的名字,但七个小孩,我记不住,只知道她们姓李。她们高兴地分发书本。嘴里说着谢谢。

我打量起容纳两个大人,七个孩子的家:用油布、稻草盖起来的窝棚矮矮的。风从棚缝间钻进来,很有些冷。怪不得她们要到外面玩耍取暖。地上很潮湿,中间是两张用砖和木棍支起来的床。一张简陋的餐桌,几条高低的凳子。空着的地方堆着农具和肥料。

我问她们,过年回家吗?她们有的说不回,有的说想回老家。我的问话其实是多余的。你想想,千里迢迢,带这么多的孩子,怎么可能呢?恐怕最小的孩子,对故乡和老家根本没有概念呢!

离开的时候,她们一个劲地说谢谢,还送我到路边。

我想,自己送几本书对她们也许改变不了什么,只是想让她们喜欢上书,通过读书,将来改变她们自己的命运。使她们相信,社会在关注着她们,周围的人在关心着她们。

不是吗!就像那个送酸奶的人。

天冷,外面的积雪还没化尽。但只要有阳光,这雪会渐渐融化的。

曾经对"雪化了是什么?"的答案有过争论,老师的标准答案是"水",而学生的答案是"春天"。

是的,是春天!

2013 年 5 月于竹喧居

红蜻蜓,白蝴蝶

曾经居住了我童年与少年的老屋,终于到了翻建的日子。接父亲的电话后,趁双休日,我决计回老家收拾。

不远处,割据了的土地上,林林总总的厂房、办公楼渐渐逼近过来。各种谣言从不同的渠道传入村民的耳朵。一种是马上就要拆迁了;一种是不拆迁,百尺泾以北将来是工业基地的居住区。两种谣言尽管相悖,但有一点是肯定的:不管怎样,居住面积多的人家自然合算。说是谣言,也未必。许多先是被媒体称作谣言的,结果都被事实所验证不虚。凭经验,讲求眼见为实的农民们懂得,在土地日见吃香的当下,政府也好,开发商也罢,都觊觎着自己手里仅有的一点土地。农民们心里明白,那是大势所趋。一个地方政策下来,你不从也得从。否则,不是钉子户,就是刁民。总之,你没理由不走。

农民弄不懂,自己落地生根,繁衍生息了祖祖辈辈的这块土地,竟然不属于自己。几个"手把文书口称敕"的公差,凭一纸空文,要你搬迁就得搬迁。否则,有你的好果子吃。农民预感到,这也许是他们最后的机会,唯一的办法,就是变着法儿使居住面积最大化。

于是,有钱有人脉的,就造别墅、洋房。不过,上面有规定,不能超出原来的总面积。但规定归规定,只要有人脉兼有金钱,这又当别论了。剩下那些真正的草根纯农户,要钱没钱,要棚脚又没棚脚的,就把阳台都包上铝合金,或者将废弃的猪舍重新翻建。图个光鲜、体面。

老家的宅上,几乎家家都在小兴土木。

我家那老屋实在是该翻建了。这里,先是住着我的祖父祖母。上世纪八十年代初,由于翻建前面的茅房,我们一家七口都蜷缩在里面。

后来,搬进了楼房,这里一半成了猪舍,一半作为柴间。每到菜花烂漫时节,母亲还将柴间用作孵小鸡的场所。每当父母都下地后,家里空荡荡的,只有失群雏鸡焦躁的"啾啾"声,和祖父搓草绳的"沙沙"声。当然还有从门口飞进飞出的燕子。这没有增添丝毫的热闹,反倒生出许多的清幽。

再后来,农村散户不能再养猪了。于是,这里便成了鸡鸭和流浪猫的天堂。有时去老屋里取柴火,会发现几只毛色斑斓的小猫,愣愣着朝你"喵喵"。经年不修葺,雨泽下注,老屋上有些竹椽子不堪重负,挂在半空,有时会冷不丁地从芦笆间掉下一块草泥。

母亲早已将屋内的稻草、豆萁、花萁柴垛到了场角的空地上。

那是阳春四月,屋后的两排水杉树相互磨蹭着枝桠,发出嘎嘎声。多出檩条间的芦笆倾塌下来。空落落的屋内,散发出柴草、泥尘的陈腐气息。头梁椽子与墙角间,缀着一个破损的蛛网。曾网住的一只白蝴蝶,而现在只剩下一对粉白的翅膀,使人联想到生命曾经的挣扎。由于潮湿故,墙壁的低处生出盐花似的碴硝。环顾四壁,斑驳的石灰与红砖墙间,依稀着童年画的图腾。童年的嬉笑声从瓦楞间落下来,断断续续的,顽皮而清朗。

蓦然间,我发现一只蜻蜓,静静地歇息在钉子上。记忆里,那枚钉子曾挂过父亲的草帽,也挂过母亲放线的纱锭;等我够着它的高度时,就成了我挂书包、红领巾的地方。

时下还不到有蜻蜓的季节,何来的蜻蜓呢? 我慢慢靠近,唯恐惊动了它。

那是一只红蜻蜓,躯体饱满生动。一双复眼灵动得能照见你。细瘦的腿脚牢牢握住生锈的铁钉,两对翅膀翼然伸展着,能看到上面生命清晰的纹理,似凌空而去。

我将手慢慢伸过去,但它纹丝不动。再用手指在它眼前晃动,它依然如故。照理,蜻蜓的脑袋能作三百六十度转动的,即使不飞走,也会灵巧地顾盼有情,何至于毫无反应呢?

我用食指轻轻一碰。

就在我指尖触到它头部的瞬间,那蜻蜓的肢体脆然肢解成无数碎片,纷纷飘落。

午后的阳光从窗外斜照进来。那透明的红翅膀,翩翩着在阳光里起舞,久久不肯落地。

这是怎样的生灵呢?

其实,蜻蜓自打降生到这个世界上,就从未收起过那对飞翔的翅膀。不像鸟雀,不像蝴蝶,疲累时,可以敛起翅膀,稍作歇息。而蜻蜓即便在打盹歇息的时候,翅膀永远伸展着,时刻准备着奋飞。

尽管如此,她依然无法超越时空,从一个春天,飞进另一个春天。

屋檐下挂篮子的木钩,敲击着窗户的木框。我知道风想进来,于是推开老旧的木窗。一股小风扶起那羽化的翅膀,在四壁间寻寻觅觅。

恍惚间,我眼前幻出无数的红蜻蜓,背负着太阳的光芒,在原野上飞翔……

呵,那是少年时的红蜻蜓吗?

往事茫昧,我耳际回响起童声优美的旋律:晚霞中的红蜻蜓呀,请你告诉我,童年时代遇到你，那是哪一天？提起小篮来到山上，桑树绿如荫，采到桑果放进小篮，难道是梦影？晚霞中的红蜻蜓呀，你在哪里哟？停歇在那竹竿尖上，是那红蜻蜓……

那优美的旋律略带一丝淡淡的忧伤。

六月的乡村，麦子、油菜都次第登场。曾经生机勃勃的田野间，露出平展展的麦茬，似少年刚剃过的平头。钢尖刀草紫色的花冠，狗尾草毛茸茸的穗子，零落着矗在田垄间，特别地惹眼。红里泛黑的桑葚都熟透了，招惹着几个馋嘴的少年。他们瞭望远天，也瞭望无际的原野。

天，格外的高远；乡野似乎从未这样的空阔。只见无数的红蜻蜓，在广袤的田野上空翻飞。

此时的我，几乎每天看着同伴们滚着铁环去上学，再等待他们放学后，从我家门前嬉笑着走过。

那年，我辍学了。原因很简单，我的三弟不到半岁得了乙型脑炎。到三岁，还不会走路、吃饭。父母、祖母都要下地干活，祖父常年卧病床褥。二弟还小，父母经过再三商量后，让我停学带弟弟。

那时“文革”刚开始。上课的书本已没有了，取而代之的是领袖的语录。不知是老师的照本宣科，还是外界的喧嚣，每堂课教室里总是乱哄哄的。还不如看批斗牛鬼蛇神，或者看忆苦思甜的人一把眼泪，一把鼻涕的数叨。不读就不读吧！

那时我读三年级。自那以后，我每天背着弟弟在空寂的场上转来转去。到隔壁牧场里，看饲养员给小猪溜食，看兽医给半大的猪崽骟卵子。看卸下轭头的老黄牛歇在榆树荫里尿尿，一尿就是半个来小时。

我盼着同伴们放学。放学后，他们会像往常一样，在我家场地上打菱角或翻三角片、打弹子。我则背负着弟弟，在一旁看他们玩。但随着时间的推移，曾经的伙伴也不再像以前那样热络了，放学后打玩的战场也挪到了别处。那时隐隐悟出，即使同伴间的友谊，也需要靠玩耍厮磨巩固的。

这时，自己有些后悔当初的轻诺。在学校，书是读不到了，但可以玩耍，还可以跟老师捣蛋。

白天，出工后的村落里，悄无人影。家家户户的门洞开着。没有人，鸡鸭们成了主人。它们跳到饭桌上、长凳上，谈天，打鸣，打斗，拉屎。你方唱罢我登场，搅得一地鸡毛。

初夏的风很劲，刮得门臼吱呀吱呀地响。祖父将一捆捆稻草，竖立着晒在壁角上，然后横下一捆稻草，坐在上面编米囤，或用檠矫正着锯条。

木槿树排列成的篱笆旁，石榴树绽出金钟似的红花，金龟子、瓢虫在花蕾间热热闹闹经营它们的生活。金龟子、瓢虫的翅膀坚硬，飞舞时发出阵阵厚实的声响。看着我的孤独无聊，祖父用篾爿削了个风车，矗在石榴树旁，风过处，呼啦啦地转着，紧一阵，慢一阵。

我背着弟弟，站在石榴树下，眺望空阔的田野和田野里劳作的人们。看那些红蜻蜓不知疲倦地飞过来，又飞回去。它们在追寻什么呢？

弟弟的行动神经烧坏了，但认知一点没受影响。看到野外的青枝绿叶，看到远近飞舞的红蜻蜓，在我背上手舞足蹈起来。嘴里呜呜个不停，口水一直流到我的后脖颈。

蜻蜓，那是怎样的一种生灵呢？它们通体透亮，睃着一对天真的大眼。或疾飞于旷野，或悬停于虚空；或歇息，或追逐。更绝的是，它能够倒着飞。两只蜻蜓还能够将尾巴连在一起，成侧过来的"U"字状，比翼颉颃。有时，会有一只蜻蜓，停在水面的紫芙或荷尖上，一动不动，像是在想什么。所多的是，在傍晚时分，成千上万的蜻蜓，在高过人头的空中飞舞。忽而悬停，猝尔远驰。那半透明的翅膀，把橘红的黄昏风刮扇得无比生动。

我背着弟弟，等待着祖母与母亲，掮着锄头，背着青草，牵着老母羊说笑着收工回家。

日子寂寞而漫长。

此时，"文革"造反的烈焰已燃遍农村的每个角落。在破四旧，纸船明烛照天烧的日子，我背着弟弟到仓库场上，看戴着红袖章的年轻人烧家堂、神主牌，烧算命先生的罗盘、书籍。有一回，趁人不注意，偷了一捆小人书和一个烧焦的罗盘。

书从哪里搜来的，我不知道。我们大队里读书人家多，有好几位读过大学的，高中及中专的不用说了。还有人曾经留学过，譬如像祖父辈的胡裕雍，是吴晗妹妹的同学，曾留学日本。所以，有《水浒传》《三国演义》及小人书不足怪。但那罗盘我是熟悉的，是水生的爷爷水镜公公的。

水镜公公擅长堪舆之术，专门给方圆的人家看风水。村里人尊称为风水先生。哪家造房起梁，哪家择墓下葬，都请他看风水。每逢这样的场合，他看看天，看看地，掐掐时辰，再环顾四周，将罗盘摆弄一番。于是，这墓的位置及朝向就定了。或头朝东，或头朝南。于是，这房子的朝向也定了，或东南向，或西南向。

风水先生是乡下的知识分子，所以村人称他"水镜先生"。水镜先生不同于一般乡下人的，脸容白净而清癯，常穿一件对襟的毛蓝头唐装。每从我家门前走过，总会拐进来。与我祖父坐在门槛上，边吸水烟边唠扯。扯到高兴时，只见他的喉结上下抽动，嘴里发出咯咯的朗笑。

每每他将罗盘的包袱搁在一边。我稍稍移近，敨开包袱，里面是用的暗红的罗盘。那罗盘中央，有一个挂表似的钟，但只有一根针，一头红，一头白。而且不管你怎么摆弄，那红的一端，总指向南面。我好奇地摆弄时，祖父呵斥说，那是水镜公公的吃饭家生，不许乱动。而水镜公公总是慈祥地说，玩吧玩吧，小百喜好白相。

记得他有好几个罗盘，大小不一。而我从火堆边偷出来的就是烧饼大的那个。但那罗盘的一边已烧去了一角，像被咬去一大口的麻饼。而且那指针已掉落下来。我趁弟弟睡着的空隙，反复鼓捣着，想让它复位，可结果徒劳。

但那时，水镜公公已过世了。他在"文革"风暴来临前突然死的。几乎没什么征兆。前一天还在说说笑笑，第二天，人们说水镜先生死了。莫非他已料定那场风暴的来临吗？后来读《三国演义》，看到那个料事如神，将孔明、庞士元比作卧龙凤雏的司马徽时，就想起水镜公公。

不过，他的大侄子志奎伯伯，也就是水生的父亲却不免。

志奎伯伯也是一个有文化的人，胸前总别着一支钢笔，也健谈。解放初，他曾是区里的文书，不知什么缘故，后来却成了农民。印象最深的是，春夏间他给队里放鸭。放鸭时将鸭子放在百尺泾的三角洋内，与我祖父坐在场角的井口边，不是聊解放初的往事，就是讲《三国演义》、《水浒传》中的人物故事。什么关云长五关斩六将，鲁智深倒拔垂杨柳。他们的故事吸引了我，在无书可读的年代，凭着三年级的文化，借着字典，去啃满是繁体字的小说。他的儿子水生，长我一岁，年年是好学生。

那是一个夏天的下午，刚落过一阵雷雨，太阳虽从乌云间斜照出来，但远处还抽着霍闪。我们正起劲地割着草。还打算割完后跳到河道里游泳。

此时，不知谁的母亲在喊。回到仓库场上后得知水生的父亲志奎伯伯投河死了。我们赶到水生家。客厅里已来了许多人。志奎伯伯躺在门板上，赤裸着上身，两只手在胸前紧握着拳头。有人想扳开放平也徒劳。

人们议论说，中午时，造反派在广播喇叭里要他去大队交代问题——这已经是好几次了。午后，人们看他出去的。不知怎么，他却绕到自己家的水桥边投河了。他是水性很好的人，身上也未绑石头，河水也不深，他是硬生生把自己憋死的。这需要何等的勇气？

那天傍晚，西天的云压得很低，西瓜瓤似的彤红。还冷不丁地劈了一个滚地雷。我打了一个寒颤，像要尿尿。回家后脑海里全是志奎伯伯握着双拳躺在门板上的图像。晚饭也没吃几口。"哦唷，格小囝受惊吓了，烧得好烫。"祖父摸摸我的前额说。

到了第三天的下午，志奎伯伯的遗体被装进一个旧橱柜里，脚露在外面，草草地埋在水镜公公的边上。那天出殡，家人及族人蜿蜒成一长串。没人敢执绋戴孝，也没人嚎啕大哭，只是一路低着头啜泣着。走在头里的是他的儿子，瘦小的水生。

那天大热。停厝时，墓地间纷披的野麦、红蓼丛中，飞起许许多多的白色蝴蝶。在坟起的土堆上绕着翻飞。以至于从此我们再也不敢去那里割猪草挖蟛蜞。

即便暌别经年后，坟堆与小河荡然无存，每当我打那儿经过时，总觉得有许多这样的白蝴蝶在眼前飞舞。但人们也许都不记得那段往事，及那些个细节了。

祖父与志奎伯伯是忘年交，他们曾一起参加解放后新政权的建设。此后，常听到祖父叹息说，志奎弟，怎么事先不漏一点口风，他怕牵累我。如果跟我叹叹苦经，我开导开导，他何至于走这条绝路呢！这下会苦了家人和孩子呢！

那年年是好学生的水生，不久就辍了学。小小少年就感受着世道浇漓，人情冷暖。他小学还未毕业呢！

我曾纳罕他为何走这条绝路。当自己阅历了人生和世相后才悟出，他是爱重人的尊严，不愿再受非人的侮辱。这其实是一种刚介的骨气。

"文革"并不因为志奎伯伯的死而收敛。吴家仓库的大厅里及场地上，不管白天黑夜，总是人头攒动。跳"忠"字舞，批斗"牛鬼蛇神"甚嚣尘上。特别是夜晚，一千瓦的小太阳照耀着狂热的人们，同样也吸引了无数的白蝴蝶。

它们和无数昆虫一样，翩然着从四面八方飞来，怀着一颗颗追求光明的心，扑向小太阳炽热的怀抱。就在它们洁白的翅膀拥抱小太阳的瞬间，那怀揣的理想与躯体旋即化作一股烟缕。人们在吸入生命的焦糊味后，犹如吸入了刺激神经的兴奋剂，狂舞着搅起的尘埃，使彼此间看不清面目。晓来雨过，无数的白色翅膀，沾上污浊的泥尘，再也不能迎风飞舞。任凭风雨翻转摆布。

在那个论成分的年代，我们大队里地主、富农特别多。在旧社会，成分结构也复杂。有土匪，有共产党地下组织，也有伪军、兵痞，更有脚踏几条船的主。这些人几乎都不能幸免于时代洪流，于是造反派忙得不亦乐乎！

我们队里有一个叫瑞青的青年。他父亲阿帆伯伯是富农，在"大跃进"时赶劳动进度，因为用扁担鞭打耕牛，而作破坏生产论，吃了四年多官司。"文革"时自然难逃厄运。他白天下地背一块"四类分子"的木牌，晚上不是被批斗就是陪斗，下雨天则是搓稻草绳。这样子女自然抬不起头，结婚找对象都没人提亲。

为了改变自己，瑞青于是常做些好事。譬如做义务挑埘，每次晚上开批斗会时拉电灯。有一次，在开好他父亲的批斗会后，他去收理灯线，结果被电击倒。虽然抢救过来，但手和前胸被烧焦。他是熟练的电工，何至于犯低级错误？一定是开他父亲的批斗会，却要他提供保障服务，以至于五味杂陈所导致。

那时，人人都学雷锋，瑞青受到启发，买了一把理发推剪，利用下雨天休息，帮队里的老人孩子理发。他人很聪明，理的发也有型，大家都夸他。可造反派说，他是在拉拢群众。于是要我父亲去没收他的理发工具。因为我父亲与他是一个队的，而且作为大队支部书记，我祖父参加过地下党，所以还未靠边。在造反派再三催促下，一个下雨天，瑞青被叫到我家。父亲说出要他来的原委后，瑞青本来善辩，于是说出很多反驳的理由，特别是成分不好难道就不能学雷锋之类。

我背着弟弟，倚在门框边。父亲被他说得只是低着头讷讷地要他将理发工具交出来。我反而觉得，那不是父亲在找他谈话，而是他在给父亲做思想工作。我也曾要他理过发，心里觉得，瑞青学雷锋没有什么不对。说着说着，瑞青眼眶里有了泪花。父亲理屈词穷。我从未见父亲那样的狼狈。我同情父亲，更同情学雷锋而不得的瑞青。

"文革"结束后，瑞青已三十好几了。他入赘到外乡一个有孩子的寡妇家，未曾生育，替人家养孩子。从此我很少见着他。多年后我回家，饭桌上母亲说起瑞青"栗子疮"发作死了。于是我忆起，瑞青小时候得过结核病，脖子上有一片疙瘩——那就是"栗子疮"。他初中文化，机智善辩，说话有些辛辣。但他心灵手巧，样样农活拿得起。

像他这样所谓"成分不好"的青年，落得像他这样结局的，在我们大队有好几位。如今，他们若健在，都年届七十了。

瑞青的父亲——阿帆伯伯，高寿。九十岁作古。那时瑞青早已离世许多年了。所以阿帆伯伯由四个儿女送终。我们祖辈都是好乡邻，瑞青母亲雅芳伯母去世时，我在外地。阿帆伯伯的丧事我赶上的。在给他磕头的时候，我忽然想起我祖父去世时，他给我祖父磕头后起来时泪流满面的情景。他说的那句话，使我体会到乡谊的可贵。他说：阿叔一生从未诳过我，而我那时脖子梗，不听他的。吃了不少苦头。

那时他已七十好几了。不是轻易感动以至于流泪的年龄。

他的话使我隐约记得，"文革"来临后，祖父曾几次说他。叫阿帆伯伯不要口无遮拦。但祖父多次摇头嗫嚅：阿帆头颈太硬，是要吃亏的。

阿帆伯伯吃官司出来后,接受管制,"文革"中真的吃了不少皮肉之苦。那当然都是后话了。

与瑞青一个年龄段的,我们队里还有好几位。他们有一个共同的特点,那就是阶级成分高,都读过高中、初中。在那个时候的农村,这已是知识分子了。

印象深的要数顶天、立地和系舟了。他们全姓吴,是我的长辈,都以"叔"呼之。

立地的父亲吴品章,也就是"肖斧"——温州军分区副司令。在顶天、立地出生前,他在搞地下党活动。所以给自己的侄子起名"顶天",给儿子取名"立地"。意即要后人做顶天立地的汉子。这是何等气派豪迈的响亮名字!

立地在解放后随父亲去了浙江,后来读到大学,毕业后在舟山当教师。他是个孝子,对父母就别说了。他有一个姑妈——立地称呼她"大伯",终生未出嫁。缠小脚,会吸烟。咳嗽起来没完没了。阶级成分又高,解放后一直孤苦一人生活。她与我祖母一直要好,农闲时每每来我家串门说起生活的不如意,与弟媳的关系不睦。但立地每次读书放假回来,总是陪伴大伯。安慰大伯放心,自己会给她养老送终的。养老送终,这是农村的老人,特别像她这样孤独的老人,后半生的期盼。

可惜老人没能享福,"文革"刚来临就走了。

顶天是个人人都夸的好青年。人长得儒雅英俊,不亚于电影明星郭凯明。不但字写得好,还拉得一手好二胡。他还曾写诗,写小说。其实在那时,作为一个青年,肯定是怀着许多梦想的。对于这样的家庭成分,只是社会没有提供更多的机遇。

那时,每个生产队有养猪场。但粮食供应定量,养猪基本靠谷糠、菜落、东洋草。为使猪长膘,队里安排船只到市区装载酱糟、豆渣。那年深秋,顶天与另外二人被安排去装运酱糟。队里劳动力都要去开河,再说能驾五吨的水泥船,出没于黄浦江的好手有限。队长要顶天带队。顶天的妻子不让他去,因为女儿还小,只有十个月大。但顶天是个顾大局识大体的人。他说服妻子,说一个星期即可回转。

可天有不测风云。在返程的那个深夜,大雾笼罩着黄浦江,为赶时间,顶天他们黑夜兼程。船行驶到董家渡水面时,与一艘大驳船相撞,船随即沉没。船尾两人被救起,顶天在船首掌篙,未见踪影。

他是我喜欢的一个长辈,不仅由于他的英俊,还由于他的多艺多才,他的和蔼善良。他是不可能遇难的。他水性好,一定在某个地方游上岸了。说不定在某一个早晨,他背着湿漉漉的行囊出现在村口。我与村里人都有这样的愿望。可十多天后,他的遗体被渔船打捞起来。已是面目全非。他的遗体未能运回,回来的只是他的骨灰盒。

他唯一的女儿爱红太小,不会有关于父亲的记忆。俗话说:生男肖母,生女肖父。她极像父亲。现在,她早已是出息成一名中学教师了。我每次见到她,不知怎么总会想起顶天叔。我想,如果他还活着,说不定是一个乡村歌者,或者是一位农民诗人。但我又想,他如今也可能成了乡村婚丧喜事的吹拉弹唱者;抑或成了一个看门的老头,一个到处奔忙的建筑工地的小工。像活到现在的当年的乡村知识分子一样。

不过他的生命却在二十四五岁就戛然而止了。使人惋叹。

年轻时一直病蔫蔫的系舟叔虽七十开外了,可身体倒硬朗得可以。他那时是中专生,毕业后回乡种地。有一次队里的公牛发情逸出,在参与捕牛时,他逮住了牛尾,结果被牛尥了个蹶子,由是身体落病,不能承受重体力劳动。于是就在牧场里养牛、喂猪。空余时间不是读医药书籍,就是研究插秧机。那插秧机的图纸画了好大一摞呢!

由于不能从事挑担、罱泥等重农活,同辈的青年就嘲弄挖苦他。每逢在牧场里挑塯的间隙,瑞青他们就说:今年农忙不要紧,系舟的插秧机要来了。

系舟叔不与他们抬杠,还是一个人默默地画图纸,研究他的插秧机。其实那时会有谁能理解并重视一个农村青年的理想与追求呢?公社的机械厂,只是焊接锚链,切割铁板,生产些脱粒机、电焊机。手工业社只是锻造些镰刀、锄头、钢钎。

那时,我常常因出于寂寞,背着弟弟去牧场,看他画图纸,听他讲山东马荣珍的故事、《白蛇传》的故事。

没有人重视他研究的插秧机。"文革"结束后,他凭自学的医术,进入镇的卫生院,专事针灸、推拿,小有名气。他的三个女儿都考上了大学。他将乡下的老房子租给外地民工,自己住在新寺镇上,难得回村里。还隔三差五与他的妻子——茜蒙婶婶外出旅行。

我的散文集《青桑叶 紫桑葚》出版后,我特地送一本给系舟叔,因为书中写了他的祖父、父亲和岳父。他看后颇有感触,他记性好,于是说起关于我们村家族的许多往事与掌故。如果某一天,我写即将消失的乡村,那都是绝好的素材。

那也是后话了。

辍学的一年多时间很快就过去了。大弟已到入学的年龄,但为了带二弟,他接我的班,推迟了一年入学。在"学制要缩短,教育要革命"的口号声里,传统的秋季入学,改成了春季入学。本该读五年级的我,在老师询问我读几年级时,却老实地报了四年级。从此我就与原来的学弟学妹们为伍。以至于在高中毕业后的第二年——一九七六年,推荐读大学时,因为务农未满三年而没能成为最后一届工农兵大学生。为改变世代农民的命运,在一九七八年秋季,懵懂地考进华东师范大学。

就在进大学的那年春天,我与弟弟买了十几棵水杉树苗,由祖父指导着,栽种在老屋后的水渠旁。三十余年过去了,水杉树合抱般粗实,挺拔高俊。春及,筛下一片浓荫,冬来,地上铺一层赭色的落叶。

这次翻建老屋,曾有把它们锯掉的方案,最后大家觉得留着更好些。

老屋内出奇的静悄。那辍学的一年多时间,我学到的东西远比在学校多。我看了《三国演义》《水浒传》《白蛇传》,还看了像《杨家将演义》《岳飞传》《宝莲灯》等连环画。学会了看繁体字。更重要的是看到了人们在"文革"中暴露出来的世相。由于这些,我显得比同龄人早熟。

空荡荡的四壁间,那红蜻蜓白蝴蝶的翅膀不再游走。它们真的死了吗?

蓦然间,我听到那枚承载过红蜻蜓的铁钉,铮的一声,掉落到水泥地上。清越的尾音久久不散。

我不禁一怔。

那红蜻蜓是何年何月来到这里的,它在等待什么,是等待下一个春天,还是在等待着我? 居然等到铁钉都不堪承载岁月的重量!

它的躯体虽脆弱到经不住轻轻一碰,可它的翅膀在离开躯壳的当儿,还要跳最后的生命之舞。

我想它只是在生命途中打个盹。

我于是轻轻地将翅膀捡起,唯恐惊醒了它。再将它夹在书页间。也许当若干年后的某一天,无意间我翻开书页,它会醒来,与那些往事一起,在夕阳下飞向另一个春天……

2013 年 10 月于竹喧居

阿希的船

之所以用"阿希的船"作本文的标题,是因为那时道院小镇上的人们,每天一到下午三四点钟的光景,都会问:阿希的船到了没有?那阿希的船,成了大家的守望与企盼。之所以阿希的船显得那么重要,那是因为阿希的船是道院镇与外界沟通的主要桥梁。

道院镇地处奉贤南端,说是最南端,其实离濒临杭州湾的柘林镇有五公里许,西端的新寺镇也在四五公里外,东端离光明镇、钱桥镇的距离与柘林等。相去县城南桥更远,直线距离也有六公里多。用现代的交通来衡量,这距离并不算远。但在交通不发达的八十年代以前,这应该是很伤脑筋的路程。道院镇与这些地方的连通,就靠条条蜿蜒的泥路与清澈亮丽的水路。那些泥路与水路,宛似一根根青藤,坚韧地枝蔓着。附近的村落是藤上的花蕾,道院镇就是那藤蔓尽头结出的一个秋瓜。这藤虽然不怎么苗壮,但在历史的长河中,那花却开得火旺,那瓜也发育得周正饱满,如小家碧玉。

道院镇因处在西街的"上真道院"而得名。"上真道院"始建于元代,经明清二朝,到嘉乾年间,香火鼎盛,道院集镇由此繁焉。说它繁盛,其实规模也就东西一里地左右,中间有一座石拱桥,将小镇分成东西两街。但麻雀虽小,却五脏俱全。街面也不宽,二庹上下,中间是侧铺的三七青砖;屋檐也不高,如果你是一米八的个在檐下走,就有点吓丝丝的,唯恐椽上的倒钉会钩破你的头皮,所以只能微缩着脖子。猜想以前的人五短身材的居多,不然为什么建得那么矮呢?屋舍大多是平房,只有东街有一栋砖木结构的二层楼房,原本是一乡绅的宅院,解放后便成了农村信用社。西街除"上真道院"外,还有一家专门打制农具、刀具、铁钉的铁铺,一爿生猪屠宰场。到日头过午,香客的祈祷声,打铁激昂的叮当声,与猪们最后的挣扎声撕闹成一片。

小镇闹猛的市面主要在东街。由西过了石拱桥,临清水河与道院港的,则是一爿南杂货店,一家水果摊,一爿豆腐店;毗连着是高家的茶馆,对门与侧里有两家小酒馆;中间是"吴记天生堂药铺",主人是南汇人,一个厚道安分的老中医;再往东间杂着洋布店、弹棉花铺,三五家剃头店,还有香烛店、米行、肉店;再就是铜匠铺、修鞋修伞配钥匙锔碗的摊了。

阿希的家住在最东头的道院中学对浜,晚上,门前的河里就泊着阿希的船。

阿希是绍兴人,撑的是航船,载的是小镇上与附近的农民必需的生活生产用品。那航船是用竹篙撑着行的,船的两侧有一条两虎口宽的行道,撑船的人——也就是阿希(还有一个伙伴,因为没有阿希出名,大家都忽略了),用根部铆着铁锥的竹篙,从船头到船艄,弓着背一篙一篙地撑着船行走;若遇顺风,也有扯篷的时候,那月白的篷帆在或黄或绿的背景里移动,给静穆的田野增添不少生机与动感。阿希的船把浓浓的生活气息撑入小镇,把热切的瞩望撑入人们的视线。

阿希通常戴一顶标志着绍兴人的毡帽(当然后来改成了鸭舌帽,也许是不习惯的缘故,他间或还戴毡帽的居多),脖颈有点硬,也有点歪,瘦长的个走起路来腿脚也有点内八字,一口绍兴本地话,与那时专事通烟囱刮锅灰的绍兴人别无二致。他大名是什么?这在道院镇能说上的,大概没几人。取名为"希",大概是他的上辈,在他呱呱坠地时寄托了对家族未来的希冀,也许他的兄弟中有叫作"阿盼"、"阿望"的。

阿希是外来人,撑船又是低等的行当,但他人厚道,讲信用,这只要看他走路的样子就能判断。所以人们都信任他。那船除了运载大宗的货物外,镇上或附近的农民常叫他从南桥捎东西回来。货物一般的都是由他们自己来取的,但有时船赶不上潮水,抑或上家的货物下得晚,那阿希的船往往到天黑才能靠埠。那也不要紧,阿希会摸着黑,一家一家地敲门送达;特别是老人要的药品或急需的物品,不管是刮风下雨,阿希一定会送上门的。那人家一拽开门,见是阿希,就热情地说:来来,没有菜,吃个便饭暖暖身子。一边闪出门缝,让阿希进屋。阿希劳顿一天,其实肚皮饿猴猴的,可他不愿进门,忙不迭地递上货摆摆手就要走。那人家过意不去,忙从屋里取出烟说:那抽支烟再走。阿希再折回来,接了烟。那人给他点上后,他就迈着内八字步走了。看着阿希离去的背影,人们会嘟哝一句:这个阿希。简单的四个字,像是嗔怪,其实是感激与赞许。那红亮烟头在夜色里一闪一闪地伴着阿希,显得暖意。当然,托他捎东西的农民们,趁着上镇的当儿,也会捎带些萝卜青菜之类送给阿希的娘子,作为酬答。阿希的娘子不知是哪儿人,整日不说话,成年穿着灰不拉几的衣服。阿希起早摸黑地撑船,她拖着四五个孩子,除了替人家弹棉花,就忙着缝补浆洗操持家务。大清早,当我们还在教工宿舍里睡懒觉时,就听到"梆梆"的捣衣声,不用看就知道,那一定是阿希的娘子。

阿希人缘好,烟瘾也大,走过街上,手指间总夹着烟,那多半是熟人敬他的。这小镇就那么长,一支烟的工夫,就能从一头走到另一头,可阿希从石拱桥边上岸,走到家里,少说也得半个小时。不是他跟人招呼就是人家托他办事,人们图个方便,阿希也有一种被信任的满足。

小镇上各色人等都有，市民的成分也复杂。除农工商外，还有走卒贩夫，兵痞流氓，闲杂市民。时不时地出现一些摩擦，闹出一些韵事。那些人也都性格鲜明，好些人物如果在作家的手里，一定是绝好的生活原型。

镇上人称有两把半剃头刀，就像民间传说中国革命史上有三个半军事家一般。这妙就妙在这"半"字上，就像诗句"半壕春水一城花"、"南苑春半踏青时"、"家住西湖第几桥，半是杨柳半是桃"一样，含蓄得使人猜想，却又意境全出。那两把半剃头刀中，第一把要数姓姚的，他能根据人的脸型剃头（当然，我们那儿说的剃头也包括理发，而一般意义上的剃头，只是指剃光头），所以大家都愿意去他那儿。他剃头其实已到了不用目视，而以神遇的境地。手与剪刀在头的边缘上下翻飞，而眼睛居多的是看着街面过往的行人，还不时地跟他们打招呼。边理边唠个不停，或社会新闻，或街谈巷议。烟不离嘴，但不影响他聊天。那烟是粘在下嘴唇的，直到吸剩烟蒂，然后"扑"一声吐到街心，紧接着一口浓痰射出，那痰在泥尘里滚成一个泥球。他有一个干儿子，是他娘子拖油瓶带来的，叫张来生。他略显罗圈腿，白皙的脸，漂亮茂密的头发，像个读书人。他跟干爹学手艺，两人素不相能，我从没见过他们说话。他手中的活也不赖，只是有些神经错乱病。每到春风扇旺菜花的五月，他即犯病，此时剃的头就大打折扣。有一回，将一个后生家剃了个小孩的刘海头，那后生本来想剃头后去相亲的，结果这好事给泡汤。那家大人吵着要与张来生论理，看热闹的人说：谁叫你忘了现在是五月天，再说你儿子肯定得意时说了去相亲，这也触了他的神经，所以才有此结果。那人家只好自认倒霉。后来只有小孩才去理发，再后来他不只是五月发作，病发得勤了而且也没有规律了，就此再也没有人要他理发了。但他手艺不错，也就算镇上的半把剃刀。从此，他就整日直愣愣地看着街面或过往的行人，那些俊俏的姑娘不是匆匆地目不斜视地走过，就是绕着走。每当阿希走过，那张来生就拖住他要他做媒，每次闹得阿希很尴尬。人们取乐说：阿希，莫非张来生看上你的几个女儿了。阿希有三个女儿，个个长得文静且有模样。其实阿希也知道，张来生所以只缠住自己，那是因为自己从不呵斥他。他虽傻，但心里也明白。不过自那后，阿希每次走过理发店时，不是歪着头，就是装着没听见他的呼叫。这在阿希也是顺理成章的，他脖子本有些歪，耳朵也有些背，装回糊涂。就此，那姚姓剃头师傅的生意也冷落了。

还有一把剃头刀，当属一个姓翁的回乡青年，他小时候得了小儿麻痹症，腿脚不便，但他高中文化程度，"文革"来临时辍学了。他的手艺其实不在姚姓师傅之下，只是他喜好象棋,遇到对手,他宁可不做生意,也要连日杀个天昏地黑。那时镇上有所"道院中学",里面有几位对棋道颇自负的上海来的老师,放学后就捉对跟他厮杀。那些上海老师起初根本不把他放在眼里,结果一段时间下来,难得赢他一回。回宿舍后心有不甘愤愤地说:这个跷脚!一年下来,胜负未有改观,他们就此也服了,背后开始称他"翁师傅"了。

每逢人们下棋时,如果阿希的航船靠埠早,阿希就来到那儿,挤进围观人堆的最前面,有滋有味地看起来。但阿希有个缺点,俗话说观棋不言真君子,阿希不是君子。他喜欢边看棋边评论,明明是一步好棋,他硬是说人家下错了。于是就用他的绍兴本地话与人家抬杠。人们拗不过他,就说:阿希饶了我吧,算我错了,但你别烦我了好不好。阿希于是作收敛状,吧嗒吧嗒地吸烟。不过他很健忘,不一会儿又插嘴了。于是那人说:来来,阿希你来杀一盘。看你这臭棋。

姓翁的师傅知道阿希根本不是自己的对手,看在同街坊的面上,再说阿希是好人,不时对自己有个照应,于是笑着说饶他一炮一车,但阿希也很自尊,当着那么多人是不会应允的。结果自然不言而喻,不要一个时辰,三盘棋尘埃落定。阿希虽输了棋,但很满足,一路嘟哝着琢磨着。如果见他小儿子在街上野,他就上去一记轻轻的头光,说:小赤佬还不回家。他小儿子抽着挂下来的鼻涕,吊着阿希的袖管,松爽地跟着父亲。

有几回阿希与翁师傅对弈,边上又没有其他人,阿希就说:小翁,你饶我一车一马吧!让我也尝尝赢棋的味道。翁师傅自然答应。阿希赢棋后,感觉良好,到肉铺里买了一副猪下水,得意地往灶上一扔:娘子快去打理,今天发工资了;阿五头快到德权的杂货店里打两角黄酒——要加饭的。

那赢棋后的一段时间里,他会逢人便说自己杀败了翁师傅,这起码得说上半年。人们不信,就凭阿希的臭棋也能下得过高手?就去问翁师傅,翁师傅只是笑笑说:阿希的棋有了长进。

那就是镇上的"二把半剃刀"。其余还有好几家,但大泽龙蛇,称雄者几许?

姚记理发店的斜对门,是高家茶馆,这是道院小镇的新闻集散地。从清晨两三点钟起,小镇就因它而热闹起来。十来张桌子临水摆开,随着风箱亢奋的"呼哧"声,老虎灶上的水"嘟嘟"地冒着蒸汽。老顾客来了,从灶膛里用钳子钳一截炭火,就上去点了烟,深深地吸一口。这时,店主已将茶泡了上来。于是,隔壁的油条送来了,臭豆腐干、豆浆端上来了。好酒的老头就从胸前掏出扁平的二两半烧酒瓶,就着瓶嘴,不紧不慢地抿了起来。

这时，阿希匆匆地走过，嚼着手里的饭团。有人招呼他来一盅，他会走得更快，边含混地说：来不及了，怕赶不上潮水了。他几乎每天都这样。

农民们趁出工前的当儿，把自家的蔬菜、鸡鸭、蛋、鱼捎到镇上来卖，聊以换些零用钱，打油瓶、扯洋布。他们沿街摆开，坐在阶沿上，与小市民偶尔讨价还价。此时，本来不宽的小街显得有些拥挤。

茶客们边品茗边欣赏街市的风景，唠家长里短。谁家添了个孙子，哪家的老头扒灰，某某人晚上搓麻将回家，在堰坝上逮了只六斤重的大王八卖了三块钱。这些消息，到傍晚时分就传遍街头巷尾，三五里地外的村落。成为农家下酒的佐料，打发长夜的话题。

如果到了太阳上树梢的时分，茶客与店主不禁会问：田仁怎么还没来？

那叫田仁的是一个专事捕鱼摸蟹的农民，他家也有田，但他喜好这行，把田里的事儿，一股脑儿丢给了娘子，自己整天划着麦钓船穿行在港汊河道间谋生。他清早来茶馆喝早茶，就着油条、臭豆腐干喝烧酒，一会儿工夫，半斤酒下肚；然后登上停靠在茶楼下的麦钓船捕鱼摸蟹，不管酷暑严冬刮风下雨，准时得像一口老钟。到下午三点光景，他又出现在茶楼下的水桥边，手里提着一篓子鱼蟹，往茶楼的靠街面处摆开，自己又要上半斤烧酒，消消停停地喝，笃悠悠地卖。他的脸也许吸入了过多的紫外线，红里透黑，他的嘴唇不知是冻冷使然，还是烧酒使然，一直黑着。那时多半也是阿希的船靠岸的时辰，在石拱桥上张望的人们，看到清水港的拐弯处阿希船的篷帆时，都雀跃起来。

阿希的船来啦！

渐渐地，人们能看见阿希坐在船棚上掌艄，悠闲着叼着烟。伙计则横着竹篙站在船头，准备靠岸。阿希的船大多装的是商店里的杂货，那就停靠在石拱桥边，有时运的是粮棉，那就停靠在远离石拱桥的粮站或棉花收购站。

石拱桥侧的花岗石水桥边，有一棵老榆树，粗朴的树干由于阿希船铁链的磨蹭，有一条深深的伤痕，岁月在上面结出的痂，反把铁链磨得锃亮锃亮。那也无妨它顽强的生命力，春夏季节，高大的树冠罩出一片浓浓的树荫。

在阿希将铁链缠上榆树的当儿，虎背熊腰的脚班（我们那儿对搬运工的称呼）们将一块帆布搭在肩上，把长长的翘板搁到船舷上。随着粗犷的"吭唷——哼唷"的劳动号子，伴着翘板悠悠的"吱咯"声，他们鱼贯着将货物搬上岸。在翘板两旁的河滩边，喧闹着放学后的孩子。因为货物是用麻袋装的或是散装的，不免会散落开来。有黄豆、红枣、玉米，运气好的话，还会掉出一块冰糖什么的。孩子们是冲着那来的。那样子极像退潮后的沙滩，会留下些落伍而倒霉的鱼虾，招惹来许多鸥鸟似的。

阿希哪里去了？阿希在分发完人们托他捎带的东西后，不是挤在翁师傅理发店的人堆里看下棋，就是被田仁拉住在茶馆里了。聊了一晌午的本地新闻，茶客们也烦腻了，于是都围拢来，要阿希谈县城里的新鲜事。有给他点烟的，也有给他沏茶的，此时的阿希很得意。于是他就说：今天的红卫兵冲了"沈家花园"，余庆桥边在批斗牛鬼蛇神，结果两派打了起来，好些人打到了河里。人们提着耳朵聆听，阿希却就此打住。正在兴头上的茶客却不饶，于是请阿希喝酒，其实阿希也不是卖关子，他所知道的其实也就这些了。酒是不喝的，阿希很硬气，从不白吃人家的东西，烟当然例外。在外喝酒对阿希来说是难得的事，阿希孩子多负担重，他要尽好一个父亲的责任。烟是一角三分的"勇士牌"舍不得抽，只抽八分钱一包的"生产牌"。虽喜好绍兴黄酒，但也只是年节才喝一点。那次赢了小翁的象棋，打了两角酒，是个特例。由于阿希的身教，虽然自己大字不识几个，可他的孩子个个读书不错，安分守己地有了自己的工作，成家立业了。那当然是后话了。

道院镇当然还有农历八月半的"乡市"，那是乡村的传统集市，现在不唤作"乡市"了，而叫作"城乡物资交流"，形式是一样的，内容却大有不同，现在主要是交流小商品，几乎没有什么特色与情调了。

现在，随着交通的发达，道院镇也不再闭塞。原本人们从新寺去道院镇走小路，会经过桃花鲜艳的果园队，翻过建于宋代的通津桥。虽是雨天一腿泥，晴天一身尘，但田园风光却充满情趣，要是没有急事，走这些路也不觉得疲累。如今，加快了生活节奏的人们都省略了这些地方。事情也怪，近年来，联系道院镇的那些藤蔓苗壮了，可结在那藤蔓末端的花蕾与瓜——道院镇却哑了。年轻人大多在南桥购房，剩下的差不多是老人。街市的门面年久失修，不是废弃就是空关着；西街更是冷落，所多的是鸟雀，不复往日的闹猛了。

那曾是半把剃刀的张来生也成了半老头，且彻底地傻了。每天两次沿着宽阔的公路到南桥走个来回，就像电影《阿甘正传》里的阿甘似的。我在道院中学代课的日子，承蒙他剃过头，所以路遇时呼过他的大名，可他一脸的木讷茫然。人们几乎把那小镇淡忘了，只是看到这半把剃刀不懈地行走时，才想起它来。

前两年，曾在道院中学教过书的人，搞了一次聚会。虽说不上"访旧半为鬼"，但也走了好几号人，但活着的差不多都来了。老了的都有些怀旧情结，年轻的回想起曾经的青春与在那儿萌发的青春的骚动。那是"文革"时的避风港，是可以潜心读书教书的世外桃源。

那地方虽小，但出了不少大学生，有复旦、交大、华师大的，也有在美国耶鲁等响当当的名校的，其他院校的则更多。阿希的孩子也在其列。这恐怕得益于那儿的人家潜心耕读，不慕功利的缘故吧！

阿希也老了，跟随女儿搬出了道院镇；他现在住在哪儿呢？阿希的船也废弃了，先是停泊在清水河边，半沉着长满了青苔，后来不知哪一天沉没了。石拱桥翻造成了水泥桥，桥边的那棵老榆树，没了阿希船的系揽，也寂寞了。在渐渐地平复了铁链伤痂后，不知何时也枯萎了。人们也纳闷：为什么伤口好了，却反而枯萎了呢？

这谁也不知道。只有那"上真道院"，逐渐恢复"文革"前的旧观，香火更旺盛了。

2009 年 11 月 8 日于枕曲斋

土方郎中，是早些时候我家乡人对乡村医生的统称。是相对于医院里的医生说的。那些土方郎中都有些文化，大概在高小或初中的程度，学的多半是中医，给病人诊断的手段，主要是听诊，号脉，看舌苔与脸色。俗话说"后生木匠老郎中"，那郎中是凭经验的学问，所以郎中年纪越大，经验也越丰富，名望也随之。乡下人尊称他们为郎中先生。

他们一般上午坐堂看病。看病的诊室陈设也简单，一张铺着月白布床单的床，一张老式的案桌，一张藤椅，几条榆树长凳，一排竹制的火罐。手头放着几本中医的书籍，有《黄帝内经》、《本草纲目》等。那些翻烂了的线装书散发出的书香，与拔火罐、针灸烧艾蒿的气息相杂，平添了几分温馨与踏实。似乎告诉病家：你的病不碍事，服上几帖药就会好的。

下午，往往是郎中出诊的时段。他们的活动半径约莫在七八公里范围。那时的病家，都要起码隔天请郎中上门的。郎中出诊前那天的晚上安排好行程，第三天过午，匆匆扒些饭就上路，一直到黄昏或半夜回来。这一路都靠两条腿来丈量，其辛苦可想而知了。

也有年事已高或名望重的郎中先生，病家会用船来接或用轿子来抬。不过用轿子抬，是在解放前的事。这状况一直到公私合营成立乡村诊所才罢。而后是合作医疗培养赤脚医生，郎中们担当起了师傅的角色，着实传授了不少经验，也给劳苦的农民看病提供了许多方便。那是后话。

他们虽然什么病都得看，但术业也有专攻。有的看蛇咬，有的攻针灸，有的治火胆疮，有的专司正骨，有的则长于妇科，不一而足。他们在自己所司的领域，都有偏方——那除非是子孙，一般是不传外人的。

这些郎中，不要小看他们文化不高，除了一代代传承而积淀下来深厚的功底外，使病家敬重的是他们的医德。他们给人看病都神色温敦，童叟无欺，切脉听诊无微不至。所以一般的毛病，经过这样的切问，早已减轻三分。在行医过程中，若遇到贫困穷极的人家，他们往往不收分文。他们也算是江湖上的人，虽有"江湖庸医"一脉，但这些老中医秉承了儒家"不为良相，即为良医"的古训，遇病家，一定尽心尽责。这不能不说是一种兼济苍生的风范。

我们那里传说曾有一位土方郎中，遇到一个大户人家的媳妇难产，那大户一大早用八人大轿将他抬到家里。坐定，看看日头过午，那老郎中一言不发，只顾噗噗地吸水烟筒。看他悠闲的样子，大户虽急却又不便发作。老郎中心领神会，嘟哝一句：急也没用，要看她命大不大。片刻，门外来了个叫花子，蓬头垢面，腌臜不堪。老郎中一拍大腿说：救星来了！他把叫花子迎入厅堂，扒下他的老棉袄，只见赤条条的脊背上，除了鲜活的虱子，就是鳖黑的鏖糟。老中医大喜，忙说有救有救！

一会儿工夫，叫花子搓下面团大的鏖糟，老中医叫产妇就水吞咽下去。

约莫过了一个时辰，产房里传来婴儿的啼哭——一个白白胖胖的小子。

叫花子褪去了一层皮后瑟瑟发抖，大户给了他一件半旧的老棉袄，盛出好菜白饭打发他。古训说：不孝有三，无后为大。看着自己老来得子，大户朝着老中医捣蒜似的磕头谢恩。

老中医说：不要谢我，今天没有他，我也回天无力。不能就这样打发了他，得好好地供着。那大户也感恩，就把叫花子收留下来打杂，住在厢房里。日后把一个奶妈撮合给了他作老婆。那叫花子姓曹，老一辈的人还知道，往往指着某个姓曹的说：某某就是那叫花子的后人。那是我曾祖一辈的事了。如今姓曹的出了好几个大学生与村镇干部。

那似乎有点像民间故事，你信吗？不过我信！

那老郎中的后人呢？也在。但是没有一个学医的。原因是太苦倒也罢，解放后历次运动都脱不了干系，所以失传。我听后怃然。

不过我倒也亲历过这样的土方郎中。八十年代中叶，敝人得皮肤瘙痒症，凡肢体拐角处奇痒难耐。遍寻医院，无果。祖父说还是找老干吧！

老干叫干益闻，是乡里的植保站的植保员。关于他的最早记忆是，每到稻麦拔节扬花或棉花挂铃前，他总是提着一个白铁制的圆筒喇叭，一路走来，在田头喊：稻飞虱上来了，快撒"六六粉"，红铃虫抬头了，赶紧喷洒"敌敌畏"。当然还喊施药的配比。

他应该在我祖父的年纪，瘦小个，背驼得不逊于刘罗锅，一个眼睛吊眼皮且眨个不停。样子像《三国演义》里过目不忘，将西川地图献给刘皇叔的张松。他是黄浦江以南极负盛名的蛇医。江南多蝮蛇，不管再毒的蛇咬伤，找到老干，就有救。他靠的就是土方。不过未曾闻听他能治瘙痒。

我抱着试试看的心态找他，尽管在年龄上隔了一辈，但由于经常走巷串户，他认识我是某某人的孙子。他一看我的症状，脱口说：疥疮。

我问他：怎么个治法？他眨巴着吊眼注视我：你怕吃苦吗？我说：能！他说：无碍，去捉几只癞蛤蟆，去内脏，煮水喝三天，每天一酒盅。我将信将疑。但为免却瘙痒之苦，只可信其能。

那癞蛤蟆煮水后，如乳汁，白而稠，其苦难耐。那是冬天，为了治愈瘙痒，我弄来五只癞蛤蟆，硬着头皮喝了。结果三天下来，果然见效。我再去找他，想谢谢他。

他摆摆手说：小事一桩，举手之劳，何足挂齿！由于那一次的接触，我对貌不惊人的老干刮目相看。

后来每回老家，听到有乡民蛇咬，进医院后饱受折磨。人们就念叨：要是老干还活着，就好了！

老干的那些绝活有传人吗？无考。

我的岳父吴中兴先生也是一个老郎中，他出生于南汇，家境贫寒，后来拜师学艺，来奉贤道院小镇，开了爿"天生堂药店"，兼看病行医。他的专长是妇科，专治不孕不育。经他的医治而生育的不在少数。他过世了好些年后，依然有人上门诊治。隔壁邻居告诉说：老先生已归天有年矣！

他自学而有所专长，但在世时常说：叶先生本事好，字也写得漂亮。那叶先生就是我同村的叶祖光先生，他的针灸技术，浦南闻名。他出身殷实人家，文化也高，中医入门，与时俱进，兼学西医。在这些领域都有所成就，只是被他高超的针灸水平所掩盖。他带出的赤脚医生夏水良，就继承了他针灸的衣钵，从赤脚医生的岗位退下来，本该继续行医，可不知何故，办不了执照。但凭着他的名望与医术，每天病客盈门。

我读中学时闹肚子痛，黄夜不宁。母亲请来夏叔，他取出半尺来长的银针。我虽胆大，但就怕针灸。心想那长长的针刺入腹腔，若入心肝五脏奈何？夏叔开导说：不妨，针入体内，那些脏器都会让开的。我无奈。他一针下去，旋捻三五十秒拔出，说：好了！敛针盒内，释然点烟，似庖丁解牛。片刻，我疼痛全无。服了！

我们村还有些村妇，其貌不扬，可也有独门绝技，譬如接骨斗榫，譬如治火胆疮，治小儿惊厥……

不过生活的境遇，以及所谓文明的偏见，阻碍了像他们这样的人发挥医术，解百姓之病痛。

土方郎中的偏方与独门医术，也随着他们的一一过世而失传，给人以"人亡政息"之叹。

特别在庙堂医生把病人当作摇钱树，"老军医"、江湖骗子视生命如草芥的今天，人们更怀念那些土方郎中与老中医。再过些年，也许人们将不再了解土方郎中为何物，以为医生就是像现在这样的——他们的医技，他们的医德。

2010 年 10 月 16 日于枕曲斋

如果看过由泷田洋二郎导演的电影《入殓师》，你也许对给死者送行这一行当不会陌生。那部影片名有好几种译法，如"送行的人"，"葬仪师"等，但我以为译成"入殓师"更好些，用"入殓"二字，简洁典雅，既体现了送葬这一仪式的庄重，也体现了对操此职业者的尊重，字里行间渗透出安详与从容。我不是在写什么影评，倒是那称呼使我联想起我们乡下操类似职业的人。说一类，其实也不确，因为干这行当的人很少。

"纵有千年铁门槛，终须有个土馒头"，生老病死于人，则在所难免，不管你是阔人还是穷人，达者还是不得志者，是寿终正寝还是英年夭折。只是在终了的仪式上，显得不同，或排场或寂寥。当然，想得通脱的豁达者，以为无所谓，死则死矣，一了百了，谁管死后是非。但活着的人少不了要给他打理一番，既慰藉死者，活着的人也求得心安。能使死者体面地步入天国者，那人就是所谓的"入殓师"了。

但在我们的乡下，对这类人没这样的雅称，而被唤作"土工"。乡俗崇尚"入土为安"，以前都是土葬的，"土工"是为死者作入土前的准备，故谓之"土工"，不也宜乎？

"土工"不像"五匠"、"牛头"这类闲散职业来得吃香，"五匠"、"牛头"出门在外，总是呼幺喝六地惹人注目；而土工则不然，所操者，贱业也，所以大多是默默者。再说他的出现，是在人家悲伤的时刻，谁有心境嬉笑？加上整日与死者打交道，看惯了生死，脸上一副淡然的表情。穿戴也不像"五匠"、"牛头"们光鲜，往往是灰不拉几的服饰，冬天则在腰间束一条作裙。这作裙"牛头"也是常围的，围在"牛头"腰间，显出他的从容老辣，而围在"土工"身上，却全无那气度，倒生出些委琐。同样给死者送行，他也不如吹打念经的道士体面。道士按职位的高低、所司的行当不同，穿着也有异，但都戴着瓦当似的帽子，服饰也缤纷得多。哪家死了人，道士先进场。吹唢呐的、笛子的，敲木鱼的，拉二胡的，放铳的，搭台的，一应俱全，给原本悲伤死寂的氛围平添了不少热闹。在这热闹声里，死者的女眷属们有节奏地嚎哭着，一拨拨的亲戚鱼贯着磕头戴孝，作悲切状，然后坐到一边喝茶谈天。因为有道士的调节气氛，所以即使在唢呐们的演奏间歇，也不显出凄清，有那喁喁的忙碌声填补。

乡村的丧事都得三天，忙碌到第三天，"土工"才出现。土工一进场角，丧事人家的整个气氛就肃穆下来。人们仿佛觉得死神真的来了，那躺在门板上的人真的要远行了。在静穆片刻之后，嚎哭声更显热烈了。那土工则把家属找来，其实也不用找，自然围过来。土工就一一问送行时所需的物品。那都是有程式的，乱了则神明不享。

我对土工的记忆，最初应该自"达财公公"始的。

他先是炊事员，在"大跃进"的大食堂里给全村人烧饭，手里提着像鲁智深月牙杖似的铁铲，在浴缸般大的铁镬里搅拌能照见人影的稀粥。他比我祖父年长，呼祖父叫"福财弟"，他把"火泉"念成"福财"，那是外地方言使然。他是浙江平湖一带人，至于，怎么孤身一人来到我们那儿，现在已无考。当年，我祖父在搞地下党时，为避白色恐怖，曾"逃"到他的家乡避难。我在此，用"逃"字，并不是对祖父有不敬。俗话说：隔代亲。我对他的感情，是超乎父亲的。在他去世后，我去看他的档案，他对那事，也用了个"逃"字。这也许显得不体面，而我觉得倒更真实，一点无损他作为祖父的形象。历史是胜利者的历史，其实胜利者，在取得胜利之前，一定是经历了无数的磨难与不体面的。而像汉高祖斩蛇起义，是历史神话了他，其实，压根儿不曾有过那条白蛇。倒是睢景臣的杂剧《高祖还乡》更贴近真实些。

正是达财公公将错就错的"福财弟"，才使祖父逃过劫难，不然，这世上就少了"我"这个公民了。

达财公公给我最深的印象，那是他作为土工。后来食堂解散了，他年事已高，身体欠佳，又未曾娶妻育子，所以成了村里的"五保户"。所谓"五保户"，就是他的柴米油盐生老病死，都有村里负责。照理，他虽孤独些，但应该是衣食无忧了。但他有着农民的朴实，觉得这样坐享其成，心里不踏实。不知怎么，他想到了做土工，给村里的老人送葬。

这在他其实是蛮合适的，因为做土工是一般的人家所忌讳的，整日与死人打交道，晦气。如有儿孙，则娶妻都有困难。而他孤身一人，了无牵挂。一般的土工，给丧家入殓，会收取三元钱，而达财公公是分文不取的。那纯粹是感恩。

所以，村里走了老人，丧家先到达财公公处报丧，要他第一天就进场。其实第一天对他是没事的，一是因为反正办丧事开伙仓，他一人在家也冷清，来了大家热闹；再说，他是老者，经验丰富，有他在心里踏实，免得在丧事的礼数上出差错。

到出殡的那天的午后，道士们摇头晃脑地念经，前俯后仰地敲木鱼，"咪哩吗啦"地吹唢呐，与家人亲戚的嚎哭声乱成一片。

这时，达财公公来到死者榻前，揭去死者脸上的毛巾，神色庄重地端详死者片刻。死者的家属将死者扶直，然后，达财公公给死者梳洗、剃头、刮脸。若是男宾，他刮胡子很细心，胡子对一个男人是极重要的。他推推滑到鼻翼上的老花镜，凑近死者的脸，仔细地用手摸死者的下巴，绝不漏掉一根胡茬。

此时围边上的人们，也不再哭泣，都神色凝重地看着达财公公的一举一动，缅怀起死者的往事与对自己的种种好处来。

随后是给死者穿外衣，这是检验土工水平的活计。死者身体僵硬，关节不能弯曲，而且要穿棉衣、罩衫、风衣，加上断气时穿上的内衣，共得四个领子，那土工得穿外面三件。穿戴时你不能硬手硬脚地折腾，这样家属会心疼的。所以必须轻手轻脚，动作柔顺。

那裤子比较好穿，套上去便是，衣服就困难得多，但土工自有办法。他先将衣服翻转过来，反穿在自己胸前，然后握住死者的手，再剥离到死者身上。第一个手还好，第二个手，如果那衣服裁缝得偏小，那对土工是个考验。几个回合下来，如果还不行，那土工一定是急得满头大汗。可达财公公有绝活，遇此，他会闭着眼睛，嘴里念念有词。老人说，那是在通神。果然，不要一刻，衣服全穿好了。最后，他把红头绳系住死者的双脚，再用手掌抹一下死者的脸，让他口眼闭好，土工的活才算完成了。

达财公公波澜不惊的一生，到他晚年，因偶然的原因做土工才出名。方圆几里地都知道他的手艺。老人们会告诫自己的子女，自己死了，一定得达财公公来收拾，不然会口眼不闭的。而我们那儿的乡俗，如果死者口眼不闭，这对儿孙是极大的不孝。所以达财公公忙不过来，他想找个人接班，可没人愿意。他说起此事，显得有些落寞——有一天自己死了，会由谁来收拾呢？

我祖父常年卧病，达财公公会在做土工的空闲里来我家，与他的"福财弟"聊天，谈当年由他带到平湖，像模像样地混在农村的事。不过我一直觉得，达财公公身上有一股丧事人家特有的白布的味儿。有一次，他摸我的头，我不情愿地推开他的手。我不知道他当时的感受如何，他走后祖父打了我一顿。虽然现在可以用自己当时还小，不懂事来开脱，但忆起来心里依然内疚。

闲聊时祖父跟他说："达财哥，我死后由你给我收拾。"

达财公公会说："你比我小近十岁，我肯定走在你前头。"

"我一直身体不好，你别安慰我喽。"祖父坦率地说。

"如果是这样，那是自然的事。我们是老弟兄了。"达财公公实在地应了。

结果还是达财公公先走。他是"五保户",老人说,没子女的人去世时口眼不闭的。真的,临终前,小屋里挤满了村里的人,他挣扎了好几天,看看油尽灯枯了,可喝口热水,又活过来了。因为是冬天,他喘得厉害,神智有些恍惚。队长当时在开河工地,接到讯后马上到达财公公的床前,达财公公嘴里"呜呜",谁也听不懂。

队长眼眶有些湿润,上前拉住他枯瘦的手说:"达财叔,你安心去吧!我自己给你收拾入殓。"

说来也怪,达财公公嘴角一咧,露出一丝笑意就咽气了。队长用他粗糙的手掌抹上达财公公的眼睛。他去得很安详。自此,人们也渐渐淡忘了他。只是远村的人不知道,一遇丧事,还来请他。隔壁的人家告诉说:老人已去了好些年了。

祖父在的时候,有时会无端地念叨:"没想到,达财哥竟然走在我之前。唉,真的没想到!"

祖父去世时,是由原来的队长——掌泉伯伯收拾的。

掌泉伯伯是最后的土工吗?我不知道。

只是听说时下就业紧张,殡仪馆收入颇丰,所以很吃香,报考的都得本科以上学历,不知是不是真的。但有一点是肯定的,那就是土工的职业,为流水操作的殡仪馆所取代了。

2010 年 1 月 15 日于枕曲斋

前些日子，去就近的浙北旅游，当一片片招展着绿意的桑田，迎着车窗，热情地扑面而来时，耳际仿佛回响起"蚕宝宝，真有趣。小时像蚂蚁，大了穿白衣，吐出丝来长又细"的声音。那是儿时识字课本上近乎童谣的文字，现在在旅途上，由朗朗的童音吟出来，那是怎样的感受？

浙北的农事，自有它的特点，那儿除种植粮棉外，还间植桑麻。奉贤西南部的柘林一带，与其相毗连，也许是受其影响，或本来就有，只是随时间的推移，原本也发达的养蚕业逐渐萎缩了。据文史记载，"柘林"的"柘"字，是一种养蚕的植物，而由这种植物喂养的蚕，叫作"柘蚕"，不过已在很多年前就不见了。我们小的时候，所见邻居还有间或种桑养蚕的。说种桑，也不见得，那时的田都改作了棉粮田，就无需种桑了。再说宅基旁，河滩边，有的是百年老桑，根系虬然，枝叶蓊郁，你只要去采摘就行了。每到春夏，闲不住的农户，在劳作种棉粮之暇，兼养几帘春蚕。虽然，这要辛苦得多，但这一则可以增加些收入，二则平添许多养蚕的乐趣。这是一般人所体味不到的。

养蚕实在是件极富意趣的事。

每到仲春，"陌上柔桑破嫩芽，东邻蚕种已生些"的日子，鹅掌似的桑叶刚泛出墨绿色，养蚕人家就将过冬蚕种亮出来，放到树荫阑珊的阳光下透透风。那是粘在一张张草纸上的蚕种，是隔年的蚕蛾，将卵产在粗糙且发黄的草纸上的。每只蚕蛾终其一生，能产下六七百枚卵，整齐地排列着，像小米，又像一粒粒陈年的珍珠。待来年春天，原先乳黄色的卵渐渐转黑。大人们说，幼蚕即将破皮了。第二天起来一瞧，呵！纸上蠕动着小蚂蚁似的黑点——那就是幼蚕。

那时，我还未上学，邻居家的小梅姐，已读高小了。农家的孩子早慧，她已是大人劳作的好帮手了。她哼着儿歌忙里忙外，两根长又粗的辫子前后跳荡着。一放学，书包一扔就去摘桑叶了。那时节的桑叶最嫩，绿绿的，油油的。蚕宝宝选在这时出生，实在是聪明。

这时，小梅姐会一甩辫梢说"走，跟姐摘桑叶去"，或者说"来，看姐喂蚕宝宝去"。她总是一口一个姐，比我叫她还勤，好像我是她亲弟弟似的。我没有姐姐，有这样一个异姓的姐姐，心里觉得甜甜的。

蚕小的时候不好伺候，你看它小得可怜，要把它们一个个捉到桑叶上去，真要倍加小心，手指稍用力，它就会被压扁。因为小的缘故，桑叶吃得慢，但你一定得勤换，不等吃完就得换新叶，这很麻烦。它们爬得到处都是，你必须每一叶正反面查看，不然会与陈叶一起倒掉。我也曾吵着要饲养，母亲拗不过我，向小梅家要了一些蚕种，但是由于我的粗心，几次换叶下来，蚕却所剩无几，大多连同陈叶给倒掉了。母亲责备说：毛手毛脚的，看人家小梅姐，多乖！

小梅姐小学读完五年级就不再读书了，因为我们那儿没有六年级。更主要的是，她家里小孩多，就她是女孩，正好帮父母挣工分养家。其实小梅姐读书是很好的，原来的老师去她家劝说了好几回。小梅姐真是个乖孩子，说是自己不想读了，老师也就叹息着走了。从此，学校里少了一个聪明可爱的学生，田野上多了一个顶着土布头巾的乡下女孩。

一个星期后，蚕就蜕去黑衣，以后就日滋夜长，不久就长成个个秀美的小姑娘。原来的簸箕、栲栳已容不下它们了，于是就扩养到竹帘子上。此时，蚕的食量大增，白天要喂两次桑叶，但无需再换，这些蚕们将桑叶只吃剩一根根叶脉，清理起来很方便。如果喂得晚了，竹帘子上只见白花花的蚕，肉肉的。即使在晚上，也要起来喂一次的，不然蚕会饿着的。更深人静时，睡梦中能听到蚕吃桑叶的"沙沙"声。后来读到"子规啼彻四更时，起视蚕稠怕叶稀"的诗句，更体会到此刻养蚕人的辛苦了。

蚕这样贪婪地吃，长得也快。一个月以后，个个出落得像大姑娘似的，丰满、圆润、通体透亮，行动也娴静得多了。这时大人们说：蚕就要"上山"了。所谓"上山"，也就是要结茧了。因为这蚕在结茧时，先要爬上蓐去了皮，腰间束着，立在竹帘中间的一簇簇麦秸上，故名之曰"上山"，那一簇簇麦秸也叫作"蚕蔟"。趁蚕不再进食的当儿，人们就忙着选上好的麦秸，剔尽枯叶，束好后均匀地放在蚕丛中。

小梅姐的手很灵巧，束的麦秸把最有样。她穿着那时乡下的细方格土布做的衣服，洗得白净，穿在她身上显得特别的美气。邻居的婶婶、大嫂们就说：小梅，你妈纺蚕丝棉袄呢！给你办嫁妆呢！谁娶了小梅真是有福分，多能干、俊气的姑娘。

小梅的脸有点红了，手显得更灵巧了。

梁上的小燕子探出扁扁的脑袋，张着黄黄的大嘴呼唤妈妈的时候，蚕宝宝们不见了。丛丛麦秸上满是白的、黄的蚕茧；竹帘上空荡荡的，只剩得桑叶狼藉的茎脉，静静的。蚕正用自己半生的辛勤，等待着生命的蜕变。

"雉雊麦苗秀，蚕眠桑叶稀"，每年这时，原已稀疏的桑树，新叶又多了起来。黄鹂鸟在浓荫间对歌，桑树的枝叶间挂上了青青的桑葚，初夏的雨露滋润着，裹着麦香的阳光抚摸着。

每天放学的钟声一敲响,我们猴急地冲出校门,因为在广阔的原野上,有诱人的桑葚在召唤着。

在我们爬上高高的树枝的当儿,桑葚就变红了,转眼就呈紫色了。这情景就像逝去的童年时代一样,也只是在转瞬间。

那时,家家的生活不富裕,都抠着子儿过日子,孩子买零食的钱几乎没有,饥肠辘辘是经常的事;于是,桑葚便成了我们解馋、充饥的替代品。桑树的枝干细,高处是爬不上去的,但那时办法也真多,会变着法儿把最后一粒桑葚收入腹中。那几乎都是男孩子的事,小梅姐她们会在桑树下拾取我们打下来的桑葚,大家配合着享受童年。

桑葚还红的时候吃,略带些酸涩,且籽硬硬的扎牙;等到呈紫色时吃起来,就可口多了:比野草莓甜,比野葡萄爽。

桑葚红紫色的汁液,染在我们红紫的嘴唇上。如果有人问我你的少年时代是什么颜色,我会毫不犹豫地说:是红的、紫的。

不怕难为情,即便后来长成大小伙子,在田间劳作的间隙,会情不自禁地上树采桑葚。

啊!少年时代。

蚕的茧,对蚕而言是为了完成生命的蜕变、升华;在人来说,却可以缫丝、抽线、织布。

蚕茧从麦秸上剥离下来后,放上些时日,然后取一些在耳畔摇动,听听是否能摇响;如果响了,说明蚕已演化成蛹了,蚕丝已老熟了,可以缫丝了。

于是,隔壁的小梅姐母女将锅里的水烧开,将一篮篮茧倒入锅内。此刻茧会发出"嗞嗞"的声音,那是生命的挣扎吗?然后小梅姐与她母亲一起,用蜕叶的竹枝做的竹帚,在锅里鼓捣着,蚕丝就顺着竹枝抽了出来,然后将它绕在纱锭上。蛹的生命结束了吗?可怎么还会源源不断地抽出丝呢?

那时,小梅姐已出落成一个漂亮的大姑娘,红扑扑的鹅蛋脸,会说话的杏眼。她对我还是一口一个姐:姐给你说,给姐拿样东西去。在我念高小的时候,妈说:小梅姐许了人家了,男方的家境颇殷实。后来小梅姐就出嫁了,出嫁时最漂亮的被子,据说就是她妈用蚕丝织的,上面是小梅姐绣的花,那花纹就是长满桑葚的桑枝。

从此,我们都长大了,除非年节,难得见到小梅姐,即便见到,她再也不把"姐"字挂在嘴边了。

若干年后，我成家立业搬进了城里，关于小梅姐的消息就更加隔膜了。有一回，母亲唠起家常时说到小梅姐，说她日子过得艰难，丈夫沾染上了赌博，几乎输得家徒四壁。不过，她很要强，家教也好，女儿像她一样漂亮聪明，考上了上海的一所名牌大学。我想，她女儿所实现的其实是她当年的梦想。

车在浙北的平原上奔驰，窗前闪过无数的桑田，眼前仿佛闪现许多像小梅姐一样的当年的伙伴。我想她的女儿也许就是她后半生的希望与慰藉；我又想，生活一直在向前奔跑，哪怕再遇到什么困难，我们这一代人会永不放弃，相信光明总在前头召唤着。因为，我们有青涩的少年时代给打下了底色——有的蓝紫，有的火红。

2009 年 5 月 18 日于枕曲斋

按乡俗，今天是杨森先生去世的"二七"忌日。

窗外是冷冻天，没有太阳。早晨，丽洲茶室内阒无一人。我独自坐在窗前，将与先生交往的点滴往事，敲击成文字。我之所以选择在丽洲茶室，因为此地是我与先生常来小坐的地方。先生好静，我们多半坐的二层，北向临窗有一小池塘。塘内碧水静影，蕴草可数。鹅鸭在滩，剔羽絮语。枫杨弱柳一派萧瑟，孝竹香樟苍翠成屏。阻断了廛市尘嚣。我们往往瀹茗闲坐，谈古今，聊世相。不觉，夕阳在山。

而今天，我一人于旧座枯坐怀想，而先生却已在西归的路上。小时候常听祖母说，人死后，灵魂先在屋，后在宇，然后在野，渐行渐远。等到七七四十九天后，谓之断七。断七那天，阎罗王派牛头马面，送逝者登上望乡台，回望故乡，追怀往事。此时，逝者对一生的往事与亲人，还留恋而割舍不下。为使逝者释怀，了无牵挂地进入下一个生命轮回，于是给他喝一碗迷魂汤，使之了断前尘，释然前行。就像《倚天屠龙记》结尾时的张三丰、周芷若不记得前尘往事一般。如果诚如祖母所言，那么先生现在还能看到他的亲人与朋友，记得历历往事。

先生，现在你看见了我一个人坐在那个你熟悉的老地方吗？

一、噩耗传来疑非真

杨森先生的离世，是很突然的。虽然他患了尿毒症，一直坚持着每天四次的腹透达七年。但病羔稳定，大家都以为再活七八年是不成问题的。可二〇一三年十二月二十一日，星期六上午九时许，我正与妻子在镇上办事，忽然手机响起，电话那头传来哭声说："小汤，我是小何，杨老师今天早上六点去世了。现正在回家的路上，将过奉浦大桥。"小何是杨先生的妻子何秀丽，那是我们的习惯称呼。

凶讯突然。我脑子一片空白，不知所措。

我随即搁下手头的事赶往。他家已有一些亲友及闻讯赶来相帮的人。杨先生躺在门板上，脸上盖着毛巾。我揭开毛巾。先生微睁着眼睛，嘴角挂着熟悉的微笑，似在打盹一般。我叫了一声"杨先生，小汤来看您了"后，即泪如泉涌至失声。我摸摸他的脚踝与肩膀，余温宛然。

我无端地想：先生只是小憩，待会儿会醒来的。然而，事与愿违。

我与先生的最后一面，是在星期四下午。那天，区委宣传部的新媒体中心搞了个征文，我与他均是评委。那天太阳很好，下午十二点多，我去接他。因为还早，便在他家的阳光屋里小坐。茶几上，放着一本勃兰兑斯的《十九世纪文学主流》，还有一本是《老学庵笔记》还是《癸辛杂识》我忘了，但李译本莫泊桑的《漂亮朋友》正打开着。因为他已开始写长篇小说《钟声在黄昏响起》，正研究一些长篇小说的结构，以便借鉴。我的第三本书散文集已脱稿，我们说好，三年内各自写一个长篇小说。我说自己更喜欢雨果的作品，特别是《巴黎圣母院》、《悲惨世界》，还喜欢俄苏文学，如《静静的顿河》，艾特马托夫的中长篇小说。国内的作家，我最喜欢萧红。他说，先别考虑太多，以自己的风格写出来再说。三年太长，估计两年可以了。他是不是已感觉到余下的时间不多呢？

聊着聊着，他忽然说自己的小说恐怕完成不了。我心头飘过一丝不祥。但故作洒脱地说：你说哪里话？冬天过去就是春天。春天来临，你的创作激情会勃发的。再说，我还等着给你的长篇写序呢！

其实，我们之间有个约定：为各自的小说写序。我说，你给我写序，顺理成章，哪有学生给先生的作品写序的呢？他说那个序一定由你写，因为你最了解我。出于先生的厚爱与信任，我答应了。并以此鼓励他要坚守，与病魔共存。每当他身体不适而说些"黄小二过年，一年不如一年"之类的颓唐话，我总是责怪说：你不要瞎想八想，现在不是好好的吗？他说：也是，也是。不过我知道，他心里其实并不释然。

临出门，我提醒他别忘了钥匙。他又折回去取钥匙。这样忘带钥匙已有几回了，所以每次出门，我一定会提醒。他此刻会无奈地笑笑：近来很健忘。

随后，我们去丽洲的新媒体中心评比征文。三点半许，活动结束，我送他回家。路上，我听取他对我的散文集《一棵会走动的树》的意见。这是我的习惯，每有稍得意的小文章，总要向先生谈构思。他会直言且中肯。对这本尚未付梓的集子，我请他浏览一下，因为看二十万字，对一个病人来说，会很吃力的。但他一向做事认真，更何况对我。于是说，不要紧，我会一一看的，反正没事。那天，离我给他书稿也就十天。

他除了肯定亮点之外，共提了三点意见。第一是，题材可以相同，但要避免主题相似。因为我的文章几乎都是写农村题材的。第二是，文章不必都要点题，留着空间让读者去想。第三是，是否可以不归类，以免阅读疲劳。我答应他，自己不急于求成，一定按他的建议，尽力修改。并说等修改好后再给他看。

到家后，他说：小汤，再坐脱一歇。我说今天你也累了，这两天有空，我再来。

我调转车头,他还在门外等着,目送我离开。何曾想到,那竟是我与先生的最后一别。

之前的星期二,我抽空去他那儿坐了两个多小时。每次我去,他是很高兴的。去前,我总得打个电话。近来几次,我车驶进他的小区,远远见他站在门口,哪怕外面很阴冷。我责怪他说,天那么冷,你我还要客气吗?着凉了怎么办?他总说不要紧,不要紧,我也透透空气。

其实,他也寂寞、孤独。

现在回想起来,那其实是一种不祥之兆。

星期六早晨,我本在想,今天霜晨丽日,待办完事后,去先生那里聊天。何期等来的是噩耗。

在他的书桌上,我看到摊开着的自己的散文集书稿《一棵会走动的树》。阅改的地方至最后二十多页戛然而止。手泽余温犹在而斯人已逝,兹不痛哉!

二、蹉跎岁月亦温馨

我有幸认识杨淼先生已近四十年矣!

一九七四年冬,我高中毕业回乡。在开完了"郊红港"河后,接到公社教革组的口讯,问我可否愿意去道院中学代课。其实,在毕业前夕,同学间私下里谈所谓远大理想时,最不愿当的就是教师。这恐怕与所亲见的教师在"文革"中的遭遇有关。何况自己在读书时也不少捣蛋。但城镇户口的同学都有了工矿、农场的出路,唯独农村的,只能回家种地。就像《流浪者》电影中,贼的儿子永远是贼一样,农民的儿子永远是农民。那时的农村娃没什么好的出路。

为逃避繁重的农活,改变命运,就担任起代课教师之职,在道院中学教语文兼教体育。那时的道院中学,地处新寺公社东部,离新寺镇四公里余,交通不便。陆路是泥路的乡间机耕道,水路则靠小木船、机帆船短驳。我家在胡桥新寺的交界处的乡村,离道院镇约六公里。父亲花了七十八元,为我买了辆旧自行车。我真正意义上的人生,就从此开始。

道院中学是一所完中,初中有十二个班,高中有四个班。杨先生教高中,我教初一,因为按年级分办公室,我没和他在一起办公。只是在开会或政治学习时才碰到。他超过一米八的瘦高个,穿一件驼色的呢制服,戴一副琇琅架眼睛,面容清癯,不苟言笑。腋下总夹着一本杂志或书。我其实早就知道他，因为他是名人。在去道院代课前，父亲就叮咛说：杨森老师很有本事，你要多向他学习。

凭我的直觉，这个与众不同的人一定是杨森。一问，果然。除了寡言，他的特别之处还在于不怎么合群。上完课后，即回他的住所，即便是吃饭，也从食堂打回寝室，边看书边扒饭。他那时住在一间简陋的偏屋内，低矮潮湿，仅容一床一柜一课桌。

我故意接近他。按大家对他的尊称呼"杨先生"，他也搞不清是谁，朝我"嗯嗯"地笑笑。但那笑是和蔼的。

不久就春暖花开了。和我住在一个寝室的曹国才是杨森先生的学生，每到晚饭后必定与杨先生一起去散步。我常常跟在后面。久而久之，杨先生对我也熟了。于是，一有闲我就去他的陋室。看他用蝇头小楷抄写《词综》、脂评《石头记》，之前他已抄写完《西厢记》，临摹完了《芥子园画谱》。那楷书得钟绍京小楷之精髓，工整娟秀。使人爱不释手。他的书法曾获上海市教育系统书法比赛金奖。这是后话。

那是"文革"后期，刷标语写横幅是常事。杨先生能用一张白纸剪出规范的楷书、隶书大字，使人叹为观止。"文革"初，他受命在县城的高墙上画油画《毛主席去安源》，形神毕肖，几可乱真，轰动一时。

下一学年开始后，他的住处作幼儿园教室，于是我与杨先生住到一起。出于对他书法的仰慕，我也开始抄写《唐诗三百首》，字虽稚拙，但坚持着抄完。先生为此写了书名，并给了不少鼓励。可惜那本《唐诗三百首》再也找不到了。

除了抄写他喜欢且不能得到的古书，所多的时间他在看古籍。如王夫之的《宋论》、《读通鉴论》，李卓吾的《焚书》、《续焚书》、《初谭集》，还有《诗集传》、《庄子集解》、《楚辞通释》、《大宋宣和遗事》，那些书几乎与时事无关。那情形就像当年的鲁迅躲在小楼里研读古碑文一般。

那时，"文革"已近尾声，政治气候乍暖还寒。先是批林批孔又批走后门，继而批邓反击右倾翻案风，可谓"城头变幻大王旗"。道院中学在蒋桂希、张甫根的倡导下，搞教师自我培训，抓教育质量，风生水起。杨先生敏锐地感到政治气候在回暖，而成为积极的参与者。但还有人说他是走"白专"道路。

其实，道院中学的率先抓教育质量，除了领导的胆识，还有一批以杨森为首的"白专"骨干。当初，他们都作为另类被充军到最偏僻的道院，就像"十二月党人"被流放到西伯利亚。一旦时机成熟，他们都是有用武之地的精英。这些，都被十一届三中全会及恢复高考后的事实所证明。那也是后话。

那里有邬先鸿,北师大的高才生,后来调往县中,夫人得了痴呆症,他辞去教职,一直不离不弃地陪伴,情深义重;薛德焕,能言善辩,后来成了黄浦区的数学教研员;朱洪培,复旦历史系毕业生,一口崇明腔,英年早逝;陆维铭儒雅倜傥,后来调入县中教语文,再后来做校长。还有些秉性独特,性格特异的人。老教师朱伟民,教地理兼初中英语,饭后从不洗碗,只用报纸抹擦,不穿衬衫,假领外直接穿中山装,还与学生在红花草地里摔跤;部队转业的化学教师老军,不乏幽默,教子时踢得脚趾骨折;"博士"金权,博闻强识,一天可以看完《蓬皮杜传》或《朱可夫传》,图书馆的借书卡上都有他的名;无线电半导体专业的曹国才,从没看到他摆弄响一台收音机,上课最热闹,驼色呢制服背后尽是学生洒的蓝墨水。

　　但不管怎样,他们一概称杨森为先生。这些人既有才,又不无幽默,所以,才使先生的生活有了不少乐趣。

　　曹国才是先生在柘林中学的学生。晚饭后的散步必定有他,当然还有我。有时还有薛老师德焕、小何燧初、陈文棣、吴家云。后来,国才结婚了,就每天回家。第二天上课,学生吵得更厉害,也许他乐不思蜀而没备课,以至于与学生龙虎斗,喘着气将学生扭进办公室,面孔涨得像猪肺头。这样,散步往往剩我与杨先生。

　　两个人散步也有好处。面对孕穗的麦浪,欲燃的油菜花、红花草,我们一路闲聊,或背诵唐诗宋词,若遇忘词,先生就提醒补白。吟诵着"山远近,路横斜,青旗沽酒有人家。城中桃李愁风雨,春在溪头荠菜花"等诗句,在古诗词的意境里,襟怀开阔起来,有时一直走到海边的石河塘。折回时四野里已万家灯火。

　　如若天气阴冷,我们就在道院镇上逛一圈。道院镇小,一支烟就可打个来回。于是我们去冯瑶根老师家,她家就在中学西首。冯老师是校医,为人急公好义,她丈夫潘长云是抗美援朝的老干部,和蔼的长者。长子潘杰与我年龄相仿,但像个女孩子,说话会脸红。女儿潘霞大概读二年级,每次拉住杨先生讲故事。闲聊间,冯老师早已将汤圆或馄饨煮好。于是大家边吃边聊。尽管那时精神与物质生活贫乏,现在想来,因为有了这种友谊,所以幸福指数其实并不低。

　　杨森先生尽管不善交际,但有不少敬重了解他的乡邻及学生。之前,他曾在更偏远的陆家小学教书,那里的大队干部缪永福,教师胡德禄,社会青年姚天初常来,有时还带些乡下土仪。还有柘林、道院毕业的学生。其中来得最多的,要数后来成为先生妻子的小何——何秀丽。

三、却话平生沉沉夜

乡下的冬天很冷,更何况道院临近杭州湾。

杨先生家住上海永嘉路,但他周末很少回家。每逢周六晚,校园内空荡荡的,只有看门老头与杨先生。我往往匆匆回家,吃过晚饭后即折返学校,因为有杨先生在。

校园的白天充满生机,而到晚上,特别是周末,静得悄然。风摇撼着树枝、竹园,偶或有一只老鸹子飞过,"呱——"的一声,"呱——"的一声。我们裹着棉衣,他抄蝇头小楷,我学着练字。直至饥肠辘辘,便烧米粥或煮山芋。待身子回暖后便钻进被窝看书或聊天。像我这个年龄,当时无从借书以观,对于著名作家,我只知道鲁迅、郑振铎、浩然,更何谈莎士比亚、普希金、莱蒙托夫。于是他给我讲《奥赛罗》、《上尉的女儿》、《当代英雄》的故事。我当时很喜欢《钢铁是怎样炼成的》,他于是介绍《牛虻》、《绞刑架下的报告》、《青年禁卫军》、《第四十一个》、《这里的黎明静悄悄》。这些书,即便是现在回忆起来,还是令人激动。因为伴随着她们的是自己的青春。也正是先生的引导,使我爱上了文学。

尽管我那时十八九岁,杨先生仅比我父亲小两岁,差了一个辈分,但我们没一点代沟。我有时候开他玩笑或作弄他,譬如午睡后将他的眼镜藏起来。可他从不见恼,反而很开心。这于他人是绝无仅有的事。

有天晚上,外面似乎下着小雪。我们依旧聊得很晚。他忽然想到一件事说:糟了,今天忘了将一样物事拿进来。我说啥物事,我去拿。他说不行,这不能让你拿。我说我不怕冷。他说那也不行。我忽然想起那一定是夜壶,于是裹上军大衣出去拿来。他连说,这怎么可以,这怎么可以。我说我小时候一直给爷爷倒夜壶,即便是现在。他说那也不行。言语间充满歉疚。而我却很开心。

在那漫长的冬天,他也聊自己的经历与家事。

杨先生共有兄弟姐妹九人,他是老五。上面有两个哥哥两个姐姐,下面有两个弟弟两个妹妹。我特佩服先生的蝇头小楷,可他说自己的字在兄弟间算是最好的,但不及他父亲。他父亲是在国民政府期间的法院工作,是书记官,所以字很好。在苏州园林里有一块碑是他父亲写的。可惜经历"文革"后,这碑找不到了。

我说杨先生,以你的才学,不至于到穷乡僻壤来教书的。他说那时不懂,在高中毕业前正逢反右,老师鼓励学生提意见。他画了一幅漫画,意思是这样的:一棵大树被砍下后，没量才取用，最后做成檩条、镰刀柄。

毕业时，反右方炽。校领导以此上纲上线，仅因他是高中生而没摊上右派分子。同学们的录取书都拿到了，可他却未见录取通知。他说，不是自负，自己觉得考复旦是不成问题的。人家都开学了，他几乎等得绝望。此时，上师大的录取通知书来了，但只是专科。他不甘心。

几经考虑，那是政治因素，即便今年不去，以后也许永远没有机会了。于是懵懵懂懂读完了专科中文系。

毕业后，他分配到柘林中学。他很绝望，郁郁寡欢。寂寞间，还是文学给了他希望与力量。他写起了小说。很快，《十二朝酒》在《萌芽》上发表，那时，他才二十出头。《萌芽》的编辑欧阳文彬、哈华很器重他，经常鼓励并约稿。那时，在《萌芽》上发作品是件大事，学校的领导却从中作梗，拿他当年的漫画说事，多有刁难阻断。

不能写小说，他便写字，研习先秦文学，他喜欢《楚辞》，敬重屈原。不久，被调往更僻远的陆家小学，道院中学。在道院中学期间，他在《朝霞》上发表了小说《师生》，并被《中国文学》译成英文。

我曾开玩笑说，你的那张漫画，倒成了你自己的宿命。不过对你是不幸，而对你教过的学生却是有福——有你这样一位博学全才的老师。他只是苦笑。

道院中学的宿舍是老旧的瓦房，檩榫脱臼，往往雨泽下注。若遇下雪，屋内也雪霰霏霏。这为老鼠的出没提供了便捷。更何况宿舍内还有大米、山芋等好吃的。夜半灯尽，屋梁间传来"哧哧"、"哧哧"的老鼠剔篦笄的声响，那是老鼠间传递信息的声音，神秘而诡异。随即是老鼠大军搬动山芋的脚步声。从床底下，书桌上，隔着蚊帐的床撑间，肆无忌惮。

有一回，杨先生兴奋地叫我：小汤，我逮住一只老鼠了。怪哉！你睡着了，怎么逮到老鼠？我开灯起来。见他夹着蚊帐握住老鼠。我就近一看，哪里是老鼠，那是一只鼠般大的山芋。杨先生笑着说：怪不得那么硬，原来是被老鼠搬过来的山芋。我们彼此失笑。

这倒驱赶了蒙眬的睡意。于是又聊起来。我忽然无端地问：杨先生，何不找个对象结婚呢？你看我父亲与你年纪相仿，我都十八九岁了。

他在暗中叹了口气说：这要有合适的机会。

反正在黑夜里，看不到表情。我冒昧地说：小何不是对你很好吗？我看很合适。

他说：好事多磨，顺其自然吧！

我说：那倒也是。

我们的办公室到宿舍就跨过一个弄堂。小何来时，他往往在写字。小何便拖着两根粗大的辫子，侧着头看他写。先生会停下来聊上几句，那目光是柔和的。此时，我会借故到办公室备课或批作业。小何也不常来，十来天来一次，理由是借书或还书。但我从未见他们讨论有关书的内容。

七七年秋，我调往新寺中学。离开前，先生写了楷书的《古诗十九首》和行书的《归去来兮辞》作纪念。随后他也调到新寺中学。不久，高考恢复了。我们约定，我考大学，他考文学研究所先秦文学的研究生。我的大学通知来了，他的复试通知也后续到了。他专业只招一个人，复试有三人，而在三人中，只有他一人基础课与专业课都在九十分以上。都以为，杨淼这次喜托龙门了。可结果还是没被录取。事后才得知，还是那份档案，像一个鬼鬼祟祟的魔影在作祟。

于是，他认命了，专事教书写作。他是第一批评上高级教师的，奉贤共两人。课余，他的杂文常见于《文汇报》、《解放日报》，出版了四本集子《中国人的心态》、《雁过留声》、《红楼撷趣》、《历史七读》。在开他的作品研讨会时，原《解放日报》朝华版主编沈扬先生评价说：杨淼的知识广博及杂文水准，上海屈指可数，在全国也是不多的。有识之士曾说：杨淼的才学，在奉贤大概百年才出一个。

先生虽命与仇谋却与奉贤有缘。先生晚年常对我说，我喜欢奉贤，喜欢乡下，我回到上海市区反而觉得不习惯。我听了不免唏嘘。从此，在先秦文学研究领域少了一个有建树的学者，而在奉贤乡村多了一个桃李满天下而备受人敬重的宿儒——杨淼先生。

四、往事如烟入黄昏

杨先生患的是尿毒症，到去世，经历了七年的折磨。其间，每天要做四次腹透。常为病魔牵累，奔波于中山医院与乡间，因此，他很少出门。尽管他是一个好静的人，时间久了，也不免寂寞。以前，我们之间因忙于生计，联系不多。自他退休，特别是染疾后，我是常去的。除了有时陪他去书店、外出兜风，多半是去他家聊天。

有一次晚上，我知道他又住进了医院，懂得这病不是省油的灯。就在阳台上发短讯给他：杨先生，我想你。发完后不禁泪如泉涌。还好，那次不是此病直接诱发，而是偶感风寒。

之后，我请他根据自己的阅读经验，给我开一个书单。他说你还要我开书单。硬是不肯。我说，我读的那点东西，不及你之万一。恳求再三，终于答应。而有些书出版日久，实在买不到。我才疏学浅，遇疑难常常向他请教，他总能给出满意的答案。他像鲁迅，看问题切中要害。我佩服他的学识广博，思想敏锐。

我是个散人，这样一坐往往半天。今年以来，每次晤聊，他常回忆往事。说到动情处，眼含热泪。

有一次他回忆父亲说，解放后，父亲作为旧职人员，被新政府留用。但分配到了蚌埠法院。薪酬自然不能与以前比，一个人要供养十张嘴，家里尽靠母亲操持。父亲寡言而威严，与儿女沟通不多。一次父亲回蚌埠，母亲要他送到北站。在父亲走向火车的刹那间，忍不住掉眼泪，他怕父亲看见，就躲到廊柱后面，看火车载着父亲驶出车站。后来父亲回家探亲时对母亲说：杨淼这孩子一点不懂事，我还没上车，他已走得无影无踪了。

他回忆说，到父亲去世，都不知道这件事。述说完，竟无语幽咽。那是秋天的午分，斜阳照在客厅的一角。我默默地陪侍着他。我理解他子欲孝而亲不在的无奈，何况他自己也已步入夕阳老景，其感同身受的体味尤深。

今年"五一"期间，先生的儿子笑予安排他去日本。当时他病况稳定，但他怕出门。一来是体力不支，二来是怕给儿子添麻烦。但笑予是出于孝心。儿子其实明白，父亲没出过国，这次不去，恐怕以后就再也没有机会了。那是笑予在给父亲守灵时对我说的。去之前，先将腹透的药水托运过去，还专门借了一栋住房，整个旅程共十来天。由于旅途劳顿，先生归来后即腿脚浮肿。过后我去看他，尽管疲惫还写在脸上，但言谈间因儿子的孝顺的幸福感溢于言表。

笑予是个好孩子，同济毕业后在一家设计院供职，出差坐飞机是常事。媒体上常有飞机出事的报道，先生甚是担忧，爱子之心尤切。先生老来得子，笑予降生时，他已年届四十。起名"笑予"，我解读是"多情应笑我，早生华发"，问先生，他颔首。笑予酷似先生，连走路的姿势都活脱，只是魁梧些。当年，我读大学回家去看先生，先生与小何在里屋做饭，笑予开门。先生问谁，笑予答"小汤"。先生夫妇责备说：你也可以叫小汤？那时笑予大概三四岁。

而今，笑予也已三十过半。每每与先生说起，大家不禁失笑。真是岁月神偷，一晃三十多年过去了。

去年，先生的大妹患癌症离世，今年，他的一个哥哥也卧病多年后去世。这对先生无疑是打击。

今年入秋后，我去看他，他会谈起死与灵魂有无的问题。也许他已感觉到来日无多。我有一种不祥的预感。但他是个无神论者，相信人一死，就一切都烟消云散。我正好在写散文《你从哪里来》，中间就有关于人从哪里来，再到哪里去的思考。我说人是从船上来的，小时候祖母常说我们一般大的一批孩子，是从一条船上来的傻孩子。祖母在去世那天，无端地对我说，你去上班吧，那条船已停在水桥边了。没过多久，祖母就走了。还有我祖父，他也不信鬼神，但他去世前，一定要我母亲为他扎一条纸船，说自己回归的路上白浪滔天。

再谈到《圣经》里的诺亚方舟，意思是想说，人一死并非虚无。可先生依然不信，说我祖父母关于船的说法，只是他们以前听得多了，只是离世前的回忆罢了，其实并没有灵魂的存在。

他说近来一直做梦，都是从前的事和过去的人。我说那都是你身体虚弱之故。他口头同意，但内心如何，谁也不知道。

他是一个好静的人，内心世界丰富，不怕孤独。但去世前一个多月，忽然提出，白天要有人陪伴。他知道妻子小何是副镇长，脱不了身，于是建议让自己的姐姐姐夫来作伴。不知他想到或幻觉到了什么。

还没决定由谁来陪伴。那天早晨，先生忽然离世。

在为他守灵时，小何与儿子笑予回忆，七年前，先生尚未得病。迷蒙间忽然看到自己的母亲，穿着一身红衣服，从门口进来。先生由是染恙，住进中山医院。去世前不久，家人忽然梦见他去年去世的妹妹，也穿着一袭红衣服，穿过客厅。

他的这两位亲人都是穿着红衣服入殓的。他哥哥去世时，先生没能送行，但知道也穿红衣服。对此，他很有意见。所以先生去世后，临行的服饰，都按照他身前的喜好。一袭呢制大衣，围着围巾，戴着一顶呢帽子。一如他生前去讲学、上课一般。

我的散文虽写了祖父母的迷信，但自以为还是个无神论者。先生刚去世，我就写了挽联并墓志铭，还写了哀悼的诗。其中有"宁可相信有神论，先生泉台来托梦。从今若许明月夜，清茶一杯细论文"一首。就从写这篇回忆文章的那晚起，果然接连两个晚上梦见先生。

我们相遇在小镇的夹弄内，好像是道院镇，阳光照射的角度很怪异，我们彼此隔一堵矮墙。他三十多岁的容貌，穿一件中山装，和蔼地朝我笑。我说：杨先生你不是去世了吗？他说：是的，现在也我相信是有灵魂的。我想跨过矮墙，他劝阻我。我想伸手将他拉过我这边来,他说:我已不能过来了。我们还说了些什么,但醒来忘却了,只记得这些。

先生的墓地已经选定,面朝大海,边上小河潺缓。环境幽静,草树蓊郁。这正合先生的好静的习惯。"五七"那天是他入土为安的日子。不久,就是"七七"。按传统说法,那天,先生将站在望乡台上,看亲友、故乡最后一眼。然后,毅然前行。先生一路保重!

虽说前尘往事如云烟,先生走了,但他的风范,他的文章留给了后人。人们会时时记起关于他的一切。如果说二十年一个轮回,那么不需要一百年,又会出一个杨森。请求您,杨先生,还是来到奉贤——您的第二故乡吧!这里需要像您这样的博学多闻的儒生,这片土地太需要传统文化来滋润了。到时我们也可再续师生前缘。

发表于 2014 年《上海作家》

爆米花

深冬的时候,正是乡村农闲的日子。

一眼望去:田原上,麦苗浅浅的绿茵,一路铺展开去;油菜蜷缩在土疙瘩的缝隙里,红紫的根茎,青青的叶瓣。田埂上,还零星垛着些未脱粒的稻堆。

几只草狗,似乎在明净微寒的空气中,嗅出了春天的气息,相互追逐着撒欢。

男人们都到水利工地上开河去了,村里只留守着老人、妇女和孩子们。

妇女们,有的倚着门框纳鞋底,还不时朝村口瞟上一眼;有的在场上摆开阵势,糯纱绞布。上了年纪的老头,佝偻在柴垛间,穿着破棉袄晒着太阳,聊着农事;不经意间掏出怀揣着的锃亮的水烟筒,"噗噗"地吸上几口,然后,顺手递让给下一位。这情景,既顺溜又和谐。

热闹的,要数孩子们了。他们在柴垛间打滚嬉耍,帽子早不知扔到哪儿了,脑门上热气腾腾的。如果孩子们野过了头,有事无事的大人们会呵斥几声。此时,孩子们往往提提裤子,用袖管擦擦鼻涕,扮个鬼脸,呆立片刻,作收敛状。

此时,随着远处传来"爆米花哟"的吆喝声,村口出现一个爆米花的老头。他悠悠地挑着一副担子,一头挑着黑獭似的爆米花机,一头担着木风箱与煤炭。他歪戴着鸭舌的毡棉帽,穿着一件被焦烟熏得油亮发黑的棉袄,腰间束着臃肿的围裙。

然后,晃悠观望几下,在村口停下担子,慢条斯理地摆开阵势,在灶肚里加上煤炭,生火冒烟。随着风箱由慢而紧的"呼哈呼哈"沉重的喘息,火苗在炉膛里升腾起来,似乎使原本阴冷的冬天暖和了许多。

刚才还在满地里野的孩子们,此刻,轰的一声,作鸟兽散,纷纷跑到自己的父母处,吵着要爆米花。父母不在家的,就自作主张,从家里的米屯里,偷着匀出一铁碗大米,加入爆米花解馋的行列。

不一会儿,爆米花老头的身后,蠕动着由孩子们组成的长队。此时,他们不再调皮,一个个倒像绅士似的,又像一串用线穿起来的虾米。向前伸长脖颈,偶尔抽动一下喉结,乖乖地等着。专注得连鼻涕挂下来都不知道。

老头一手拉着风箱，一手顺时针摇着米花机，身子慢条斯理地一俯一仰，似乎故意在考验孩子们的耐心。

孩子们歪着头，眼睛盯着悠悠旋转的铁疙瘩。等到老头的手作逆时针摇转时，大家吱喳着忙用双手捂住耳朵，背转身去。

随着"砰"的一声闷响，一股蒸汽带着热浪升腾起来。空气中顿时弥散着米花的甜香。孩子们又轰的一声拥上去，分享着第一锅喷香的米花。所以，轮到第一个是最不划算的。但孩子们不管这些，人虽小，气量却大着呢。反正都一样，吃完你的，还有我的。

这米花不是一粒粒吃，这样太烦，而是大把大把地吸着吃的，特别是第一锅，大家都猴急着呢！

那时的孩子也许是冻馁的缘故，拖鼻涕的居多，如此一来，米花都粘在鼻涕上，但不用担心，他们也舍不得浪费，只要用舌尖一撮，带咸味的米花全都进嘴。如大象吃青草似的，熟练着呢！

这一技能的熟练，要数我们中间叫"粉丝厂长"的为最。当然，这"粉丝"，不是我们当今的意义。因为那老兄常年拖鼻涕，所以得此雅号。后来，我们大家几乎忘了他的名姓，约定俗成，觉得叫他的名字反显得不哥们似的。后来嫌烦，就直呼他"粉丝"。稍长，觉得这样称呼不雅，就昵称为"厂长"。

"厂长"除常拖鼻涕外，还有其与生俱来的优势，那就是他的舌头比我们中的谁都长。我们的舌头只能舔到"人中"的一半，可他能轻松地舔到鼻尖；如果努力一下，或许能舔到鼻梁下面。但他也卖关子，不轻易表演。

他的特异功能不知怎么被体育老师知道，而且知道他的外号。我们真佩服老师渊博。有一次上体育课，老师说："厂长表演一下你的绝技，就免你跑步。"

他是天生的罗圈腿，大人们说，他生在磨坊里，他母亲站着生他的，所以，他开始学步，就是罗圈腿。不但跑不快，且跑步的姿势就像公鸭，伙伴们常取笑他。老师点他的将，真是点到他的穴位上，所以，他只好表演舔鼻尖。我跟他算铁哥们了，也仅见他这次舔近鼻梁。我想他也是为了维护自己的尊严，才作最后的努力。不然，全班取笑多难堪，何况还有那么多丫头片子。

那时我们常玩斗鸡，他输急了就说：我们比舌头谁长。这是他的强项，我们当然扬长避短，谁跟他比？他得意了。

后来我们终于悟出,他的绝技是得益于他的"厂长"职位。

而他成为"厂长"也是有原因的,他家就有一个常喝得醉醺醺的父亲。我们从没见过他的母亲,听大人们说,在"厂长"两周岁时,他母亲跟一个启东放鸭的后生走了。父亲又不关心他,"厂长"自生自长,自然冻馁的机会比别的孩子多,"厂长"其实是磨炼出来的。有一本书叫《钢铁是怎样炼成的》,如果以后他叫我为他立传,书名一定取《"厂长"是怎样炼成的》——那时我想。

他从不爆米花大家都理解。此时,他会毫不客气将他擦得油亮的袖管,狠狠地伸进我们的布袋。但我们是哥们,谁介意这些?自然共享共享。就像我们结伙去偷小青桃,掰队里的玉米苞一样,大家有份。

说是爆米花,其实也可以爆玉米、大豆或年糕什么的。

那时粮食紧张,能吃饱饭就不错了,所以,一年也爆不了几回。如果是用玉米或大豆,那简直是奢侈了。

大人见我们躲在柴垛间吃得香,就问长大后的志向。记得当时"厂长"边嚼着米花,边毫不犹豫地回答说长大后干爆米花的。

现在想想实在是可笑,但在那时却又是那样的现实。

后来读张洁的散文《爱,是不能忘记的》,当那小女孩说,长大后嫁给卖糖的老汉时,我就想起"厂长"的那句话。想起那句话时,鼻子就有点酸。

"文革"期间,因"厂长"的笛子吹得特好,进了文艺宣传队。他凭着一曲《牧民新歌》,在县里出了大名。我想那大概得益于他的舌头灵活且长的缘故吧!

长大后,儿时的好伙伴都劳燕分飞了。前些日子,正巧在一次乡邻的丧事上遇见"厂长"。

他最终没实现他的理想——成为爆米花的老人,却成了吹打队伍中的唢呐吹奏手,给人送葬。他吹的唢呐底气十足,顺风的话,十里八里都听得见。这样请他们送葬的人家自然也多,收入也就不菲。他这样对我说。

叫他的大名后,我们彼此都觉得有些隔膜。还是他说:你还是叫我"厂长"吧!现在虽然少有见面,但我们依然是一起长大的好兄弟。否则,怪不自然的。

在吹打的间歇,我们聊小时候的事,聊爆米花,聊当年的志向。都为小时候的幼稚而叹息。

虽然他不再拖鼻涕,但当年的影子似乎还在。不然,这嘴唇两边的胡茬怎么会长得比别处苗壮呢?

但我没说，我也已没有了小时候的天真与坦率。

忽然间，我的心头跳出冰心的诗：童年呵！是梦中的真，是真中的梦，是回忆时含泪的微笑。

2008 年 12 月 8 日于枕曲斋

守望岁月

冬天的太阳很暖和。朗朗地照着这江南的小村庄。

村口的小屋里,住着一对耄耋老夫妇。他们并排坐在门口,围着围裙,双手拢在袖管里。一只花猫斜倚在老人的脚边。二老中间脚边的草窝里,放着一个古铜色的脚炉。阳光从半旧的门框里照射进来;似睡非睡的猫耷拉着脑袋,打出暖暖的呼噜。

从门口望出去,田野里是麦子浅浅的绿意;再远处是光秃着枝桠的榉树与椿树;门前小河的背阴面,浅驼色的枯草上,抹了一层茸茸的霜花;丛丛芦花在逆光的照耀下,银亮银亮的,相互偎依着,像墙根下白头的宫女。田埂上,偶尔会走来几个赶农活的农妇,顶着首巾,肩上搭着花袋,手里操着铁锨,匆匆的。

那原本是有着十三四户人家的村庄,后来随着搞开发区,有的举家搬迁到镇上,有的随儿女远走他乡了。往昔热闹的小村,而今仅存的三五居室,差不多都租借给了种甘蔗、种菱藕的外来人家。地道的本地人,就剩这一对老夫妇了。冬天,外来人家都返乡了,有时会跑来几只过路的草狗,不时对着天空吠上几声,小村显得格外宁静了。

老夫妇俩,女的,耳朵几乎全聋了,而且腿脚不便,坐在轮椅上;男的,得了白内障,近乎失明。就生活而言,两人凑合起来,才能组装成一个完整的人。事实也是这样,有电话进来,男的就示意老太把电话拿给他听,然后凑到老太耳边,比划着把内容大声地复述给她;要打电话给住在城里的女儿,就由老太拨了号码,再把话机递给老头。晚上,两人一起看回电视,一个看图像,一个听声音。用特殊的方式互相交流着,这样,长夜也就不显得寂寞了。若逢天晴日丽,二老也会拄着拐杖到熟悉的村口田头转悠。当此,男老助力推着女老,女老则为男老导航。他们除了维持基本生活的运动,余下的时间,就日复一日,年复一年地坐在门口,像两尊雕像:银白的头发,清癯的脸,岁月的波痕,从坎坷的皱纹里流过,安详而从容。

五十多年前,老人的儿子抗美援朝,一去就杳无音讯。二老就此成了烈属,政府管着他们的生活。每逢入冬或年节,县里常派人来问寒问暖。平日里,也专门有义工料理二老的日常起居。女儿也孝顺,虽七十好几了,还不时银白着头发从县城赶来看他们,缝补浆洗的。她要接父母去城里住,可二老硬是不从。

是怕儿子回家时找不到老家吗?他们没说。是舍不得这生于斯长于斯的老地方吗?他们也没有说。村民们问他们:是否在等儿子?因为当年的通知上说他们的儿子在战场上失踪了。好心的村民们劝慰说,别等了,这么些年音讯全无,肯定是牺牲了,你们自己要多保重自己啊!他们总是摇摇头,依然什么也没说。

村口有一条向南的官路(上了年纪的老人,都习惯将大路称作官路),那年,他们的儿子就是从那条路上走的。十八岁的青春,穿着宽大的冬装,戴着大红花。母亲在悄悄地抹泪,其实他看到了,但没有哭,他晴朗的脸上稚气未脱,只说了一句,妈,打完仗,我就回来。

那条官路,先是由原来的路拓宽,而后,再由泥路改成了白色水泥路面。几十年过去了,来来往往的不知经过多少人,但就是不见他们的儿子归来。儿子虽然连一张照片都没留下,但儿子在他们的心中活着,也并不因为岁月的流逝而褪色,依然是鲜活的十八岁。说不准哪一天,儿子回来了,还娶了媳妇,后面跟着孙子孙女……

有时在风雨交加的夜晚,女老会叫醒老头,说听到儿子的敲门声。其实,老头清楚,老太婆耳聋,即使真的敲门,也断然听不见——那是幻觉。但他还是颤巍着起来,从门缝间向外张望,然后说,那是风在推门,你睡吧!黑暗中传来女老辗转反侧的声响。

年复一年的守望,使他们忘却了年轮。

寒冷的冬天,屋檐上缀满了冰凌,他们从清早就坐在门口,等待苏醒的太阳将寒冷融化,听着"滴答、滴答"的声响,均匀地敲击着门前的阶沿石;看着剔透的冰凌渐渐地融化,浸染着阳光的色彩,汇作欢快的水流,淙淙奔向门前的小河……

春天的花开了,一朵、两朵……烂漫着装点出春色满园;秋天的叶落了,一片、两片……叹息着直至满眼肃杀。他们就这样岁岁年年地等待着。

但每当清晨的鸟语把他们唤醒,又是一轮鲜润的太阳;新的守望又开始了。他们依然是那样的安详从容。

发表于 2009 年 12 月 16 日《新民晚报》

"那些个可爱的早晨和黄昏,像一幅幅图画出现在眼前。夏天过去了,可是还叫我十分想念!"

一个人坐在阳台上,眺望着云天。与上海擦肩而过的超强台风——"梅花",卷起残败的破絮,狼奔豕突着朝远天淡出。蝉,不时地校正着不再流畅的音阶。联想到即将开幕的上海书展,联想到吃香的老课本,心头无端地冒出小学时读过的那篇课文。

夏天真的过去了。明天就要立秋。我在心里反复吟诵那句"夏天过去了,可是还叫我十分想念"。那就连小学一年级都能读出来的简单的文字,组合在一起,却成了律动的诗行,描摹出明快的意境。触及它,就像在拨动你心底久违的琴弦,悄然成韵,几十年来不能忘怀。那是因为,它,不仅仅连着夏天,还牵挂着少年时的那个纯真年代。

夏天,正是我们的暑假。而假期里第一乐事要算游泳了。

游泳,对我们这些乡下孩子来说,是不必等到伏天的。初夏,蚕豆花一开,午后的太阳已很有些烦躁。中午,匆匆从饭篮里扒几口冷饭就出门,目的地是大队里的机口(灌溉泵站)。机口离小学很近,最多也就二百来米。听到预备铃声,套上裤衩奔回去刚好。

机口栲栳般粗的三台抽水机,早已将清澈的河水,酣畅地扬到一间屋子见方的水泥池里。激荡着,形成漩涡,形成急流。随后,欢笑着相互道别,流向两条干渠,再流到道道分渠。最后,流入秀穗的稻田,干涸的棉田。染亮一路蛙声。

机口池子里的水不深,最多也就齐下巴。所以,大人们也不必担心自己的孩子会淹死。那时,我们没有什么游泳裤,大家几乎是清一色的土布"牛头裤"。年纪小的,腰间用蚂蟥筋束着,取其大小便便捷。稍大,则用一条针绗的带条穿在里面,再系一个死扣。之所以这样,那是因为我们那个年龄,常常剥对方的裤子取乐。那"蚂蟥筋"是最不设防的,只能防君子。在课后的人堆里,几个调皮鬼,将其中一位的牛头裤往下一拉,小鸡鸡裸然,境界全出,引来哄堂大笑。这行为流氓倒是流氓些,但在那个年龄段,倒也不失童趣。所以,即便是裤带,也要打死扣。打死扣不要紧,尊严保住了,问题在急便时,可苦了。死结一时打不开,上课的铃声又急催,真是急死人! 结果还是拉了一裤衩。如果你有了这样的经历,就被绰号为"污出团",女同学一见便笑,而且捂住嘴巴转过头窃笑。长此下去,情何以堪?

不过,对游泳来说,牛头裤自有它的好处——脱穿方便。

我们那时几乎都赤着膊,来到机口的池边后,自己将牛头裤往下一拉,两脚兑几下。随即,一个猛子扎到水底。何等的爽利!

我们那时又是何等的天真。游累了,掬着宝塔糖似的小鸡鸡坦诚相向,赤裸着躺在水门汀上,任太阳烘烤,任清风抚摸。长大后彼此相逢时,会对人介绍说:这是我的"赤卵兄弟"。那真是知根知底的好兄弟,还谁分谁呢?好事坏事一起干,以至于互相代过。甚者,长大后可以托三尺之孤,可以寄百里之命。

那样赤条条游泳,真是了无牵挂。口渴了,随便喝几口亦无大碍。不像现在,游泳池里下饺子似的全是人。人人都君子似的套一顶橄榄帽似的裤头,好像很文明,其实欲盖弥彰。谁还不知道是那么回事。那水看似绿得发蓝,可你吃一口试试?不敢细想。

那当然是后来的事了。

不过在水渠里是永远学不会游泳的。但我们已在水渠里摸透了水性,待下到河里,就不再怕水了。就像小鸭子,先得在脚桶里试试水,然后再下到小河里一样。

在河里学游泳,一般都选择在水桥边。水桥边人气足,即便遇危险,呼救也方便。

我家门前有一条百尺泾,河水清澈,时有渔船、帆船过往。这就成了学游泳的好去处。假期里,上午十点许,陆陆续续聚来许多伙伴,不下十几个。此时,我爷爷戴一顶草帽,坐在水桥石上,看护我们。

我们一般都在同一个年龄段,相差不过两三岁,也有大五六岁的。所以,水平也不齐。最小的,只是在浜滩边混,搅得河水浑浊。稍大的,则在浅水处凫水,手捏住一个倒扣的木桶,脚在身后乱打一气。十四五岁的,可以游到对浜了。我们游的是清一色狗爬式,水花很大,声音很响。

我家水桥的东面,有一座木桥,不满足于游泳的孩子,就到桥上跳水。有两脚并拢,插蜡烛似的直挺着往下跳的,也有抱团滚落下去的,还有横截着扑下去的。那也谈不上什么姿势,只为享受失重带来的快感。现在专业的跳水基本的要求是水花小,还有什么压水花技巧,可我们讲究谁跳出的水花大,谁就胜出。所以姿势就五花八门。不过这样有危险,水浅时,会插入污泥。或不小心,腿脚没并拢,会击伤卵子。那是锥心的痛,个把星期,脚迈不开步。若腿脚一滑,横着栽倒下去,则拍伤胸腔,得劳伤病,咳嗽不止。所以胆小者，不敢妄为。

也会有女孩子学游泳的。这时我们就不能赤卵了，只得穿起牛头裤。穿了牛头裤很不爽，像拖了个布袋似的，游不动。有时还会有鳌鲦鱼误入裤裆内，急了，会嗑你的小鸡鸡。痒痒的，要命！

所以，我们一般都避开女孩子，而且背后骂她们是烦人的小妖精。

除狗爬式、插蜡烛跳水外，我们还"钻水野猫"（潜水），看谁屏气的时间长，潜得远。那是有危险的。河两滩都是东洋草、茭柴筋，水底有滋草，不小心钻了进去，会缠住而迷失方向。我遇到过一回，差点出不来。是隔壁的建国伸手把我拉出来的。

"余死尸"（仰泳）是另一种样式，那是要有比较高的能耐的。这非大孩子莫属。如果你会了这姿势，当游得累了，可以躺在水面休息，似动非动，像产卵的鳊鲅鱼。不过也有尴尬的时候。有一回，大伙叫雪良作个榜样，给大伙游个样。雪良是我们的班长，个又高。平时出广播操，他是领操。升国旗做旗手，也隔三差五轮到他。今天，他拿出出操时的感觉，一个猛子，扎入水里。由于荣誉感驱使，雪良觉得很有脸面。以至于腰板挺得太直，一截小鸡鸡像鸡头米似的掬出水面。岸上的人们哄然大笑，可雪良浑然不觉，劈波斩浪，披靡直前。见岸上的人们笑得前仰后合，误以为自己游得出色而褒奖呢！

雪良大我们五六岁。笑过后，岸上的大人们议论说，雪良发育了，"接食管"（喉结）都露出来了。我们不懂，"结食管"露出来与小鸡鸡有什么关系？不过以后，雪良再也不敢赤卵游泳了。宁可湿着裤子去上学。见到了女孩子，说不上一两句话就脸红，和我们也渐渐不扎伴了。大概四年级没读完，就扔掉书包劳动了。据说他抵大半个劳力。后来就娶亲了，十七八岁就当起了爹。

大人常说：男孩子要会游泳，不然，长大后放鸭、罱泥、卷草、卖粮咋办？

而我们那时不是这样想的。游泳既消暑又有乐趣，另外，游会后，可以到对浜"阿团哥"的田里偷菜瓜。"阿团哥"的瓜田三面临水，一面有一条堰圯连通，而堰圯上用篾竹打着墙篱，无法入内，只有凫水，才能到达。"阿团哥"的菜田里，有八棱瓜、黄筋瓜、雪瓜。"阿团哥"睡午觉时，只有他的老伴"柴鸟"看护。"柴鸟"、"脉希"（近视）又有些"聋伴"（耳背），好对付。得手后，我们就游回隔浜塘坨的棉花垄里吃个畅。如果没有下手的机会，塘坨边有山芋，尽管还不到时令，鸡鸡般小，但脆生生的。吃起来"嘎嘣、嘎嘣"。

吃得肚子鼓得像牧场里刚溜过食的苗猪，然后躺在田垄的青草间瞎聊。

吃饱后,我们思路活泛开来,于是就谈理想。"夜壶"说长大后接他父亲的班,做队长。因为队长很威风,队里人都听他的。连小气的"阿团哥"也摸黑背几个瓜,屁颠屁颠来孝敬他父亲。

"面包"吃得太饱的缘故,老放屁。即便躺着也不爽。而"夜壶"最忌讳。每当此时,他总往边上象征性地挪一挪。有时则从下风换到上风。也许是前世有缘,每学期开学时,老师总是将他的座位安排在"面包"一起,躲也躲不开。上课时,如果看到两人的手肘在桌面上挤来挤去,毫无疑问,一定又是"面包"放了个闷屁。这老师是不知道的,只有我们明白,给"夜壶"做鬼脸。说来也怪,若有几天,"面包"不来上学,"夜壶"倒显得怅然若失,上课老是打哈欠。

在听了"夜壶"的远大志向后,"面包"又放了一个肥屁,接着说,他最大的愿望就是考试及格。及格了,就谢天谢地。

"阿必大"更有意思,说,希望家里最近产下的三窝兔子全死光,这样他可以少割些青草了。

雪良躺着不动,不知在想什么,一副班长的样子。

这都是我们那时可怜的远大理想。

唠着唠着,"面包"已鼾声如雷。

"这'面包',哪来这么多气,一头刚完,一头又出了。""夜壶"嘟哝着推了他一把。

不远处,一只麻雀落在芦粟上。那红红的穗子摇啊摇,把瞌睡虫摇到了眼前。

伙计们哪管天上的云在飘,哪管牛虻在屁股边议论。

有一回,我们等"阿团哥"中午回家吃饭,可偏巧那天"柴鸟"送饭给他。也许近来他发觉瓜田里的瓜少了。所以,一个人坐在瓜棚的阴影里不紧不慢地吃。好像在考验我们的耐心。

我们在对岸的棉花田垄里,耐着性子左等右等,看看"阿团哥"优哉游哉的样子,大伙都泄了气。正准备挖些山芋解馋时,不远处走来几个女生。我们几个伏在田垄里不动。以为她们也是来偷山芋的。小妖精!正当我们心里嘀咕的时候,却见她们钻进棉花田解起了裤带。而且,就隔我们一根田垄。

我们听得雪良的呼吸有些粗重。

"晦气!小妖精。"不知谁嘀咕了一句。

正在尴尬的当儿,"面包"恰到好处地放了一个响屁,简直雄浑得绝了。那是人气。女生们闻听后,兀然站立,作警觉状。还是"夜壶"聪明。别看他脑袋不规则,长得像

《三国演义》里的张松,可脑瓜特好使。可好使有时也不管用,就像灵感需要触发一般。而"面包"这个屁,既免却接下来的尴尬,又激活了"夜壶"的思绪。这一次,简直可以给"面包"授奖了。"夜壶"则巧借"面包"的这一股东风,一下子跳起来。

"哈哈!原来你们也是来偷山芋的。怪不得队长说,这里的山芋少了许多。今天终于捉牢了!"

他觉得"也是"说漏了哥们的马脚,又马上补充说:"前两天,我们刚抓到一个偷山芋的'刺猬'。"

真是冤枉人了。其实,那些"好事"尽是我们干下的。

"我们……我们是……"那几个女生急得差点哭了出来。

见小妖精们不再高傲的样子,我们都窃笑。"夜壶"却故作大度地挥挥手说:"算了,算了!都是同学,我们也不向队长告状了。可你们以后不要老是到老师那里打我们的小报告。"女生们还想辩解,"夜壶"补充说:"还不走,到时黄鼠狼爬在鸡窝上,谁说得清?""夜壶"真聪明,一箭双雕。既打压了对方,又给自己解了围。不过"夜壶"说,那得感谢"面包",多亏了那个屁。此后,我们在老师面前的日子好过了许多。"面包"也因此立了一功,以后也认同了他的这一行为艺术。

在"阿团哥"瓜田的诱惑下,不出一两年,我们都学会了狗爬式,钻水野猫,氽死尸。凭着这些水性,不是去摸螺蛳、河蚌,就是去挖毛蟹。家里的晚饭菜肴等着我们伺候呢!"阿团哥"的瓜田虽然吸引人,但我们已没了闲工夫了。

有一天,大雷雨刚过,西天扯起一道彩虹。我们正在百尺泾的支流间摸河蚌。那天的河蚌真多,一会儿就摸满一粪桶,而且,浜滩上还堆了一大堆。大家觉得奇怪间。忽然听到远处的家人的呼唤声。

近了,才知道,隔壁生产队的两个女孩淹死了。

我们即刻联想到那条河是连着我们摸河蚌的河的,再想起大人说的落水鬼……

据说做落水鬼很苦,每天要摸三石螺蛳,爬七七四十九个滩涂(水桥),只有找到替身,才可以解脱。显然,那两个女孩是做替身去了。说不定那些落水鬼已潜伏在我们四周,正觊觎着下手的机会。稍不留神,就将其中的一个拖入水中。想到此,不禁打了个激灵。感觉自己的头发一根根竖了起来。再也不敢下水抄近路回家,而是远远地绕回来。

怪不得今天的河蚌这么多!原来如此。风一吹,身上起了一层鸡皮疙瘩。

两个女孩被人按趴在锅底上,嘴里吐着血水。然后,由几个精壮的男子背着轮番奔跑。然而，她们终于再也没有醒过来，即便她们的父母瘫软在边上，"肉啊！肉啊！"地哭。

那是两个文静乖巧的女孩，比我高两个年级，是老师的好学生。也是那天"夜壶"在山芋田里吓唬的其中两个。而其中一个是独生女，她父亲比我爷爷年纪还大，是五十多岁才得子的，可谓掌上明珠。其哀痛自不待言。不久，百尺泾河滩边出现一个小小的坟堆。来年，种上了一棵杨柳。每年从早春开始，她的父亲——进昌公公，在埋她的地方攀罾。不管有鱼没鱼，独个抽着烟，坐在开满扁豆花的坟丘边，一直到深冬芦花飞扬。

新学年就要开始了。那时孩子多，再说每年的夏天，远近总免不了要淹死几个孩子的。人们悟出了，在与大自然的搏斗中，总是要付出代价的。活着的，好好地活；死去的，也就渐渐淡忘了。人家的事情头顶过，自家的事情心底过。只是她们老迈的父母，还时时记起。

新的语文、算术书本发下来了。我们从吴家仓库的杂货店阿婆那里，讨几张包糕点的油光纸，将新书包好。再闻闻油墨的馨香，将书塞进母亲早已为我们补好的书包里。

夏天过去了。九月一日开学那天，我们挎着书包，走在上学路上，忘却了夏天的不愉快。一路吃着刚登场的芦粟，咀嚼着刚过去的那个夏天。怀想着那篇清纯的课文：

> 清早起来打开窗户一望，
> 田野一片绿，天空一片青。
> 多谢夜里的一场大雨，
> 把世界洗得这么干净。
>
> 耀眼的阳光当头照着，
> 我们在菜园里拔草。
> 管菜园的老爷爷送来一桶茶水，
> 还称赞我们做得又快又好。
>
> 老榆树下面是个好地方，
> 我常常在那儿歇凉。

我把脚伸到树旁边的小溪里，
听知了在树上一声声歌唱。
············
那些个可爱的早晨和黄昏，
像一幅幅图画出现在眼前。
夏天过去了，
可是还叫我十分想念！

2011 年 9 月 22 日于枕曲斋

　　四年前,我曾写了《元旦,太阳真好》的文字。里面的主人是贵州遵义来我们村里种田的一家子,确切地说,主要写了"七仙女"(村里人对七位姐妹的爱称),在雪晴的元旦日,冒着寒流在太阳底下奔跳的情景。

　　那一家姓李。十七年前就来柘林一带承包农田,前些日子才落脚到我们村里。多年来种粮种蔬菜,没赚到钱,所以一家八九个人就住在田头用毡布搭建的棚屋里。每到晴日,棚屋外的绳子上,晾着许多大小不一,颜色各异的衣衫。这在田野里,是一道不协调的风景。

　　村里人猜测,那对固执的夫妇,或许就是为了生一个儿子,才背井离乡落脚到这里的。落脚到我村后,又生了三个。也许是考虑钱的因素,也许是孩子生得多了已习惯,那母亲生小孩从不去医院,而是由自己男人在棚屋里一手打理。要不了一个星期,那母亲又下地起早摸黑地干活了。老天不负苦心人,今年春天生的第十个小孩,终于是一个男孩。你可以想象,当一个母亲憋足了最后一口助产的气,听到迥别于之前的嘹亮的哭声;当那个父亲,颤抖着捧起血糊糊的肉团,告诉妻子是儿子时,这是怎样的况味?

　　我与他们一家子是老熟人了。在田头碰到,总会停下来燃一支烟。那男的话不多,但眉宇间透出坚韧与乐观。那儿子出生后,我问他还生不生,他连说不生了不生了。这小子来得这么晚,否则我们也不至于那么辛苦。话虽这么说,但言语间溢着满足感。

　　我在为他的愿望的实现而高兴的同时,又觉得生命的偶然与无常。假如那男孩出生得早些,就没有他的某个姐姐,每提前一位则少一个;如果其父母不那么固执,他就不能到这世界上来走一遭。

　　今年元旦,男孩快十个月了。母亲按贵州的习惯,将他背在箩筐内,即便在田里干活也不舍。那是其他的姐姐们所不能享受到的。除了十九岁的大姐,他没见过其他八位姐姐。她们也没见过这个弟弟。因为在一年前,为了读书,她们都回贵州乡下去了。

　　本来,我每次回家,会见到她们姐妹在农田里帮父母打下手干活,或者在乡场上疯野。如今她们走了,村里静悄悄的,显得没了生机。除了闲不住的老人在收拾自留地,余下的则是宁静的阳光或者是唯恐打破宁静而蹑手蹑脚的微风。

这样，我自然想起那可爱的"七仙女"。前几天在场角，看到她们的母亲抱着弟弟，就问她今年春节"七仙女"回来吗？那母亲说她们去年就吵着要来，只是最后一茬西兰花和大白菜卖不出去，都烂在田里，路费太多，舍不得。可她们鬼点子也蛮多的，今年说要来看弟弟，我们正犹豫呢！

听此，我忽然想起那个元旦的雪晨，"七仙女"为驱赶寒冷在田埂上奔跳着。八九点钟的太阳朗照着银装的原野。肆虐的北风卷起雪霰，将田野里的油菜、麦苗衬托得特别精神。温暖的阳光簇拥着，"七仙女"歇下来围着我撒欢。我问她们想老家贵州吗？

老大扑闪着眼睛腼腆地点头。因为她到六岁才来奉贤。而其余的则七嘴八舌。有的说什么是老家？有的说我们没去过贵州，有的指指棚屋说这就是老家。老二读五年级，说听父亲说老家有许多大山，地是高高低低的。

雪风刺骨的冷，可她们的刘海间冒着汗，冻得彤红的口鼻间喷薄出洁白的雾气。

难为她们了，其实她们还不到怀乡的年龄。而一到怀乡的年龄，若身处异乡则乡愁就来了。在她们的记忆里，脚下的这片土地便是故乡，因为除了老大，其余都出生在那个棚屋里。虽然她们认同了，而这片土地却没接纳她们，她们还是异乡人。

什么是故乡？我的理解是：人落地生根，出生的地方便是故乡。就像第一次睁开眼睛看到的人便是亲人一样。人，无论穷通富贵，一旦到了暮年，如果在异乡，最想的是叶落归根。即便在本土，如果在医院里生命垂危，那也会告诉亲人，要把自己弄回去，死在老家才瞑目。一头老象，在预知自己不久于"象世"时，会千里迢迢赶往自己的出生地；狐狸亦然，有狐死首丘的成语。所以，凡看到客死异乡的同类，都不免恻然。看来有生命的动物都有这种情怀。那也许是在生命诞生前，这片土地积聚了生命所需的精气神，才孕育出生命。而那生命对孕育了他的这片土地的感恩，早就植入在基因内。无可替代。

那个大姐想回老家，但生活告诉她已不能；而那牙牙学语的男孩连同他的八个姐姐，把籍贯的贵州作异乡，而把献上第一声啼哭的地方认作了故乡，其实也不可能，最起码现在如此。人生就这样在故乡与异乡间转换，那不知是一种无奈还是幸福？

对于那男孩和八个姐姐，出生的这片土地应该认同他们。否则岂止是悲哀呢！

我告诉那位母亲，今年让她们都来吧！对一般人来说那是个微不足道的愿望，而于她们却成了一道坎。不然该是多大的缺憾呢！我还真想看到她们，这片田野的辣蓼、芦蒿以及油菜花、紫云英也在瞩望她们。再不来的话，时空将使彼此隔膜的。路费不要紧,有好心人会帮助的。就像当年送酸奶的那个不知名的义士。

听了我的话,那母亲脸上露出了欣慰。

此刻,我仿佛看到曾经的"七仙女"们,又回到了虽简陋、拥挤但温暖的棚屋。她们会告诉我这两年来对父母及这片土地的日思夜想,还会给我讲贵州大山里的许多故事传说。

但我又想:她们还会满脸泥尘地在这片熟悉的田野里撒野、奔跑吗?

2016 年 11 月 13 日于竹喧居

慈善，阳光般温暖

刘志坤。一个气势豪迈的响亮名字。你想想，一个男人，志在乾坤，经天纬地。这是何等的气魄！而站在我面前拥有这个名字的男人，却是一个地地道道的农民，多少有些委琐。更确切地说，他是一个五保户——孤老。

国庆节，这是个有意义的日子。早晨我决定去采访慈善老人刘志坤。

太阳很好，白云衬得天空碧蓝。一路上我在想：作为五保户，刘志坤该是个怎样的老头呢？"五保户"对于城里人或者年轻人，是一个陌生的概念。它是指农村无法定扶养义务人，无劳动能力，无生活来源的孤老，由村里管着保吃、保穿、保医、保住、保葬。此谓五保。

记得上世纪六七十年代，我们村里也有一个五保户达财公公。他孤身一人住在两小间茅草屋里，冬天束着作裙，扣一顶旧毡帽，双手相拢在袖管里，坐在门口晒太阳。鼻清水挂下来，就用两指一搋，抹在门框上。一副邋遢的样儿。这刘志坤该是何等模样呢？

拐进宅基时，我见一个老人站在村口。因为预先与他有约，料定那一定是刘志坤了。他约莫七十开外的年纪，最多一米六的个儿，背微驼。寸头，紫绛色的脸。穿一件大方格长袖衫。一副时下老农民的装束，但干净利落，全不是我类比的那个达财公公。

我的来意自明，他让我进屋。毕竟是初次见面，他有些拘谨。为调节气氛，我径直参观他的住房与宅前宅后。那是八十年代建造的两楼两底房，中层扶梯。楼房后面是两间平房，那是灶间。灶膛间堆着柴火，但收拾得干干净净，柴米油盐摆放得井井有条。这些似乎告诉我，那是个勤劳的主人。

从正门口朝右边望进去，底楼东面一间，一个男老人坐在藤椅上看电视，略显木讷——那是他父亲。

我们坐下来。看到墙上许多由慈善机构发的奖状与证书，我的话题就自然切入到刘志坤热心慈善事业上来。我这个人有个坏习惯，每逢采访，从不记笔记或录音，自以为如果这样会使受访人拘谨而不能打开思路。倒不如拉家常似的，家长里短来得有血有肉。其实，采访是不必做什么记录的，凡是重要的一般都烙在脑海里了，记不住的，往往是可以忽略的——除非是数字。

刘志坤热心慈善，是从那次汶川地震始的。边翻看他给我的一叠证书，我边问他怎么想到要捐赠，是不是受到动员或者劝说？他说都没有，只是从电视里看到后觉得那里的人真可怜，自己心里像压了块石头似的。这些场面一直在眼前像放电影，晚上睡不着觉。于是他打听到了区慈善机构的地址，在一天上午，骑着三轮车把一个月的生活费捐了出来。

他说，那时生活费就这么多，也就一百四十多元。自己捐这些想想实在不好意思。说话间手摇得像拨浪鼓，脸上流露出一丝惭意，倒好像自己做错了什么事似的。

我不禁动容。像他这样一个五保户老人，虽生活有保障，但毕竟拮据，你不捐，谁会说你呢？此时，我忽然想起国外的一则报道：某年，为了给流浪汉越冬，政府发起了义捐，于是许多有钱人慷慨解囊。而一位捡垃圾的老妇人，每天在傍晚时总出现在义捐的公益箱前，所捐自然不多，也就相当于人民币几毛钱，但她雷打不动地坚持着。那件事给我印象很深，所以一直留在我脑海里。眼前的刘志坤就像那老妇人。

有人说，有钱人做公益慈善，那是义士，而生活贫困的人做慈善，那是圣人！他们对于贫困有着切肤的体会，感同身受。他们这种对他人的关爱就是大爱，即便他再生活得卑微，而身上闪耀着的这种人性的光芒，无不令人肃然起敬！譬如貌不惊人的刘志坤。

刘志坤做慈善的动因只是简单而朴素的一句话，"觉得可怜"；当年，丛飞在被癌病魔折磨得骨瘦如柴时，依然坚持给贫困地区的娃儿寄钱款，他说的也是"觉得可怜"；陈贤妹在众人视而不见的情况下，毅然从车轮子下抱起那个散了架的小月月，说的还是"觉得可怜"。如果留意观察，发现他们都有一张朴实的悲天悯人的脸，折射出的是慈悲为怀的心肠。

"觉得可怜"那是刘志坤对自己义举的诠释。其实，据我了解分析，这里有深层次的动因。"世上没有无缘无故的爱，也没有无缘无故的恨。"刘志坤出生在农民的家庭，家里有五个弟妹，他是老大。尽管父亲是种地的老把式，但由于子女众多，经历的旧社会、三年困难时期，勉强维持温饱。其间，也得到了相邻与好心人的不少帮助。所以，自小他就懂得，人在困难的时候是需要帮一把的。传统的农耕社会，传承了相互扶持的美德，这既使人们渡过了与大自然搏斗的一个个难关，也教会了他们的后代，要懂得感恩，懂得回报。延续至今天就成了慈善。有句话叫：受人滴水之恩，当以涌泉相报。这业已成了表示感恩的口头禅。其实施恩是不求回报的。而受施人，也无需高唱报以涌泉。慈善是一种情怀，是一种发自内心深处的光芒，既急人所难，温暖他人，也净化心灵，温暖自己。

有时，慈善不一定是钱物。当你看到一个年迈的清洁工，你将手中的烟头或者废弃物，丢到他的畚箕内，顺便说声谢谢；当他人给你提供服务时，你报以发自内心的微笑或者点点头；当人力车夫吃力地上坡从你身边走过，你顺便搭一把援手。

慈善其实也就那么简单，只是需要激发，需要传递。

正当刘志坤郑重地包裹起刚给我看的荣誉证书时，里屋传来他父亲含混的叫唤。他说：父亲要喝茶。

刘志坤倒了茶，放到嘴边试一试，双手端给父亲，两眼看着老人，并问烫不烫。那目光温馨而柔和，像注视一个孩子。

他父亲已八十七岁。脑梗几次复发，离不开人照看。为了看护方便，他的床从楼上搬了下来，与父亲住一个房间。

我说老刘，你是一个孝子。他说这是应该的，我们兄弟姐妹都孝顺，他们也经常来看望，常给老人带吃的。只是我孤身一人，没有牵挂，所以照顾多些。再说我是父亲的大儿子。父母亲拉扯大我们不容易，我们应该这样的。就像我们小时候他们对我们一样。

我的目光转到挂在墙上的全家福照片，喜气温馨。他的父母亲坐在中间，三十多个人的大家庭。老刘就坐在父亲身后。

古话说：老吾老，以及人之老。刘志坤的热心慈善，能从他的家庭找到根源。推己及人，慈悲为怀。

刘志坤其实并不老，虚岁六十九。平日里，他除了照顾父亲，闲下来的时间，就侍弄屋前屋后的杂边地，种些蔬菜瓜果，省得再花钱买。偶尔去光明镇上买点生活用品，但他从不耽搁，因为他担心父亲召唤他。他喜欢看电视，这倒不只是为了消遣，因为里面时常有人家七灾八难的报道。这几乎成了他生活的中心。每当他看到这些，就睡不着，于是把俭省下来的钱拼凑起来，用纸包起来，然后骑着三轮车赶到区慈善基金会。他说每次捐赠回来，心里特别舒坦，睡得也沉。他的弟妹以及侄、甥辈也都支持他。看到他捐赠后生活拮据，总是找理由给他资助。他心里感到特别的温暖。那是爱的传递，是慈善的光大。

现在，老刘已吃上农保，杂七杂八加起来，每月总共有一千多元的生活费。他说，现在多好，政府管着孤寡老人，使我们衣食无忧，而且到了年节，还不时来慰问。国家好,才有我们幸福。我不能忘本,要省吃俭用,多捐些钱给贫困家庭。这是我的一点心意。

刘志坤,他是一个懂得感恩的老人。感恩国家,感恩社会,感恩身边的人们。

八年来,他总共捐助了二十四次。而每次都是骑着三轮车到区慈善基金会。他不能把钱直接捐赠给受灾难的人们,但他相信慈善机构,因为它代表着政府。政府管着他的生活,政府也一定能够为他实现自己的心愿!

他的义举感染了慈善基金分会的工作人员。慈善分会的领导也一直牵挂着老人。他们曾多次去看望刘志坤。说起这些,刘志坤脸上洋溢着幸福。他能说出慈善分会领导的名字,说他们都是好人,帮他实现着心愿。

临别时,我建议给他照相。他捯了捯衣襟,端了端领口,尽量站直。一脸的祥和、平静。他的身后,近处是栽种着蔬果的自留地,老熟的橘子橙黄,身后显得老旧的楼房,衬出他瘦小的身影;远处晴空万里的蓝天里,飞过一群群麻雀,它们家长里短地唠叨着。阳光穿过时空照射过来,流淌在田野里,也流淌在刘志坤身上。

哦!今天是国庆节。阳光显得格外温暖。

那是慈善的阳光,也只有慈善的阳光才能深入人心,君临大地。因为这世界需要的就是大爱!

2015 年 10 月 11 日于春及庐

由于要搬家的缘故,我把架上的书整理着打包装箱。顺便也作翻阅浏览,其实,这也是爱书人的习惯。书中不时会掉下发黄的书签,或字迹洇晕的卡片,这不免联想起当时的情景。而蒙尘的两套线装书,却勾起了一段往事。

那一套是姚鼐编纂的《古文辞类纂》,另一套是《二十四史辑要》。因为是线装的,且颇具时日,纸张发黄而脆,行距又窄,看起来费劲。再说,此类新版的书也有,所以也就束之高阁了。

那书的主人原本叫张雷——一个八十来岁的老头,年纪比我祖父还大——学校的看门人。

有一天晚饭后,我想到学校里去转一圈。一个委琐的老头拦住我,问我找谁。正待我说明,总务主任黄渭楠老师正巧出门,并说我是本校的教师。黄老师向我介绍说,那是新来的门卫。

我说你怎么请这样一个老头看门,最起码也请一个刚退休的,灵清硬朗,办事也利索。这老头说不准会搞错打铃的时间,分发不了那么多的报纸杂志。黄老师把我拉到一边悄悄说:那老头是一个熟人介绍来的,开价也低,每月三十元,且每天吃住在学校,学校可省去一个看门人。我说,那他也总得回家休息。黄老师说:他没有家,一个人怪可怜的,开始我也犹豫呢!经人说了他的遭遇,我同情他,所以就请他来了。你别看他老,身体好且思路清晰。以后你会知道的。黄老师是个爽快的急性子人,但他心肠软。我理解他。

开始,大家都不理解,为学校请这么个老头而颇有微词。一段时间下来,老头所经手的事毫厘无错,学校近百个教职员工他几乎都能唤出他们的名字。更让人惊奇的是,他的一手钢笔字苍劲有力,极具颜体的功力。刻的钢板字手一点不抖,娟秀整齐。

于是大家对他刮目相看了。但都纳闷:这老头哪来这么好的功底呢?

其实,他的经历人们是不知道的。我也是听黄老师说的。

他年轻时,曾是丁雪山的掌印秘书,中校军衔。丁雪山是一个颇有争议的人物,他曾是拉杆子扛枪的。入过汪伪的忠义救国军,后来收编为国民党军抗日,任中将军长。解放战争后期,通过地下共产党组织,秘密加入了新四军,带领小股队伍潜入奉贤,准备武装策反。结果被部下出卖,战死于青浦奉贤的交界处。解放初,他是作汉奸论的,所以,作为丁雪山的部下,又是机要的掌印秘书,张雷也就锒铛入狱。那时他的女儿还小,妻子就带着她改嫁并与他断绝一切关系。

"文革"前夕,丁雪山得以平反,追认为烈士,关押了十几年的张雷,也应时出狱。但是原本的旧宅卖掉了,家也没有了,在南京的女儿也不收留他。他能去哪里呢?偏好那时是集体所有制,生产队里还有牧场,于是政府把他安排到牧场养猪喂牛,他就此吃住在牛棚里。也许是在监狱里劳动惯了,也许是军旅生活的打磨,他整天地忙个不停。不是割草就是打扫猪舍,再有空闲就搓草绳或除草积肥。他养的猪出栏快,牛被他饲养得膘肥体壮,每到春耕秋播,犁地拉车一阵风似的,村里的人都夸奖他。正因为如此,当"文革"的风暴席卷而来的日子,牧场倒还宁静,村民们记得他的好,也不翻他的历史,只是走过场地陪斗了几回,也未受皮肉之苦,完了就回到牧场里熙熙而乐与牲口为伴。

每逢下雨天,猪们在窝棚里惬意地哼哼着,牛卧在栏圈里反刍着季节的变换。他孑然看着茅檐上滴下来的雨水出神:遥想坎坷的岁月,祈祷着能在这窝棚里终老一生。

这样平安的日子一晃十余年过去了,时间进入了八十年代。那时分田到户,生产队的牧场解散了,猪不养了,牛也分到每家每户了,风雨飘摇的牧场也要拆掉了。这在他是始料未及的事。他想起了古诗《十五从军征》,觉得自己就是那个当年"十五从军征,八十始得归"的老军人。当年也曾豪情万丈,想不到到头来老景竟如此凄凉——"出门东向看,泪落沾我衣"。

正在他奈何不得的时候,在民政部门工作的一个故人的儿子给他捎来了消息,说一所中学需要一个人看门。问他要多少工资,他喜出望外,说只要三十元,能管基本的生活就行。唯恐去晚了别人会抢了他的饭碗,当天,他就卷起铺盖跟着那人来到学校。

在学校,除开门打钟外,还要印刷烧水,这些工作一个后生担当,也是很烦累的,更何况一个八十开外的老人,但他觉得很满足。大家称呼他"老老张",因为与他一起的烧饭的老校工也姓张,他年纪大,以示区别,在"老"字前面再加上个老字。这其实也体现了对这一老者的尊敬。

他的生活方式很奇特。无论冬夏,他一律穿长裤,将裤脚管下端用带子束起来,他说这样既暖和又方便,干活利落。每天清早,趁师生未到校前,他一定会沿着操场不紧不慢地跑步，也不管是刮风下雨，准时得像一口老钟。跑完后，还会面对空旷田野长啸几声。这些——包括他的长啸——不知是军旅生活使然，还是监狱的磨砺造就，大家不得而知。他也有烟瘾，不过不是抽卷烟，而是吸旱烟，壁上挂着长长的烟枪，闲暇时会摘下来猛吸上几口。他是本地人，而我们那儿的老人也没有吸旱烟的习惯，要么用铜制的水烟筒吸水烟。

我住得离校近，晚饭后会有事无事到学校里转一圈，常常与他聊天。渐渐觉得，他这人知识丰富，古今中外都能唠。有一次说起现在的学生对文言文很感冒时，他居然随口背诵李华的《吊古战场文》及岳飞的《满江红》，当背诵到"浩浩乎，平沙无垠，复不见人。河水萦带，群山纠纷。黯兮惨悴，风悲日曛。蓬断草枯，凛若霜晨。鸟飞不下，兽铤亡群"时，苍凉之色顿生。我很惊讶。虽然他曾经是中校掌印秘书，应该也是一介武夫，主要是靠他的忠诚与擅长文牍之类，赢得这一职位，文学素养断不会这么好。我们年龄相差悬殊，却谈起来很投缘，也因此成了忘年交。

他饭量很大，吃饭从不用碗，而用一个陶制的"猫叹气"，将饭菜放在一起煮，足足有三大碗的量，一顿吃个精光。那时还用粮票，见他食量大，也曾送些粮票给他，有时逢新稻米登场，也捎些给他。其他的老师也有这么做的。不然靠那时的定量他是不够吃的。每逢此，他也不推辞，总是说我没什么报答了，只能说声谢谢。这语气不是一般普通的感激，而是透射出一种气度，让我终生难忘。

大家闲聊时都对他说，"老老张"身体那么好能活过一百岁。他说那都是长年累月练就的，我什么都靠不上，就靠自己照料自己了。如身体不好，一旦倒下了，谁来管我。我虽然潦倒，但运气不错，遇到的尽是好人。听他这么说，我们心头都沉沉的。

这样，他在学校里一待就是两年多，从未离开过学校，除非去买菜什么的。忽然有一天，他说要请一天的假，到市文管会去。大家觉得好奇，他这样的人与文管会有什么关联呢？

第二天，他回来说，他祖上曾是读书人家，家里曾藏有好多宋明时代的善本书，后来被没收了。现在落实政策，要他去辨认。但那几乎都不是自己家的书，自己也老了，不需要了。既然落实政策，政府的心已到了，那我也就领情了，意思意思，于是随手拿几本回来。大家将信将疑，但我是相信的，看来他的古文功底正得益于此。

那年初冬的一个中午，我出校门时，他叫住我。说他女儿来信，要他住到南京去，他打算就起程。临了取出一捆书，要我挑选几本留作纪念，他说自己没用了。于是我就挑了《古文辞类纂》、《二十四史辑要》。并说，这两年多，一直得到大家的照拂，很是感激。那语气从容而淡定。第二天早晨，他就背了个简单的行囊走了。这也是他一生的所有了。看着他离去的背影，我忽然想到"信陵君窃符救赵"中的看门人。

以后的日子，就杳无音讯，如果他还健在，那也该是百岁老人了。现在当我看到这两本厚重的书，就油然想起他。其实，他一生的经历就是一部厚实耐读的书。

2009 年 10 月 29 日于枕曲斋

我长出第一颗乳牙的时候,祖母开始掉第一颗门牙了,那是祖母告诉我的。当我的满口乳牙全换成恒牙的时候,祖母的牙齿差不多掉光了,再也不见它长出来。从此祖母一笑,就露出空荡荡的瘪嘴,显得特别慈祥。

每当我有一颗乳牙蜕落,祖母就叫我站在大门外,双脚并拢,将废牙扔上屋顶,说这样会长出整齐的新牙。每每我都照着做了,可我的牙齿却不见整齐。

祖母年迈,且多病。每逢收割季节,生产队的重活干不了,她就在打谷场上看鸡鸭。我每天屁颠屁颠地跟在她身后转,帮她拿扫把,帮她翻谷麦。这往往是帮倒忙的居多。但她逢人便夸,说我已是个小帮手了。

那时队里办大食堂,粮食金贵,大人们勒紧裤带,小孩子都饿得嗷嗷叫。借着打谷场比邻食堂的便利,每天下午,祖母会到食堂打一两能照出人影的稀粥,哄骗我不再吵闹。

她在泥地上划一条线,说等到太阳的阴影踩上那条线时,就可以吃粥了。每当太阳过午后,我会常常去看那条线,在饥饿的岁月,那条线,成了童年的期盼黎明的地平线。

村口小河上的木桥,不是用木板铺成的,而是用木条一根根钉上去的。走在上面,能看到脚底下小河照出的人影。每每过河,我怕会漏下去而不肯上桥。她就蹲下来,背我过河。她说生我那年麦子都抽穗了,可还下大雪。天蒙蒙亮时,她踩着厚厚的积雪去请接生婆,在桥塄上扭折了脚踝。我说奶奶,等您老了我背您。她在桥的另一头把我放下来,喘着气,显得很幸福,也许是因为我说的那句话,使她感到温暖。

但到她老去,我终没能背过她一回。她老了,就一病不起了,一病不起,也就不出去了。就是我给她买的拐杖,也没用上几回。

当我参加工作时,她已垂垂老矣! 日子也渐渐好起来。然而,见我们不小心掉在桌上的饭粒,她会用手指粘起来,放进瘪瘪的嘴里,边念叨:一粒米七担水。其实,我们小时候,她经常这样说的,但不当回事。可长大后,特别当她去世后,不知为什么会常常想起。

都说"谁知盘中餐,粒粒皆辛苦",对此,只有像祖母这样种了一辈子地的农民，才是最有发言权的。

她仅认自己的名字，可她会唱很多童谣。大多是在我吵着等母亲从田里归来时唱的。其中一首，我还记忆犹新："麻雀子，肚蛋蛋。半斤米，做早饭。大儿吃了去耕田，小儿饿得哭涟涟。哭也不要哭，来年卖了谷，割上半斤肉，全家老小好享福。"说也怪，不知怎么，我就记得这一首，也许是她常唱的缘故吧！

在我高过灶台后，她教我煮饭。我把矮凳垫在脚下，趴在灶沿上，将米倒入锅里匀平，半勺半勺地舀水。按祖母教的方法，用手指量一下，水要漫到第二个指节过半，不然饭会是夹生的。也许是火候不对，我第一次煮的就是夹生饭。我自己都觉得难吃，可祖母却吃得很香。边说，在听到锅里"喇喇"响了后，再添把柴，饭就烧好了。以后，我就这样做了。

我家离小镇有三里路程，从家里出来，得走上约一公里泥路，才踏上沪杭公路。那时公路狭窄，车也少，一天也过不了几辆。她背我到公路边，等上半天，才见一辆车远远地驶来，近了，喷出一股淡蓝色的尾气，那尾气很好闻。记得第一回坐车去县城，那是要花费一角五分钱的。我们那儿的农民去县城，因舍不得钱，大多是走着去的，我能坐车，确实有点奢侈。回家后的日子，常说这件事。并且说长大后当驾驶员，如祖母乘车，卖票员若要收钱，我就说：不要收了，那是我奶奶。

这事，待我长大后，村里的老人还常常提起我小时候的童趣。这些事，现在想来，恍若昨天。

祖母临终时，我在教课。邻居的一位弟兄来叫我，我扔下粉笔奔回家，她已不省人事，可嘴里一直在呼唤我们兄弟的名字。她抓住我的手，紧紧不放。我渐渐觉得她的手冷去。

那天晚上，黛青色的天空格外清朗，上弦月像一片洁白的羽毛，荡漾在空阔的天宇。

我是由祖母带大的，忽然间，觉得心里空荡荡的。

祖母，你到哪里去了？

2008 年 12 月 15 日于竹喧居

送
别

老俞得病已有年。

四月九日近午，接到噩耗，说老俞于当天上午十时许离世。

那都是意料中的事。不仅我们这么认为，就他自己也非常清楚。自去年底以来，他的病情日趋恶化，人消瘦得脱了形。在他得病的这些年里，我也曾去看过他，或者打电话给他的夫人臧老师询问病情，但病情时好时坏。

每次去看他，尽管因放疗或化疗折磨得他面容憔悴，但他依然健谈。谈家里的事，谈我们一起工作中的往事或问及同事的情况。言语间流露的是达观与平静。丝毫看不出得了癌症的人的垂暮与消沉。其实，他是硬撑着与人交谈的。

我一直以为，老俞的病因起自于他儿子俞振华的英年早逝——他才四十三岁。

那是六年前的事了。大年初四的晚饭后，我想去看他与臧老师。电话接通后，他不让我过去。我知道老俞是个硬气的人，所以推辞。我说固去，他固辞。在没办法际，他说自己家里有事，让我千万别过去。既然他家里有事，那就改天吧！

正月十五那晚，我从市区办完事回来，想想再不去，就不算新年了。于是又打电话。他还是坚拒。我说我已到你家下面了。他无奈说：噢唷！那就上来吧！

等我到他单元的楼梯口，他已等在楼下了。老俞就是这样一个人。我说你下来干吗？我又不是不认识。万一你腿脚不便而磕磕碰碰，我怎么过意得去。

推门进屋，见客厅里臧老师与几个中年妇女在折纸锭。靠墙壁还放了几个花圈。我以为是他家走了老人。老俞见我疑惑，就说：这次出大事了，俞振华去世了。

我心头一震，被这突如其来的消息蒙住了。常言道：幼年丧母，中年丧妻，晚年丧子。这是人生莫大的哀痛。老俞夫妇，一对七十来岁的老人，晚年丧子，其哀痛自不待言。我不知怎么安慰好。只是沉默着走向里间俞振华的灵堂前，默默致哀。

照片上的俞振华额角很高，相貌堂堂，酷似老俞。他比我小四岁。

七八年高考,我考取了华东师大,他考取了同济大学。发录取通知的人搞错了,说我是取了同济。其实,我考文科,也没填同济。后来知道与我搞错的,就是俞振华。那是四年后,我被老俞接到新寺中学任教后才知道的。

俞振华考入同济时只有十八虚岁。那时刚恢复高考,国家人才紧缺。作为应届毕业生,他第二年即公派去荷兰,攻读河口海岸的本科及研究生。毕业后一直留在荷兰,供职于荷兰市政厅。最后加入了荷兰籍,成为这一领域的专家。上海及宁波等地的大桥、隧道勘察设计,他常参与论证。《新民晚报》以不小的篇幅介绍他,并配有照片。他去世后,《欧洲时报》报道了消息:"荷兰侨界挥泪送别俞振华"。说:"他一生悉心公益事业,却不幸英年早逝。我们会清楚记得,哪里有为华人或留学生服务的现场,那里一定有振华;哪里有需要帮忙的公众和个人事务,那里肯定有振华;哪里有轻松的笑声和欢乐,那里必定有振华。我们为失去这样一位忠诚的朋友而惋惜和悲痛。同时,我们也为振华感到自豪,在他离开大家的时候,有这么多真诚的朋友在为他依依不舍地送行,这是对振华父母的安慰,也是对振华人生最好的总结。今天,我们在向振华告别的时候,让我们由衷地说一句:振华一路走好!"中国驻荷兰领事及振华供职的荷兰市政厅的二百多位华侨、同事来了,为振华送行。他太像老俞了——一个实实在在的好人。我们也为他骄傲!

老俞是一个思想正统的老共产党员。儿子去国外,他是舍不得的。曾担心儿子被一些别有用心的人利用,所以常常去信告诫要爱国,不能忘本。作为他的晚辈及部下,他曾好几次跟我说起此事。其爱子的拳拳之心,溢于言表。

振华未曾娶妻,一人独身在外。作为唯一的儿子,老俞心里一定很着急,但振华坚持独身,他也无奈。此亦他心病一也!

老俞小时候历尽艰辛,虽无李密"生孩六月,慈父见背;行年四岁,舅夺母志"之痛,却也岁余失怙,十三岁又失恃。在那兵荒马乱的年代,全仗姐姐照拂拉扯,在饥寒交迫的煎熬中度过了童年与少年时代。解放后,他凭着自己的努力与聪明,考取了地方师范。由于这样的人生阅历,他感谢共产党,热爱新中国。后来也加入了共产党。

这些话,从现在有些人的嘴里呼出,人们也许会觉得苍白乃至窃笑。但对老俞来说,那实在是出于他的内心的。我在他领导下,与他共事近十年,不时会感觉到这一点。

老俞终其一生,以一个教师的身份,长期在奉贤地区担任小学、中学的校长、书记。工作平凡,生活安定。但他正直的为人,认真的处事,赢得了他的同事、学生的尊敬与爱戴。

　　我大学毕业后，是他将我要回到新寺中学的——他那时是书记兼校长。但我从未叫他"俞书记"或"俞校长"，而叫他"老俞"。这丝毫没有对他的不尊重，反而包含着尊敬的意味。他也乐意像我这样地称呼他。不像现在的有些头，下面得称他官名，或称他"老板"，否则，则脸一沉，一脸阴电。我们一批分入新寺中学的同事，他就呼我时不带姓，就像长辈呼晚辈一般。我也深深体会到他对我的关心与厚爱。有时与他为一件事争论，你不必担心他会记恨，他是一个很讲道理的人。他很正直，也很正统。有人说：老俞是马列主义。这多半是说他坚持原则。可现在的许多人，嘴上满口马列主义，实际却行鸡鸣狗盗的勾当。假公肥私，投机钻营。比之老俞的马列主义，孰真孰假，明矣！

　　老俞的丧事一如其为人，简朴而悄然。那都是在他临终前的一天立的遗嘱。其实，说临终前立的遗嘱，那是不确的。据我所知，他在儿子俞振华去世后，就立了遗嘱。那是我去看他时告诉我的。只是他未给他人看，包括他的妻子臧老师。他怕妻子担心呢！那时他已得了癌症。他说，自己什么都想好了，也想通了。人，总是要走那条路的。不知哪一天会走，所以还是早作安排，心里踏实。

　　记得我当时说，这也好，反正就那么回事。这反而放平心情，有利于治疗。他也同意我的说法。

　　老俞的丧事没开追悼会，只搞了一个简单的告别仪式。除退休时的奉贤中学外，他没让通知自己工作过的其他学校。他不想麻烦别人。但闻讯还是来了许多人。他的同事、学生，生前友好。他的妻子臧杏芳，女儿卫华，外孙冠超。

　　我送了只花篮。自己动笔写上：沉痛悼念老俞。署名：朔梅哀悼。就像他生前我对他的称呼与他对我的称呼。事后，我又觉得没写好，应写上：老俞一路走好。

　　那天是清明季的一个上午。野外，油菜花、桃花正盛，还夹杂着洁白的梨花。香樟与女贞树也都换上了新叶。雨后的大气里，富含馥郁的氧离子。就在这一天，我们送别了老俞。

2012 年 4 月 26 日于枕曲斋

五匠也者，是我们一带农村对不事耕作的闲散手艺人的统称。它包括木匠、泥水匠、漆匠、竹篾匠、箍桶匠等。这些人，他们虽家住农村，但家里的其他成员参加生产队的农业劳动，就他一人从事这行当。除非农忙时节，一般是不事稼穑的。他们走家串户，干百家活，吃百家饭，所以也叫"百家师傅"。他们职业自由，收入不菲，家庭殷实，受到村里人的尊敬。若遇哪家有兄弟阋墙，妯娌不睦，往往请"百家师傅"来评理，因为他们见多识广，有些威望，一旦由他们断定了是非，人们也就听他们七分。

平日里每天清早，他们背着家什，或顶着月色，或踩着微霜向目的地出发，或三五里，或十来里不等。那都是力气活，凭的就是年富力强，俗话说"后生木匠老郎中"，可见其辛苦程度了。后来有了自行车，他们就驮了吃饭家伙找活，那就省力多了。

每到深夜，听到小路上传来破自行车的颠簸声，祖母会隔着门说：都半夜三更了，手艺人都回家了，也该睡了。

那时的手艺人——也就是五匠，一般都是家传的，子承父业。不过他们也有行规，虽说是子承父业，但学艺时，不会跟着自己的父亲的，唯恐因此而学艺不精。再说每个师傅都有自己的长处，跟人学艺也可兼收并蓄。一般都在十二三岁拜师学艺。学徒期是很苦的，听老匠人说，头三年，师傅是什么也不会教的。说得夸张点就是给师傅倒三年尿壶，给师母端洗脚水、带孩子；之后，才跟师傅出门，出门得背沉重的家什，磕着屁股一路晃荡过去。到主人家后，主人递上水烟筒，徒弟则给师傅装烟窝、点捻子。干木匠的，先学做小板凳，要做到榫头与接缝不差毫厘，否则那小板凳会跷脚；做泥水匠的先学抹灰砌单墙，不许手上沾泥；做漆匠的先学填磨粘子，必须做到平整光滑；学竹篾匠、箍桶匠的，得先学劈篾、落料，那料必须整得一点不浪费。这样吃了三年老米饭才能单放，也就算满师了。若是三年满师的后生，一定是乖巧的小伙；一般都得四年五年。

这过程看似严酷，其实是在历练徒弟的耐心和悟性，为的是打好厚实的基础。那时的手艺人是很爱面子的，唯恐徒弟不肖，手艺不精，那传出去是塌师傅的台的。他们遵循着"教不严，师之惰"的古训。所以，在学艺过程中,遭师傅的打骂是家常便饭的事。徒弟也不记恨,等自己熬出了头,做了师傅,照旧用这传统的方法调教徒弟。徒弟们每每在以后的日子里,逢人夸奖他的手艺时,他即使是上了年纪的,还会感激地说:是我师傅当年教的。从不忘本,这也是一代代传承的艺德。

正因为这样,那时的手艺人都有绝活。那流传下来的雕梁画栋,明清家具,使现在的艺人叹为观止。

而在那时的农村,主要是造房砌墙,娶亲打家具之类。竹篾匠、箍桶匠的活会少些,所以,串门走户的多半是泥木匠。如果是箍桶匠,则白日里一路走来,敲着梆子吆喝着:箍桶唷,箍桶!

如果是造房,这在农家是件大事,而对匠人,则是综合技艺的考验。除箍桶匠外,其他的匠人都有施展技艺的舞台。负责工程的人,唤作"作头师傅",类似于现在所称的"项目经理"。他得由德艺俱佳的长者担当。谁砌墙角,谁架梁,都由他一锤定音。那时的房子都是砖木结构的,砌墙与单壁都用烂泥稍加石灰,稍有不慎,则有墙倾梁摧的危险。所以,每到此时,现场常听到"作头师傅"的呵骂声。别看他什么活也不干,整日拿着水烟筒指手画脚的,责任可大着呢!

这样的匠人,一旦熬到"作头师傅",他的技艺也就到顶了。但他也不乏自豪的地方,人们会时不时地说,某某家的那栋房是由谁主造的,那么结实,那么漂亮。对一个匠人来说,这足矣!

匠人们的活累是累了些,一般得干到天擦黑才整理工具收工。此时,东家早已准备上了好酒好菜犒劳他们。说是好酒,其实也就是瓶装的土烧酒或"乙级大曲",若是体面的东家拿出"熊猫大曲",那实在是一年也难得遇上一二回。手艺人辐射的面广,传出去,人们对这东家"啧啧"称赞。烟,一般都是"劳动牌"或"青鸟牌",除非满工酒,才会摆上"飞马牌"。

东家之所以这样招待,一则是出门在外,风里雨里也不易,犒劳犒劳也理所当然;二则是,手艺人的活都在手里,招待得好些能出细活,招待不周,传出去塌自己家的台,子孙娶媳妇难且不说,而对自家的工程质量也大打折扣。这样,大家图个舒心和谐。

酒菜上桌后,师傅们都呼幺喝六地喝酒,徒弟则匆匆扒几口饭,而后不是磨斧刨铁,就是擦泥刀锉锯。完了就端个矮凳,坐在八仙桌角边,听师傅们海吹神聊。几个伶俐的,讨好地给师傅点烟倒酒。喝到半夜三更才打着饱嗝,高一脚低一脚地往家里赶,一路自得其乐地哼着小调。匠人里不乏酒徒,有时会醉得爬着回家,但从未听说过有酒醉的人从桥上掉进河里的,所以人们都说酒醉的其实心里都是明白人。自然也有进错门,睡错床的,所以民间有谚语:不像爹,不像娘,就像隔壁的张木匠。那是指风流韵事了。不过年轻的手艺人,走家串户的多了,择偶的机会也大增。不像乡下一般的后生,娶媳妇还要媒人。而那些年轻的手艺人对方圆几里地的姑娘,谁家长得俊,谁家长得丑,都了如指掌。被他们觑上眼的,没有哪个漂亮的姑娘不入他们的窠臼的。所以,匠人家的老婆个个上得厅堂下得厨房。即使夏天闲着的时候,村里人都在忙,他们却在场角上摆开桌子,悠闲地喝酒,看着俊媳妇忙里忙外,喝酒心里也舒坦。

那是在比较早些的时候了。后来,生产队里男劳力少,队里就把匠人收起来务农。这对闲散惯了的匠人们实在是件很苦恼的事。那时再要重操旧业,得有队里批准,而队里还不是队长说了算?于是他们就拍队长的马屁,给队长家做长凳、修门窗、砌猪舍,也有给队长的儿子削陀螺、掏鸟窝的。队长一高兴,就同意他们外出打工。但那时的匠人有统一的工钱,干一天是二元二角五分,队里也有个规定,外出人员每天得上交队里一元五角,这样那人到年底才能参加队里的分红,且按一等劳动力分配。如果不上交,则取消一年五百五十二斤口粮的计划。那时粮食是命根子,谁也不敢违反。再说在外面干一天下来,扣除一元五角,还有七角五分,每月也有二十多元的进账。那时厂里的一个职工,一月的工资也就三十三元,相比之下划得来。

不过那时已在"文革"中期,物资紧张,乡下的活也就少了许多。于是那批郊区的匠人就走进大上海,给厂里修砌锅炉,给市民们修桌椅搭阁楼;有的则长期居住在大医院、大的国营企业,以农村人的朴实交了很多朋友。不过那都是小修小补,也无多少技艺,但小钱却赚鼓了腰包。这批人中间,后来出了不少的乡镇企业家,他们见多识广,脑子灵活,又有朋友,利用自己的优势,出落得大腹便便,其实,他们当年就是被上海人喊作"阿乡"的小木匠、小泥工。

老的手艺人都作了古了,中年的手艺人大多成了老板或改行了。再说现在造房子专门有外地民工,结婚打家具也无需木匠,家具店里有的是,而且款式新颖。所以当下要请一个能做"八仙桌"的木匠,几乎是不可能的事;那时的木匠,打一件家具是不用一颗钉子的,全是由楔榫钩心斗角而成的。不像现在的所谓"木匠",其实是钉钉子涂白胶的师傅。若按老例做一条小板凳也难。

我们那儿有个小老板,要开一家农家乐的茶庄,请一个木匠装门闩,结果那木匠将门闩装在外面。那小老板见了,气不打一处来,骂道:"你眼睛瞎了,门闩是这么装的吗?"那木匠也不示弱,还嘴说:"你才眼睛瞎了!"那小老板一愣,反问:"我怎么眼睛瞎了?"回答说:"你眼睛不瞎怎么会请我做木匠的?"那小老板被他噎得半天说不出话。想想也是的,谁叫自己眼睛瞎了,请那么个蹩脚的木匠。后来,每碰到钥匙忘了,进不了门时,人们取笑他说:谁叫你骂那个木匠,如果请他安装,你就不会有这烦恼了。

　　五匠真的式微了,他们的手艺也将渐渐地失传,就像随着人类的活动物种在一一消失一般。我猜想,古代的一些传统工艺,于今已不传,大概也与五匠的式微出自一辙。这也许是在人类进步的途中,所必经的过程,有进步必定有所舍弃,那遗憾自然在所难免的。

2009 年 11 月 30 日于枕曲斋

每回老家，总愿意绕不多的路，经过原来大队的仓库场。

说是仓库场，也是后来的事。这里原先大概是一座祠堂，解放前改成了小学，叫胡油车小学。据县志记载，这里曾是上世纪四十年代初，共产党地下组织的一个据点，所以，那所学校一度曾作为传统教育的基地。我的童蒙受业，就在胡油车小学，但那时已改成"虹光小学"了。"胡油车小学"的名称虽然有质朴的地方特色，但不及"虹光小学"来得有鲜明的政治色彩。我读书时"虹光小学"大概有四五个班级，五六位老师。而且有的班级还是复式班（两个年级混在一起上课）。"文革"期间，有人觉得"虹光小学"政治色彩还不够鲜明，于是改成了"红光小学"。"文革"过去后，小学也因生源不足而撤掉了，于是小学就成了大队部（现在叫"村"的前身）兼作仓库场。

之所以愿意绕点路，因为那是我读小学的地方。一来到这里，我的少年时代又复活了。大白鹅似的、说话和长相像现在的易建联似的米弟，冬天鼻涕如粉丝般源源不断的水章，还有衣衫破旧、老是打架、没有母亲的顺林……当然还有脸上有些雀斑的郎老师，鼻梁上架着眼镜的罗老师。学校的西面是长年碧水幽幽的小河，河滩斜倚着一棵枣树，还有一棵总是等不到桃子成熟的毛桃树。四周是丰饶着绿意的田野。

这无疑是我们的乐园。

每次从那里经过，那些情景会再现一遍。即便现在已不复存在，代替的是陈腐的稻草垛、丛丛的野荠菜、酢浆草、水爬藤。阴雨天，听蚯蚓或蝼蛄有意无意地唱歌。上午抑或还有几个村干部模样的人进进出出着办公；下午则是鸟雀们的天地，麻雀们旁若无人地议论着家长里短。而夜晚"隆隆"着欢歌丰收的脱粒机声，以及"文革"时批斗大会的锣鼓、口号，早已成了那棵孤独枣树上的记忆苔藓。

那天傍晚，仓库场上支起了两根毛竹。上面扯起的银幕，被初夏的风鼓吹得恰到好处——饱满而不乏诱惑。那是曾经熟悉的场景——晚上有电影放了。那实在是二三十年前的景象了，久违了！

到家后问父母，都说如今搞什么文化下乡，到农村放电影算是其中的一个内容。我有点纳闷，如今媒体发达了，会有人去看吗？更何况现在孩子少了，农村留下来的几乎都是老人。父亲也许看出了我的疑惑，就说：这样的电影，一年也要放几次的，但几乎没啥人看的。我说那还有什么意义，岂不是任务观点。就像当年美国侵略越南，最后那些兵们厌战了，驾机出去轰炸，只把炸弹扔完算数，管它目标不目标的。

晚饭后，我又要离开老家，去自己赖以谋生的城镇，栖身的处所了。

夕阳还没来得及收尽余晖，电影却不知何时已开始。银幕上晃动着淡淡的影。空旷的场地上，放映的人坐在檐下抽烟，任放映机黑魆魆的臂膊，交替着剪出银幕上虚幻的时空。几排空着的凳子，衬托出一个人熟悉而又陌生的背影——那是隔壁队的老姆妈。

听父母说，那文化下乡之初，曾经搞过一个开幕仪式，那天是有领导出席讲话的，所以组织了全村的人来观看。当然，大多是老人和外来种地的农民。在鼓掌、照相后，领导们因为是百忙中抽出时间的，所以先走了。领导走后，其余的村民也都三三两两地走散了，最后也只剩老阿姆。

以后这样的电影，领导自然不会来，那些留守着最后的农村的人们，也都老了。腿脚不便的他们，就像老迈的煨灶猫似的，入夜想着自己的被窝了。而只有老阿姆，每次都到。

老阿姆大概八十五六岁了，其实那年纪与我祖父母相去不远，只是因为辈分的关系，我叫她老姆妈。不仅我们这样称呼，即便年辈与她等或高的人们，也这么称呼。这称呼其实蕴涵了村民们对她的敬重。

她一直是我村的妇女队长，自我下地学农活前就是了。那时她已近五十，在我的记忆里，她已蛮老了。那时兴"大寨式"记工分，那是一种类乎捣糨糊的记工法，但她总是比别人干更多的农活。她干活有使不完的劲，抵一个半劳力，年轻人都不及她。因为这，她这个妇女队长一直干到分田到户。

她前几年摔断了股骨，腿脚不灵便，用一个矮凳支撑着，才能缓慢移动。眼睛又是严重的白内障。每次我回家打场角走过，她都认不出是谁，多半是凭声音来判断来人的。而今天，她居然能看电影？我没敢惊扰她。

觉得新奇，我远远地站在废弃的氨水池顶点上一支烟。遥想。

那个年代放的影片，不是几部战争片就是样板戏，正片开始前，还有半个小时的《新闻简报》。妇女们天生不喜欢杀戮，所以不爱看战争片。她们爱看的是那些朝鲜片和农村题材的片子，如《鲜花盛开的村庄》、《摘苹果的时候》、《红旗渠》等。倘若那晚有电影放，老姆妈就在农田里直起腰大声说：今晚有《鲜花盛开的村庄》，大家手头的活打紧点。于是妇女们停下了带荤的笑话,加紧了插秧、割稻或薅草的节奏。

我想,此刻的老阿姆,一定是沉浸在当年的氛围里。至于眼前的电影在放些什么,对一个是白内障的人来说,已并不重要。何况那天放的电影是美国电影《拯救大兵瑞恩》,美国人到处点燃战火,又要彰显自己的价值观念,这与她何干? 即使视力没有障碍,她也看不懂。就像当年放《红高粱》,问妇女们看了什么,她们说一点不好看,看一个汉子撒尿撒在酒缸里,有什么看头?

她们这一辈妇女,那个年代企盼的就是大家吃饱饭,儿女们能穿上像电影里孩子一样光鲜的新衣;再用自己柔弱而坚韧的肩膀,像《新闻简报》、《红旗渠》里的妇女们一样,把家园建成美丽的村庄。这也是当年的她们闲下来纳鞋时一直议论的话题。

村里的土地不知是卖给了开发商还是政府? 老姆妈她们是搞不明白的。但她们已吃起了镇保,日子过得还算可以。不过她们也知道,以后,那美丽的家园没了,曾经承载着她们祖祖辈辈的梦想的土地没了。虽然她们已习惯了火葬,但还不习惯那最后的骨灰要葬到陌生的地方,而不是自己的宅基旁、田埂边。她们怕自己的灵魂找不到回家的路。这是老人们一直担忧的事。

也许是放映的人因聊天而忘了衔接胶片,银幕黑了。只有放映机"嚓嚓"的声响,与野外纺织娘的鸣叫响成一片。

这样的夜晚:空旷的打谷场,放映机在"嚓嚓"响着,银幕变换时空的影,剪出一个老人枯瘦的背影……

要是有一个摄影师,将这空场的剪影用全息的技术拍摄下来该有多好! 这是怎样的一个画面呢——空场。我想。

2010 年 12 月 8 日于枕曲斋

他日相呼

这其实是齐白石先生漫画的题识,我借用来作为本文的题目,是有其原因的。那时刚进大学,我们这一批人,不像一起进校的老三届,在中学时代,还读到些书。吾生也晚,等到读完"村东有小河,小河上有座石桥;村西有铁路,铁路边有个车站"时,那个离乱的年代开始了,要读书也没有课本了。所以,几乎仅识字断句,差不多会造句罢了,岁月蹉跎,更谈不上读什么书。等到革故鼎新,恢复高考,在懵懵懂懂间进了大学。

我校图书馆的藏书,在高校里面算是丰富的(其实,再小的图书馆,要对付像我这样的新生,还是绰绰有余的)。我这个乡下来的老土,有如刘姥姥进大观园,目不暇接。进图书馆后,觉得一切都新鲜,漫无目的地在书架上乱翻一气。有一回,偶然翻到一本发黄的《丰子恺漫画选》,忽然觉得耳目一新——这与"文革"期间的所谓漫画迥乎其异。那简练的笔法勾勒出的意境,以及画中流露出的淡淡的忧伤,深深地感染了我。那《爸爸不在的时候》、《瞻瞻的车》、《星期日是母亲的烦恼日》洋溢着童趣;《断线鹞》、《昔年欢宴处,树高已三丈》流露出对流逝岁月的感慨;《挑荠菜》、《挖耳朵》、《话桑麻》充满着乡村生活的意趣。

而更使我日后难忘的,是后来记不得在哪里见到的齐白石先生的画作《他日相呼》了。

画面上,两只雏鸡用喙争夺着一条小青虫。两个小家伙争得那样认真,以至各自的脚、脖颈绷得紧紧的,互不相让,难分伯仲。配上题识,意思是:别看它们小时候兄弟相争,待长大后,它们们将是一对互相照应的好兄弟、好伙伴。使人联想起梅尧臣"寒鸡得食自呼伴,老叟无衣犹抱孙"的诗句。不仅画面简洁,趣味无穷,更重要的是寓意深长。谁小时候不和兄弟、伙伴们打闹相争呢?

时间虽然过去了这么些年,但这一画面,不时会在茶余饭后跳出来。

是啊,兄弟的亲情,小伙伴之间的友谊,其实都是在童年的争吵嬉戏之中建立起来的。他们当年不懂事,常常为琐屑小事,争得互不相让。但到各自成人后,那些争吵的小事,却成了他们美好的回味、感情的纽带,终生的友谊。"人生不相见,动如参与商。"即使时隔多年,纵然音容依稀，但一提起儿时玩耍的事，由岁月造成的距离与隔膜就会烟消云散。

我们当年一起上课捣蛋，一起掏鸟窝，也一起像模像样地学雷锋。曾经有许多可笑的理想，有的实现了，有的则随风而去。生活用它特有的逻辑，改变了理想的轨迹，就像把一群无知的少年，雕刻成皱纹纵横、满脸胡茬的壮汉。毕业时曾套用陈胜的那句"苟富贵，无相忘"相期以后要照应。也许，这样很庸俗，其实我们本来就是寸光俗人，更何谈高雅了。

伙伴们刚毕业时，还少有来往，还一起喝喝老白酒，谈工作，谈傻帽领导，也谈自己的青春秘密。渐渐地，音讯少了，偶或通一个电话，也不知说什么，还不如当年大家在一起调侃带劲。大家都奔波于谋生呢！

我的同学，差不多农村的居多，命运也与其父辈相仿，大部分在乡镇企业；有的干脆是纯农民，种十来亩地，喂一圈猪。娶妻生子。重复着简单的农活，每天看太阳东边升起，西山落下，过着单调却宁静的日子。

不过有时也不甘于这种寂寞平淡，就像曾经的天鹅，如今成了对天长鸣任人宰割的草鹅。有时不免仰望长空，其实那不是长鸣，细细品味实在是叹息。有时回家，在田间遇见昔日的伙伴，燃上一支烟，虽然是相对忘贫的友谊，但仍不免感慨。"本指望下一代读书读得好些，可这小子像我一样，不是读书的料。看来又是接班种地的一代。"同学苦笑着摇摇头。我想对他说种地有什么不好，大家不种地，哪有米饭吃？可我又不敢说，有点心虚。自己也觉得站着说话腰不疼。

"再说以后土地都征用完了，看他们靠啥吃饭？"他指的是下一代。见我无语，他补了一句。

那是个问题吗？我不敢发表什么意见。我们相对抽了好几支烟，任夕阳把我们的影子钉在广袤的田野上。

我能为他们做些什么呢？

前几天，我正在办公室，门卫电话里说，有人找我，他们不让进，但那人看似农民，可口气挺大。我匆匆下去，原来是同桌民贵。已是晌午时分，他好酒，量也大，我就同他找了一家小酒馆坐下，不然他会说我不够义气，老同学见面连酒也不让喝。

我们是赤屁股兄弟，捣蛋总是两个人唱双簧。记得第一次喝酒是在毕业时的我家，居然各喝一瓶熊猫白酒，两人都泥醉。他好斗殴，而我跟他相反，老师的话他只当耳边风，但他就听我的。我说你小子凭什么听我的，我的拳头又没你硬？他说，他也不知道，反正服你这小子。他说，我属老鼠，大概你是属猫的，所以服你。我说，你扯淡，没有属猫的,除非是越南人。

他其实是下岗了,想托我找一份工作。他总以为我在外面混,会比他有办法,再说,我所在的那家公司看上去还挺体面的。其实他哪里知道,姑且不说金融风暴,即使往日,我也爱莫能助。套时下的话,我只是一般的打工者,说了也白说。不过,又不能一口回绝,就对他说,你自己再找找看,我这里给你留意着,待有机会,我告诉你。他似乎挺满意,我们连碰了三杯。

他说儿子刚工作,还要给他娶媳妇,老婆身体不好,所以找工作是首要的,如实在找不到扫厕所也行。我听了心头不是滋味。问他还能喝一斤白酒吗?他说,不行了,最多也就半斤,能有酒喝就不错了。送他的时候,他已有些醉,推着破自行车上了三次才骑上去,歪斜着走了。边走边自言自语:毕竟是老同学是哥们。

其实毕业后,虽然少有往来,但我们中的谁只要有婚丧喜事,民贵要数最热心的一个,围着围兜里里外外张罗的总是他。待席散人静,他一个人由东家陪着惬意地喝烧酒,唠家长里短,叹生活的艰辛,时间的流逝。往往都是醉了才回家。

隔三差五的,有时早晨开门,我家门口会有一些青菜萝卜什么的,我知道一定是民贵,趁出卯时卖蔬菜送来的。

这件事已过去半年了,我为自己受人之托却未能践诺而内疚,他也未曾来一个电话打问。其实,他明白得很,就是他托我那天,已经知道那是托词,只是不挑明罢了。但我依然相信他是理解我的,因为我们毕竟是好兄弟,他体谅我的无能与难处。

不过,我每想到齐白石先生的《他日相呼》,就想起民贵与毕业时相约的那句话,想起那句话时,就不免恻然。然而又想,"他日相呼"其实不限于实际的帮助,更重要的是精神的相应。吾辈是庸人,不能到达"相濡以沫,不如相忘于江湖"的境界,但我们依然守着"他日相呼"的情怀,这实在是比什么都重要的。再想想,这其实也是我对自己无能又无奈的安慰罢了。

2008 年 10 月于枕曲斋

这是本人在三本散文集基础上的一个选本。这些散文,大多是在八九年间完成的。日后,恐怕也不再这么集中地写这类文字了。所以,选取一些自以为还比较满意的结集。就像一个顽童,在不得不跨过童年的门槛时,于荒原上垒起一座土塚。这在成人看来,实在平常,无非是泥沙与土疙瘩罢了,而对于那个孩子来说,却蕴涵着从憧憬到迷惘,从青涩到成熟的历程。就像有部叫《砂之器》的电影里少年的贺和英良,在沙滩上不停地垒砂器一般。他其实也知道,这泥沙疙瘩经不起日晒雨淋的催迫,不久就会风化得无有。之后的日子,大浪依旧淘沙,太阳永远高照。但他依旧执着不歇。

时间是最有胸怀的物,它涵纳了过去、未来,生与死,有与无。时间也是最有情愫的物,它的流逝,寓无形于有形:礁石烂了,岛屿生长了,黑洞坍塌了,宇宙不断经历重新洗牌。那都是时间的喜怒哀乐的表情。

我的如砂器般埋进土塚的文字,大抵是与消失的乡村有关的。有人说那是属于乡愁的文字。近年来,这类文字热闹了一阵子,如果果真如"有人"所说,我其实没想要赶这个时髦。依我的理解,所谓的乡愁,其实是乡恋。过往的岁月,反刍般地从心头流过,衰汰的是泥沙与疼痛,留下的是美好与向往。就如对乡村的留恋,其实当年的乡村并不都是美好:瘟疫肆虐,屋舍破败,饥馑连年。但那时能看见宽亮的星河,能听到如鼓的蛙声,更有相见语依依的厚朴乡情。这才是乡愁(乡恋)的主旋律——摒弃贫穷落后,存留和谐美好。

生活永远朝向好的发展,尽管有时会有波折,总有不尽人意的地方。但我们不会因为这些而予以否定。我们所希冀的只是留住美好。

对于本集子,刘永根先生为我画肖像,方国政先生为之插画。在此一并表示谢忱。

汤朔梅

2017 年 7 月 18 日

图书在版编目（CIP）数据

朔梅散文选 / 汤朔梅著 . -- 上海：华东师范大学出版社，2017

ISBN 978-7-5675-6757-3

Ⅰ . ①朔… Ⅱ . ①汤… Ⅲ . ①散文集—中国—当代 Ⅳ . ① I267

中国版本图书馆 CIP 数据核字 (2017) 第 193461 号

朔梅散文选

著　　者　汤朔梅

策划编辑　阮光页

审读编辑　李玮慧

责任校对　王丽平

装帧设计　卢晓红

出版发行　华东师范大学出版社

社　　址　上海市中山北路 3663 号　邮编　200062

网　　址　www.ecnupress.com.cn

客服电话　021-62865537　门市（邮购）电话　021-62869887

网　　店　http://hdsdcbs.tmall.com

印 刷 者　上海盛通时代印刷有限公司

开　　本　787×1092　16 开

印　　张　16.25

字　　数　249 千字

版　　次　2017 年 11 月第 1 版

印　　次　2017 年 11 月第 1 次

书　　号　ISBN 978-7-5675-6757-3/I·1725

定　　价　45.00 元

出 版 人　王　焰

（如发现本版图书有印订质量问题，请寄回本社市场部调换或电话 021-62865537 联系）